을 유 세 계 문 학 전 집 · 26

그라알 이야기

그라알 이야기

Le Roman de Perceval
ou le Conte du Graal

크레티앵 드 트루아 지음 · 최애리 옮김

◈ 을유문화사

옮긴이 **최애리**

서울대학교 불어불문학과를 졸업하고, 같은 학교 대학원에서 중세 문학 연구로 박사 학위를 받았다. 서울대학교, 이화여자대학교 통번역대학원 등에서 가르쳤고, 『연옥의 탄생』(자크 르 고프), 『중세의 지식인들』(자크 르 고프), 『중세의 결혼』(조르주 뒤비), 『중세를 찾아서』(자크 르 고프 외), 『12세기의 여인들』(조르주 뒤비) 등 서양 중세사 관련 책을 다수 번역했다. 지은 책으로는 서양 여성 인물 탐구 『길 밖에서』, 『길을 찾아』가 있다.

을유세계문학전집 26
그라알 이야기

초판 제1쇄 인쇄 · 2009년 11월 25일 | 초판 제1쇄 발행 · 2009년 11월 30일
지은이 · 크레티앵 드 트루아 | 옮긴이 · 최애리 | 펴낸이 · 정지영 | 펴낸곳 · (주)을유문화사
창립일 · 1945년 12월 1일 | 주소 · 서울특별시 종로구 수송동 46-1
전화 · 734-3515, 733-8152~3 | FAX · 732-9154 | E-Mail · eulyoo@chol.com
ISBN 978-89-324-0356-4 04860 978-89-324-0330-4(세트) | 값 10,000원

차례

일러두기

1. 『그라알 이야기』의 열다섯 개의 사본(「판본 소개」 참조) 중에서 본 번역의 대본으로 삼은 것은 로우치(Roach)가 전사(轉寫)한 T 사본이고, 르쿠아(Lecoy)가 전사한 A 사본과 멜라(Méla)가 전사한 B 사본을 참고했다. 세 사본이 다를 경우에는 간간이 주를 달았다. 그럴 때 A 사본, B 사본, T 사본 등으로 지칭한 것은 물론 그 전사본을 가리킨다.

2. 『그라알 이야기』는 총 9234행(T사본 기준)의 운문 소설이며, 장절(章節)의 구분이 없다. 멜라 와 로우치의 전사본에는 각기 2단 대문자로 시작되는 행들이 있어 어느 정도 구분이 되지만, 르쿠아의 전사본에는 그런 것도 없다. 풀레(Lucien Foulet)의 번역본은 전체를 열다섯 개의 장으로 나누었으나, 이는 역자의 임의적인 구분일 뿐이다. 본 번역에서는 장면이 바뀌는 데서 대문을 나누고 T 사본에 의거한 행수를 표시하여 필요한 경우 찾아보기 쉽게 했다.

3. 『그라알 이야기』는 운문 소설이지만, 그라알이 '성배'로 변한 이후의 그라알 소설은 산문 형식을 취하게 된다. 운문 소설-낭송, 산문 소설-독서의 맛을 살릴 수 있도록 『그라알 이야기』 는 구어적인 '~합니다' 체로 옮겼다. 『그라알 사화』, 『성배 탐색』 등 이후의 작품은 '~하다' 체로 옮기는 것이 좋을 것이다.

4. 중세 프랑스 어에서는 시제의 일치가 그리 엄격하지 않다. 과거 시제의 서술 가운데 현재 시제가 간간이 섞이는 것은 이른바 '역사적 현재'라 하여 과거의 행위를 현장감 있게 서술할 때 쓰이는 기법이다. 그런데 실제로는 딱히 그런 효과를 위해서가 아니라도 마치 구어체에서처럼 과거와 현재가 완료와 진행이라는 상(相)의 뉘앙스로 뒤섞여 쓰이는 것을 볼 수 있다. 심지어 한 문장 안에서도 앞에서는 현재 시제로 나가다가 맨 뒤의 동사만이 과거로 된 것이나 그 반대의 예를 종종 볼 수 있는데, 이런 경우 우리말로는 종결어미의 시제를 따를 수밖에 없었다. 이런 시제의 혼재는 현대 독자들에게 낯선 것이겠지만 곧 익숙해질 것이다.

5. 서양 중세 고유의 개념, 가령 'preudome', 'courtois'라든지 고유의 직위에 해당하는 것에 대해서는 적당한 우리말을 찾기가 좀처럼 어려웠다. 필요한 경우에는 역주를 달아 설명했다.

6. 다소 어색하더라도 뜻이 통하는 한 직역 위주로 옮겼으며, 꼭 필요한 경우에는 의역을 하고 역주에 직역문을 실었다. 주인공 페르스발은 단순 무지한 시골 소년에서 궁정 기사로 변모해 간다. 그러므로 그가 하는 말도 처음에는 다소 무례하고 철없는 말투이다가 차츰 제대로 된 경어체로 바뀌어 가게끔 옮겼다.

적게 뿌리는 자는 적게 거둡니다. 무언가를 거두려 하는 자는 결실을 백배로 돌려줄 만한 땅에 씨앗을 뿌리기를! 왜냐하면 아무 가치 없는 땅에서는 좋은 씨앗도 말라죽기 때문입니다. 크레티앵은 그가 시작하는 소설로 씨앗을 뿌릴진대 반드시 좋은 소득을 얻을 만한 좋은 땅에 뿌립니다. 그는 로마 제국에서도 가장 덕망 높은 대인*을 위해 이 일을 하는 것이니까요. 그 사람은 바로 플랑드르 백작 필리프*로, 그는 알렉상드르*보다 더 훌륭합니다. 사람들은 알렉상드르가 그렇게 훌륭했다고 말하지만, 나는 백작이 알렉상드르보다 더 훌륭하다는 것을 증명하겠습니다. 왜냐하면 알렉상드르 속에는 온갖 악덕과 죄악이 쌓여 있었지만, 백작은 순전하여 그런 것들에 물들지 않았기 때문입니다. 백작은 저속한 농담이나 교만한 언설에 귀 기울이는 사람이 아닙니다. 누가 다른 사람을 비방하는 말을 들으면, 그가 누구이건 간에, 백작은 언짢아합니다. 백작은 올곧은 정의와 신의와 성스러운 교회를 사랑하고,

모든 악덕을 미워합니다. 그는 사람들이 아는 것보다 훨씬 더 관대합니다. "네 오른손이 하는 선행을 왼손이 모르게 하라"는 복음서의 말대로, 그는 위선이나 계산 없이 베풀기 때문입니다. 그가 베푼 것은 그것을 받은 자와 하느님만이 아실 뿐입니다. 하느님께서는 모든 비밀을 아시고 가슴속과 뱃속에 감추어진 모든 것을 아시니까요. 그런데 왜 복음서에서는 "네 선행을 왼손에게 감추어라"고 하셨을까요? 왜냐하면, 일컫기를, 왼손은 거짓된 위선에서 나오는 헛된 영광을 의미하기 때문입니다. 그러면 오른손은 무엇을 의미할까요? 그것은 자비*지요. 자비는 선행을 자랑하지 않고 오히려 아무도 모르게 숨긴답니다. 오직 그 이름이 하느님이요 자비이신 이밖에는 아무도 모르게 말입니다. 바울 성인*이 말씀하셨고 제가 그 글을 읽은 대로, 하느님은 자비이시며 자비 안에 사는 자는 하느님 안에, 하느님이 그 안에 거하는 것이랍니다. 그러니 정녕 알아 두십시오. 선한 백작 필리프가 베푸는 것은 자비에서 나오는 것이랍니다. 그는 선행을 하게끔 권고하는 자기 마음의 관대함과 선량함밖에는 아무와도 의논하지 않습니다. 그러니 그는 자비도 아무런 선행도 생각하지 않던 알렉상드르보다 훌륭하지 않습니까? 그렇습니다. 행여라도 의심치 마십시오. 백작의 명에 따라 일찍이 왕의 궁정에서 이야기되었던 가장 훌륭한 이야기를 운문으로 옮기느라 전력을 다해 애썼던 크레티앵은 자기 수고를 잃지 않을 것입니다. 그것이 바로 『그라알 이야기』입니다. 백작이 그 이야기책을 그에게 주었지요. 자, 이제 크레티앵이 자기 일을 어떻게 해내는지 들어 보십시오.

68

나무들이 피어나는* 시절이었습니다. 들판과 수풀과 풀밭이 푸르러집니다.* 아침부터 새들은 자기네 말로 감미롭게 지저귀고, 만물이 기쁨으로 넘칩니다. 외지고 거친 숲* 속에 사는 과부 마님*의 아들은 자리에서 일어나, 사냥말에 안장을 어렵잖게 얹고 투창 세 자루를 집어 들었습니다. 그렇게 차리고는 어머니의 집을 나섰습니다. 그는 어머니의 밭갈이 일꾼들에게 가 볼 생각이었습니다. 그들은 소 열두 마리, 쇠스랑 여섯 개를 가지고 어머니의 귀리 밭을 가는 것이었습니다.* 그리하여 그는 숲 속에 들어섭니다. 그러자 곧 그의 가슴은 상쾌한 날씨와 명랑하게 지저귀는 새소리에 들떴습니다. 그 모든 것이 그를 기쁘게 했습니다.*

　날씨가 온화하고 청명했으므로, 그는 말의 고삐를 풀어 신선하고 푸른 풀밭을 돌아다니며 마음대로 풀을 뜯게 했습니다. 그러고는, 투창을 던지는 재주가 있었던지라, 가져온 투창들을 뒤로, 앞으로, 아래로, 위로, 두루 던져 보며 다녔습니다. 그러다가 그는 숲 속으로부터 다섯 명의 무장한 기사들이 오는 소리를 들었습니다. 그들은 무장을 완전히 갖추고 있었고, 그들의 무기는 굉장한 소리를 냈습니다. 떡갈나무며 소사나무의 가지들이 줄곧 무기에 부딪혔기 때문입니다. 창은 방패에 부딪히고 쇠사슬 갑옷의 사슬들은 쓸리는 소리를 내고, 창 자루도 창날도, 방패도 갑옷도, 온통 요란했습니다. 전속력으로* 다가오는 소리는 들리지만 모습은 보이지 않아서, 소년*은 몹시 놀라 이렇게 생각합니다.

　"정말이지 어머니 말씀이 옳아. 악마는 세상에서 가장 무서운* 것이라고 하셨거든! 그리고 또 내게 가르치시기를, 악마를 만나면 십자 성호를 그어야 한다고 하셨지. 하지만 그런 가르침은 따르지 않겠어! 절대로 성호 따위는 긋지 않을 테야. 천만에! 나는 여기 있는 투창으로 저들 중 가장 힘센 자를 쓰러뜨려야지. 그러면 다른 아무도 내게 다가오지 못할걸!"

그들을 아직 보기 전에 소년은 그렇게 혼잣말을 합니다. 하지만 숲에서 나온 그들을 똑똑히 보았을 때, 그들의 번쩍이는 쇠사슬 갑옷과 밝게 빛나는 투구를 보았을 때, 초록과 진홍이, 금빛과 쪽빛과 은빛이 햇빛을 받아 눈부시게 빛나는 것을 보았을 때, 그는 그것이 진정 아름답고 고상하다고 생각했으므로, 이렇게 말했습니다.

"하느님 맙소사! 저기 보이는 건 천사들이로군! 저들을 악마라고 했으니 나는 정말 큰 죄를 지었지. 정말 잘못한 거야. 어머니께서 괜한 말씀을 하신 게 아니었어. 천사는 세상에서 가장 아름다운 것이라고 하셨거든. 모든 것보다 더 아름다우신 하느님만 빼고 말이야. 그런데 하느님도 보이는 것 같아. 저 중에 한 사람은 아주 아름다워서, 다른 사람들은 그 십 분의 일만큼도 아름답지 않거든. 어머니께서 그러셨지. 무엇보다도 하느님을 경배하라고. 그에게 기도하고 영광 돌리라고.* 그러니 그에게, 그리고 함께 있는 모든 천사들에게 경배해야겠어."

그래서 그는 대뜸 땅에 엎드려 사도신경과, 어머니께서 가르쳐주신, 자기가 아는 모든 기도를 읊습니다. 그러자 기사들의 우두머리가 그를 보고는 일행에게 말합니다.

"물러서시오. 이 젊은이는 우리를 보고 무서워서 땅에 엎드려졌소. 만일 우리가 다 같이 다가간다면, 그는 너무나 무서워서 죽어 버릴 것이고, 내가 묻는 질문에 대답도 하지 못할 것이오.”

그래서 그들은 멈추어 섰고, 그는 급히 소년에게 다가가 인사를 건네어 안심시키려 합니다.

“젊은이, 무서워 말게나!”

“저는 무섭지 않아요.” 소년이 말합니다. “제가 믿는 구세주께 맹세코 아니에요! 그런데 당신이 하느님인가요?”

“아니, 천만에!”

“그러면 당신은 누구세요?”

“나는 기사라네.”

“저는 지금껏 기사라고는 알지 못했어요. 본 적도 없고, 들어 본 적도 없어요. 하지만 당신은 하느님보다 더 아름다운걸요. 아! 제가 당신처럼 그렇게 생기고 그렇게 빛날 수 있다면 얼마나 좋을까요!”

이제 기사는 그에게 가까이 다가와 묻습니다.

“오늘 여기 들판에서 기사 다섯과 아가씨 셋을 보았나?”

하지만 소년은 전혀 다른 것들을 알고 싶고 묻고 싶어 합니다. 손을 뻗쳐 창을 잡아 보며, 그는 말합니다.

“아름답고 친절하신 기사님,* 여기 가지고 계신 건 뭔가요?”

“내 참, 잘 만났군! 이보게 친구, 나는 자네한테 뭘 좀 물어보려 했는데, 자네가 오히려 내게 물어보는구먼! 그래, 대답해 주지. 그건 내 창이라네.”

“그럼 이것도 제 투창처럼 던지는 거라는 말씀인가요?”*

"아니지, 젊은이, 자넨 아무것도 모르는가 보군. 이건 맞대 놓고 찌르는 거라네."

"그렇다면 여기 보시는 투창 세 자루 중 하나만도 못하네요. 왜냐하면 저는 새건 짐승이건 죽이고 싶을 때면, 굵은 화살을 쏠 만한 거리에서도 죽일 수 있거든요."

"젊은이, 그런 건 아무래도 좋아. 하지만 기사들에 대해 대답해 보게. 그들이 어디 있는지 아나? 그리고 그 아가씨들은 보았나?"

소년은 방패 가장자리를 잡아* 그를 붙들고는 또 불쑥 묻습니다.

"이건 뭐지요? 이건 뭐에 쓰는 거예요?"

"젊은 친구, 자네 날 놀리는구면. 자넨 내가 물은 것과는 전혀 다른 얘기를 하고 있어. 나는 자네 대답을 들으려 했는데, 자네는 내 대답을 듣자는 건가. 하여간 자네도 참 안됐으니, 내 말해 주지. 내가 가진 이건 방패라는 거라네."

"방패? 그게 이름인가요?"

"바로 그렇다네. 함부로 굴리면 안 되는 물건이지. 왜냐하면 이건 내게 아주 충실해서, 만일 누가 내게 창을 찌르거나 화살을 쏘거나 하면 그 모든 공격을 막아 주거든. 이건 그런 일을 하는 거라네."

그 무렵 뒤처져 있던 이들이 평보(平步)로* 수렛길을 따라 그들의 영주가 있는 곳에 이르렀습니다. 그들은 대뜸 말합니다.

"대장님, 이 웨일스 놈*이 당신께 무슨 말을 하는 겁니까?"

"그는 격식이라고는 모른다네. 내가 묻는 것에 대해서는 하나도 제대로 대답하지 않고, 보이는 것마다 이름이 뭐냐 이걸로 뭘 하느냐 물어 대거든."

"대장님, 웨일스 놈들은 본래 풀 뜯는 짐승들보다 더 바보랍니다. 여기 이놈도 짐승이나 진배없어요. 공연한 장난으로 세월을 허비할 작정이 아닌 다음에야 이런 놈 곁에서 꾸물거린다는 건 미친 짓이지요."

"글쎄, 하느님께 맹세코, 난 다시 길을 가기 전에 그가 알고 싶어 하는 건 뭐든 가르쳐 주겠네. 그러기 전에는 가지 않겠어."

그러고는 다시 묻습니다.

"젊은 친구, 자네를 성나게 하고 싶진 않네만, 다섯 명의 기사와 아가씨들에 대해 말해 주게나. 오늘 그들을 만났는지, 본 적이 있는지."

소년은 그의 쇠사슬 갑옷을 잡아당기며 말합니다.

"그런데, 기사님, 당신이 입으신 이건 뭐지요?"

"이보게, 그럼 이게 뭔지 모른다는 말인가?"

"모르는데요."

"이건 내 갑옷이라네. 쇳덩이처럼 무겁지. 보다시피 쇠로 된 것이니까."*

"전 그런 줄 몰랐어요. 하지만, 하느님께 맹세코, 정말 아름답군요. 그런데 이걸로 뭘 하나요? 뭐에 쓰이지요?"

"젊은 친구, 그건 아주 간단하다네. 만일 자네가 내게 투창을 던지거나 화살을 쏜다 해도, 내게 아무 해도 입히지 못할 걸세."

"기사님, 행여 그런 갑옷일랑 하느님께서 사슴들에게는 입히지 마셨으면 좋겠어요. 그러면 저는 그놈들을 죽일 수 없고, 뒤쫓아가 봐야 헛일일 테니까요."

그러자 기사는 또 묻습니다.

"이보게 친구, 정말이지 자넨 기사들과 아가씨들에 대해 말해 줄 수 있겠나?"

하지만 지각없는 소년은 이렇게 말합니다.

"당신은 그렇게 태어났나요?"

"천만에, 그럴 수야 없지! 아무도 이렇게 태어날 수는 없다네."

"그럼 누가 당신을 그렇게 차리게 해 주었나요?"

"젊은 친구, 그가 누군지 말해 주지."

"말해 주세요."

"기꺼이 말해 주지. 아더 왕께서 나를 기사에 임명하시고 이 모든 무구를 내게 주신 지 채 다섯 해도 못 되었다네. 하지만 이제 내게 말해 주게나. 세 명의 아가씨를 호위하고서 이리로 지나간 기사들은 어떻게 되었는지. 그들은 평보로 가던가, 구보(驅步)로 가던가?"

그러자 소년이 말합니다.

"기사님, 그럼 저기 가장 높은 숲을 보세요. 산을 둘러싸고 있지요. 저기가 발본* 고개랍니다."

"그러니 그게 어떻단 말인가?"

"내 어머니의 밭갈이 일군들이 거기 있어요. 어머니의 땅을 갈고 씨 뿌리는 자들이지요. 만일 그 사람들이 그리로 지나갔고, 그들이 보았다면, 당신에게 말해 줄 거예요."

그러자 그들은 그가 자기들을 귀리밭 가는 자들에게 데려다 준다면 그와 함께 가겠노라고 합니다. 소년은 말에 뛰어올라 일꾼들이 갈아놓은 밭을 쇠스랑으로 일구고 있는 곳으로 갑니다. 일꾼들은 자신들의 주인을 보자 모두 두려워 떨었습니다. 왜 그랬는지 아십니까? 그들은 그와 함께 오는 무장한 기사들을 보았기 때문입니다. 그들은 잘 알고 있었던 것입니다. 만일 그들이 그에게 자신들이 누구이며 무슨 일을 하는지 말했다면, 그 역시 기사가 되고 싶어 하리라는 것을, 그리고 그러면 그의 어머니는 정신을 잃으리라는 것을. 모두 그가 기사를 보지도 말고 그들의 일을 배우지도 않게 하려고 했던 것입니다. 소년은 소몰이꾼에게 말합니다.

"기사 다섯 명과 아가씨 셋이 이리로 지나가는 것을 보았나?"

"온종일 고갯길을 넘어갔습지요."

소몰이꾼이 대답합니다. 그러자 소년은 그에게 많은 것을 대답해 주었던 기사에게 말합니다.

"기사님, 기사들과 아가씨들은 이리로 지나갔답니다. 하지만 기사를 만들어 준다는 임금님에 대해 말해 주세요. 그리고 그가 주로 어디에 계신지."

"젊은 친구, 내 말해 주지. 왕께서는 카르두엘*에 계시다네. 그분이 거기 계신 지는 채 닷새도 지나지 않았어. 나도 거기서 그분을 뵈었거든. 만일 거기서 그를 만나지 못한다면, 그가 어디로 갔는지 누군가 자네에게 가르쳐 줄 사람이 있을 걸세."*

그러고는 곧장 기사는 말을 달려 떠나갑니다. 다른 사람들을 따라잡으려면 몹시 급했던 것입니다.

363

소년도 지체 없이 집으로 돌아왔습니다. 집에서는 어머니가 그가 늦어지는 것을 근심하며 슬퍼하고 있었습니다. 그를 보자 그녀는 대단히 기뻐했고, 자신의 기쁨을 감추지 못합니다. 사랑에 넘치는 어머니답게 달려 나와 맞이하면서 "오! 내 아들! 내 귀한 아들!"이라고 백 번도 더 불러 댑니다.

"아들아, 네가 늦어져서 나는 몹시 마음을 졸였단다. 너무나 괴로워서 미칠 것만 같았어. 조금만 더했다면 죽고 말았을 거야. 오늘은 그렇게 오랫동안 대체 어디 있었느냐?"

"어디냐고요, 어머니? 말씀드리지요. 거짓말은 한마디도 하지 않겠어요. 왜냐하면 저는 제가 본 것 때문에 대단히 기뻤으니까요. 어머니께서는 전에 늘 말씀하시기를 천사들과 우리 주 하느님이야 말로* 가장 아름다우며 자연은 그처럼 아름다운 피조물들을 만들지 못한다고, 세상에 그보다 더 아름다운 것은 없다고 하셨지요?"

"그렇단다, 애야. 나는 그렇게 말했고, 지금도 그렇게 말할 수 있어."

"그만두세요, 어머니! 제가 못 본 줄 아세요? 세상에서 가장 아름다운 이들이 거친 숲 속을 지나가는 것을? 제 생각에는 그들이 하느님과 모든 천사들보다 훨씬 더 아름다워요."

어머니는 그를 품에 안으며 말했습니다.

"하느님께서 너를 지켜 주시기를! 나는 너 때문에 겁이 나는구나. 내 생각에 너는 사람들이 원망하는 천사들, 닥치는 대로 죽이기를 일삼는 자들을 본 것 같구나."

"아니요, 어머니, 절대 그렇지 않아요! 그들의 이름은 기사라고 했어요."

그가 기사라는 이름을 말하는 것을 듣자, 그 말에 어머니는 그만 혼절을 합니다. 그리고 정신이 들자 그녀는 몹시 동요된 음성으로 말했습니다.

"아! 내 운명도 기구하구나! 내 아들아, 나는 너를 기사도로부터 지켜 네가 기사에 대해 듣지도 보지도 못하게 하려 했는데. 만일 하느님께서 네 아버지와 다른 모든 벗들을 지켜 주셨더라면, 아들아, 너도 기사가 되었겠지. 바다의 모든 섬을 통틀어 네 아버지만큼 그렇게 존경과 두려움을 불러일으켰던, 그렇게 뛰어난 기사는 없었단다. 아들아, 네가 이 한 가지만은 자부할 수 있어. 네 가문에 대해서는, 아버지 쪽으로나 내 쪽으로나, 부끄러울 게 전혀 없다고 말이야. 나도 이 나라에서 가장 훌륭한 기사들의 집안에서 태어났단다. 바다의 섬들 가운데, 내 생전에, 우리 집안보다 더 나은 가문은 없었어.

하지만 가장 훌륭한 자들이 쓰러지게 되었지. 세상 곳곳에서 그렇듯이 불행은 명예와 기백을 지키려 하는 대인들에게 닥치는 법이거든. 비겁하고 수치스러운, 게으른 자들은 쓰러지지 않아. 그럴 수가 없지! 하지만 선한 자들은 쓰러지기 마련이란다. 네 아버지는, 너는 아버지를 모르지만, 다리 사이에 상처를 입고는 그만 온몸을 못 쓰게 되었지. 그가 대인으로서 얻었던 넓은 영지와 많은 보물들은 모두 흩어져 버렸고, 아주 가난해졌어. 선왕(善王) 아더의 아버지였던 우터 펜드라곤 왕이 죽은 뒤로는, 옳지 않게도, 대인들이 그렇게 가난해지고 지위를 잃고 쫓겨났지. 땅은 황폐해지고 가난한 자들은 곤핍해져서, 달아날 수 있는 자들은 다 달아

낳어. 네 아버지는 마침 여기 외딴 숲 속에 이 장원을 가지고 있었지. 달아날 수는 없었지만, 서둘러 들것에 실려 여기로 왔단다. 달리 달아날 곳도 없었으니까.

너는 아직 어렸지만, 네게는 훌륭한 형이 둘이나 있었어. 너는 아직 젖먹이 어린애였고 채 두 살도 못 되었지. 네 형들은 장성하자, 아버지의 훈계와 충고에 따라 두 왕의 궁정으로 가서 무기와 말을 얻었단다. 맏이는 에스카발롱 왕에게로 가서 그를 잘 섬겨 기사로 서임되었고, 둘째는 방 드 고모레 왕에게로 갔지. 둘 다 같은 날 서임을 받고 기사가 되어서, 같은 날 집으로 돌아왔어. 그들은 아버지와 나를 기쁘게 해 주려 했던 거지. 하지만 아버지는 그들을 다시 보지 못했어. 그들은 창검의 싸움에서 패했거든. 둘 다 창검으로 죽은 거야. 그 일로 나는 아직도 슬프고 괴롭구나. 맏이에게는 이상한 일이 일어났어. 까마귀며 까치들이 그의 두 눈을 쪼아 낸 거야. 그렇게 죽은 채로 발견되었지. 아들들의 죽음을 애통해하다가 아버지도 세상을 떠났고,* 그 후로 나는 정녕 괴로운 삶을 이어 왔단다. 너는 내 유일한 위로이고 내게 남은 유일한 재산이었어. 하느님께서는 내게 너밖에는 다른 기쁨도 행복도 남겨 주시지 않았거든."*

소년은 어머니가 하는 말에 귀 기울이지 않습니다.

"먹을 걸 주세요! 대체 무슨 말씀을 하시는지 모르겠어요. 전 기사들을 만들어 주는 왕에게 가고 싶어요. 누가 뭐라 하든 꼭 갈 거예요."

어머니는 할 수 있는 한 그를 붙들어 두려 애쓰다가, 결국 그에게 옷을 차려 줍니다. 굵은 삼베로 지은 웃옷과 웨일스 식으로 만든 바지, 그러니까 각의(脚衣)*와 고의가 한데 달린 것과 사슴 가죽으로 만든 두건 달린 윗저고리, 어머니는 그를 이렇게 차려 주었습니다. 그러면서 사흘 더 그를 붙잡아 두었지만, 그 이상은 어쩔 수가 없었습니다. 아무리 달래 보아도 소용이 없었고, 그래서 어머니는 말할 수 없이 슬펐습니다.

목을 끌어안고 입을 맞추며, 눈물에 젖어 그녀는 말했습니다.

"사랑하는 아들아, 이제 너를 떠나보내려니 내 마음이 너무나 아프구나. 너는 왕의 궁정에 가서 무기를 주십사고 말해라. 그러면 그는 거절하지 않고 네게 무기를 주실 게다. 나도 그건 알지. 하지만 네가 그것들을 실제로 사용하게 된다면, 무슨 일이 일어날까? 너는 한번도 무기를 써 본 적이 없고, 다른 사람들이 쓰는 것도 본 적이 없는데, 어떻게 해야 도가 트일는지? 정말이지 별로 잘하지 못할 것 같구나. 너는 그다지 능숙하지 못할 거야. 그야 무리도 아니지. 배우지 않은 것을 잘하지 못한다는 건. 자주 보고 들은 것을 배우지 못한다면 이상하겠지만.

내 아들아, 네게 한 가지 충고를 하마. 잘 듣고 기억해 두면 큰 도움이 될 게다. 하느님 뜻이라면, 그리고 난 그러리라 믿지만,* 이제 얼마 안 가 너는 기사가 되겠지. 만일 네가 멀리서건 가까이서건 도움이 필요한 귀부인이나 곤경에 처한 아가씨를 만난다면, 그리고 만일 그녀들이 네 도움을 원한다면, 기꺼이 도움을 주도록 해라. 모든 명예가 거기서 나오는 것이란다. 여인네들을 명예롭게 하지 않는 자는 자기 명예도 잃게 되는 법이지. 귀부인들과 아가씨들을 도와주면, 너는 모든 사람의 칭찬을 들을 게다. 그리고 만일 네가 그녀들 중 누군가의 마음을 얻고자 한다면, 그녀가 싫어할 일로 귀찮게 하지 말아야 해. 아가씨가 키스를 허락한다면, 그녀로서는 아주 많은 것을 준 거야. 그러니 만일 그녀가 키스에 동의한다 해도, 그 이상은 안 된단다. 네가 이 어미 말을 듣는다면 말이다. 하지만 만일 그녀가 손가락에 반지를 끼거나 허리띠에 염낭을 차고 있다면, 그리고 자기가 원해서든 네가 간청해서든 그걸 네게 주려 한다면, 네가 반지나 염낭을 받는 것은 허락하겠다.

아들아, 또 한 가지 네게 말해 둘 게 있다. 길에서나 숙소에서 사람을 만나서 오래 함께 지내게 된다면, 꼭 이름을 물어보도록 해라. 요컨대 사람은 이름으로 아는 법이거든. 아들아, 대인들과 사귀고 말하도록 해라. 대인은 결코 함께 있는 사람에게 그릇된 충고를 하지 않는단다. 하지만 무엇보다도 내가 네게 이르고 싶은 것은 교회나 수도원에서는 반드시 우리 주님께 기도하라는 것이다. 그가 네게 이 세상에서 명예를 주시고, 네가 좋은 최후를 맞을 수 있도록 처신하게 허락해 주십사고 말이다."

"어머니, 교회가 뭔데요?"

"아들아, 천지를 지으시고 거기에 남자들과 여자들을* 두신 이를 섬기는 곳이란다."

"그럼, 수도원은 뭔가요?"

"아들아, 그것은 아름답고 거룩한 집으로, 성유물과 보물들이 가득하고, 거룩한 선지자인 예수 그리스도의 몸을 기리는 곳이란다. 그는 유대인들로부터 많은 수치를 당하고 배신당해 부당하게 심판

받았으며, 남자들과 여자들을 위해 죽음의 고통을 겪으셨지. 육신을 떠난 영혼은 지옥에 내려가기 마련이었지만, 그가 그들을 거기서 건져 내신 거야. 그는 형틀에 매여 채찍질당하고 십자가에 못 박히시고 가시관을 쓰셨단다. 그래서 나는 네게 수도원에 가서 미사와 조과(朝課)를 드리면서 우리 주님을 경배하라고 하는 거야."*

그러고는 더 지체할 이유가 없었으므로, 그는 어머니에게 작별을 고하고, 그녀는 눈물을 흘립니다. 이미 안장은 얹어 놓았고, 그는 영락없는 웨일스 식으로 차려입었습니다. 발에는 투박한 갖신을 신었고, 어디를 가나 버릇처럼 투창 세 자루를 들었습니다. 그는 그것들을 가져가려 하지만, 어머니는 그에게서 두 자루를 빼앗았습니다. 왜냐하면 그것은 너무나 웨일스 식으로 보이기 때문입니다. 만일 그럴 수만 있다면, 세 자루 모두 빼앗았겠지요. 오른쪽 손에는 말에 채찍질을 할 버들가지를 들었습니다. 그를 그토록 아끼던 어머니는 헤어질 때가 되자 울면서 그에게 입을 맞추고, 하느님께서 그를 지켜 주시기를 기도합니다.

"아들아, 하느님께서 너를 인도하시기를! 네가 어디에 가든, 내게 남아 있는 것보다 더한 기쁨을 네게 주시기를 빈다!"

소년은 돌멩이 하나 던지면 닿을 만큼 멀어져 가다가 문득 뒤돌아 어머니가 쓰러지는 것을 봅니다. 어머니는 다리(橋) 끝에서 혼절하여 쓰러져서 마치 죽은 것만 같았습니다. 그는 버들가지로 말의 엉덩이를 내려칩니다. 말은 거침없이 내달려 전속력으로, 어둡고 거대한 숲을 가로질러 그를 실어 갑니다.

630

그는 아침부터 날이 저물기까지 말을 달렸습니다. 그날 밤 그는 날이 밝기까지 숲 속에서 잤습니다. 아침이 되자, 그는 새소리에 일어나 말을 탑니다. 그는 일념으로 길을 가다가,* 아름다운 풀밭 한가운데 샘솟는 물가에 쳐진 장막을 보았습니다. 장막은 놀라울 만큼 아름다웠습니다. 한쪽은 붉고, 다른 쪽은 금실로 수놓아져 있었으며, 꼭대기에는 황금 독수리가 앉아 있었습니다. 독수리는 햇빛을 받아 찬란한 붉은빛을 발하고 있었습니다. 휘황찬란한 장막 덕분에 온 풀밭이 환했습니다. 세상에서 가장 아름다운 이 장막 주위를 빙 둘러 가며 잎이 달린 나뭇가지를 엮어 지은 움막들과 웨일스 식 오두막들이 있었습니다.

소년은 장막으로 다가가면서, 이렇게 혼잣말을 했습니다.

"하느님, 저기 당신 집이 보이는군요! 제가 당신께 경배를 드리러 저곳에 가지 않는다면 잘못이겠지요. 하여간 어머니 말씀이 옳았어. 어머니께서는 수도원이야말로 세상에서 가장 아름다운 곳이라고,* 수도원을 만나면 꼭 들어가 내가 믿는 창조주께 경배하라고 하셨지. 그래, 가서 하느님께 기도해야겠어. 오늘 먹을 것을 달라고 말이야. 그게 몹시 필요할 거거든."

그는 장막으로 다가가 그것이 열려 있는 것을 발견합니다. 그 한복판에는 비단 이불이 덮인 침대가 있고, 침대 위에는 한 아가씨가 홀로 잠들어 있었습니다. 그녀의 동행은 숲에 가 있었고,* 시녀들도 새로 핀 꽃을 꺾으러 나가고 없었습니다. 늘 하던 대로 장막 바닥에 꽃을 뿌리려 했던 것입니다. 거기서 멀지 않은 곳에 과수원이 있어 그녀들은 거기서 한 아름씩 꽃을 꺾어 돌아오고 있었습니다.* 소년이 장막 안으로 들어서자 말이 하도 완강히 뻗대었으므로 그 소리를 들은 아가씨는 잠이 깨어 소스라쳤습니다. 멋모르는 소년은 말했습니다.

"아가씨, 인사드립니다. 우리 어머니께서 가르쳐 주신 대로요. 어머니께서는 어디서건 아가씨들을 만나면 인사해야 한다고 가르쳐 주셨지요."

아가씨는 정신이 이상한 듯한 소년을 보고 두려워 떱니다. 그렇게 혼자 있다가 그의 눈에 띄게 되다니, 자신도 정말 정신이 나갔다고 생각합니다.

"젊은이" 하고 그녀는 말합니다. "가던 길이나 가요. 내 애인의 눈에 뜨이기 전에 어서 도망쳐요!"

"하지만 당신에게 키스하기 전에는 안 가요, 싫어도 할 수 없어요! 우리 어머니께서 그렇게 하라고 하셨거든요."

"난 절대로 당신한테 키스하지 않아요! 내 애인의 눈에 띄기 전에 어서 가라니까요! 그의 눈에 띄는 날에는 당신은 죽은 목숨이에요!"

소년은 억센 팔로 아가씨를 끌어안고는 서투르게 입을 맞추었습니다. 달리는 할 줄을 몰랐던 것입니다. 그는 그녀를 자기 아래 깔아 눕혔고, 그녀는 발버둥 치며 벗어나려 했지만 아무 소용이 없었습니다. 이야기가 전하는 바에 따르면, 소년은 그녀가 싫어하건 말건 한꺼번에 일곱 번이나* 키스를 했다고 합니다. 그러다가 그는 그녀의 손가락에서 아주 또렷한 에메랄드 반지를 보았습니다.

"어머니께서는 이런 말씀도 하셨어요. 당신이 손에 낀 반지도 가지라고. 하지만 그 이상은 당신에게 아무것도 하면 안 된다고요. 자, 그 반지 이리 내요. 내가 갖고 싶어요."

"내 반지는 절대로 줄 수 없어요. 강제로 손가락에서 빼간다면 모를까, 절대 안 돼요!"*

소년은 아가씨의 손목을 꽉 붙들고 강제로 손가락을 펴서 손가락의 반지를 빼 가지고 자기 손가락에 끼고는 이렇게 말했습니다.

"아가씨, 고마워요! 이만하면 됐으니, 가 보겠어요. 당신 키스는 우리 어머니 집 하녀들의 키스보다 훨씬 좋았어요. 당신은 입이 쓰지 않으니까요."

그러자 아가씨는 울면서 말했습니다.

"젊은이, 내 반지를 가져가지 말아요. 그게 없으면 난 큰일 나요. 당신도 결국 그 때문에 목숨을 잃고 말 거예요. 내 장담해요."

하지만 소년은 무슨 말을 듣든 마음에 두지 않습니다. 그는 오래 굶었기 때문에 배가 고파서 죽을 지경이었습니다. 그는 포도주가 그득한 통과 그 옆에 있는 은잔, 그리고 골풀 다발 위에 놓인 새하얀 수건을 발견합니다. 그는 그것을 들치고, 갓 구운 노루 고기 파이 세 개를 발견합니다. 그가 마다할 리 없는 음식이지요. 배고픔에 시달리던 그는 앞에 놓인 파이 하나를 덥석 베어 물고 기세 좋게 먹어 댑니다. 그러고는 보기에도 좋은 포도주를 은잔에 부어 단숨에 마시기를 몇 차례나 합니다. 그러고는 말했습니다.

"아가씨, 오늘 이 파이를 나 혼자 다 먹어 치우지는 않겠어요. 이리 와서 먹어 보세요. 아주 맛있어요. 당신 몫도 넉넉히 있고, 그래도 한 개는 그대로 남을 걸요."

그러는 동안 내내 아가씨는 울기만 하고, 그가 아무리 권하고 청해 보아도 아무 대답도 하지 않습니다. 아가씨는 손목을 쥐어짜며 비통하게 웁니다. 그는 실컷 먹고 마신 뒤 남은 것을 덮어놓고는, 작별을 고했습니다. 그는 아가씨에게 인사를 하지만, 그녀에게는 그의 인사도 달갑지 않았습니다.

"하느님께서 당신을 지켜 주시기를 빕니다, 아가씨. 하지만 당신 반지를 가져간다고 너무 화내지 마세요. 내가 죽기 전에 당신에게 갚아 드릴 날이 있을 겁니다. 자, 이만 갑니다."

그녀는 여전히 울면서도, 자기는 절대로 하느님께서 그를 지켜 주시기를 빌지 않겠다고 말했습니다. 그로 인해 그녀는 어떤 불행한 여자도 겪어 본 적 없는 수치와 괴로움을 당하게 될 것이고, 그가 살아 있는 한 결코 그의 도움을 받지 않겠다고 말입니다. 그가 그녀를 얼마나 괴롭혔는지나 알아 두라지요!

그녀가 혼자 남아 울고 있는데, 얼마 지나지 않아 숲에서 애인이 돌아왔습니다. 그는 길을 떠난 소년의 말발굽 자국을 알아보고는 기분이 언짢았습니다. 그런데 애인이 울고 있는 것을 보자 이렇게 말했습니다.

"낭자, 남아 있는 흔적을 보니 어느 기사가 다녀갔나 보오."

"아니에요, 기사님, 맹세해요. 여기 온 건 무례하고 촌스럽고 바보 같은 웨일스 소년이었을 뿐이에요. 그가 제 멋대로 당신 포도주를 마시고 당신 파이도 먹었지요."

"그래서 낭자는 그렇게 우는 거요? 그가 다 마시고 먹어 치웠다 해도, 나는 그대로 내버려두었을 게요."

"그뿐이 아니에요, 기사님. 제 반지도 말썽이 되었어요. 그는 제게서 그것을 빼앗아 가져가 버렸어요. 저는 그에게 그걸 그렇게 빼앗기느니 차라리 죽고 싶었어요."

이 말에 그는 기분이 상해 몹시 언짢아집니다.

"정말이지 그건 지나치군! 하지만 기왕 가져갔으니, 가지라고 합시다. 하지만 내 생각에는 그 밖에도 다른 일이 있었던 것 같소. 다른 일이 있었다면, 내게 아무것도 감추지 마시오."

"기사님, 그는 제게 키스도 했어요."

"키스라고?"

"예, 그래요. 하지만 강제로 그런 거예요."

"차라리 당신이 원해서 기꺼이 그랬다고 하시오. 아무런 저항도 하지 않고 말이오."

그는 질투에 사로잡혀 말합니다.

"내가 당신을 모를 줄 아시오? 알고말고, 내 당신을 잘 알지! 나는 당신의 거짓말을 알아차리지 못할 만큼 장님도 사팔뜨기도 아니니까! 하지만 당신은 이제 앞길이 훤하오. 이제 고생길이 훤히 열렸단 말이오! 내 맹세컨대, 내가 앙갚음을 하기 전에는, 당신 말은 건초도 먹지 못할 것이고 사혈(瀉血)*도 받지 못할 것이오. 그리고 설령 발굽이 빠진다 해도, 굽도 갈지 못할 것이오. 만일 말이 죽으면, 당신은 걸어서 나를 따라와야 할 거요. 입고 있는 옷도 갈아입지 못할 것이고, 결국은 헐벗고 맨발이 되어 날 따라오게 될 거요. 내가 그 놈의 목을 베어 버리기 전에는 말이오. 그만한 벌은 받아야 하고말고!"

26

그러고 나서야 그는 자리에 앉아 먹었습니다.　　　　　　

소년은 계속 말을 타고 가다가, 당나귀를 몰고 오는 한 숯쟁이를 만났습니다.

"여보세요, 당나귀 몰고 가는 양반,* 카르두엘로 가는 지름길 좀 가르쳐 주세요. 아더 왕이 기사를 만들어 준다기에, 그를 만나러 가는 길이랍니다."

"젊은이, 이쪽으로 가다 보면 바닷가에 지은 성이 나올 거요. 아더 왕께서는 그 성에 계신데, 가 보면 알겠지만, 그는 기쁘고도 슬픈 형편이라오."

"기쁘고도 슬프다니, 무엇 때문인지 말해 주세요."

"그야 물론 일러 드리리다. 아더 왕께서는 전군을 이끌고 리옹 왕과 싸웠다오. 섬들의 왕이 패했고, 그래서 아더 왕은 기쁜 것이오. 하지만 그는 그의 제후들 때문에 기분이 언짢다오. 그들은 제각기 자기 성에 돌아가 거기서 사는 것을 더 좋아하기 때문에, 왕은 그들이 어떻게 지내는지 알지 못해서 슬픈 것이오."

소년은 숯쟁이가 하는 말을 반 푼어치도 귀담아 듣지 않은 채, 그가 가르쳐 준 길로 접어들었습니다.

마침내 그는 바닷가에 자리 잡은 당당하고 아름다운 성을 보았습니다. 그리고 그 문으로 한 기사가 손에 금잔을 들고 나오는 것을 봅니다. 왼손에 창과 말고삐와 방패를 들고, 오른손에 금잔을 들고 있었습니다. 그는 온통 붉은 무장을 하고 있었는데, 그것은 그에게 잘 어울렸습니다. 소년은 산뜻한 새것인 멋진 무장을 보았고, 그것들이 마음에 들었으므로 이렇게 말했습니다.

"정말이지, 나는 왕에게 꼭 저걸 달라고 해야지. 만일 그가 내게 저것을 준다면 난 아주 기쁠 거야. 다른 것을 달라고 한다면 쓸개 빠진 짓이지."

그러고는 어서 궁정에 가고 싶은 마음에 성을 향해 부랴부랴 달려가서 기사에게 다가갑니다. 그러자 기사는 그를 잠시 붙들고 물어 봅니다.

"젊은이, 어디를 그렇게 가나? 말해 보게."

"궁정에 갑니다. 이 무장을 제게 달라고 왕께 부탁드리려고요."

"젊은이, 잘해 보게나. 어서 다녀오게. 그리고 그 나쁜 왕에게 전해 주게나. 그가 자기 땅을 내게서 받고 싶지 않다면,* 땅을 내 놓으라고 말이야. 아니라면 누군가 내게 맞서 땅을 지킬 사람을 보내든지. 왜냐하면 그 땅은 내 것이거든. 그 증거로, 이걸 보면 자네도 믿겠지만, 나는 방금 그가 보는 앞에서 그가 마시던 포도 주째로 이 잔을 낚아채어 가져가는 거라네."

하지만 그는 다른 전령을 구하는 편이 나았을 것입니다. 왜냐하면 소년은 한마디도 귀담아 듣지 않았으니 말입니다.

그는 단숨에 궁정에 당도했습니다. 거기에는 왕과 기사들이 앉아 식사를 하고 있었습니다. 대청은 평지와 같은 높이로 이어져 있어서 소년은 말을 탄 채로 들어갑니다. 그것은 포석이 깔린 네모반듯한* 방이었습니다. 아더 왕은 식탁의 상좌에 앉아 생각에 잠겨 있었고, 다른 모든 기사들은 웃으며 서로서로 떠들어 대고 있었습니다. 오직 왕만이 말없이 생각에 잠겨 있었습니다. 소년은

28

앞으로 나아갔지만, 왕을 전혀 모르는 터라 누구에게 인사를 해야 할지 알지 못합니다. 그때 마침 이보네가 손에 작은 칼을 든 채 그쪽으로 다가왔습니다.

"이봐요,* 손에 칼을 들고 이리 오는 이, 누가 왕인지 좀 가르쳐 줘요."

예의 바른* 이보네는 대답합니다.

"저기 계신 분입니다."

그러자 그는 즉각 왕에게로 다가가 자기 식대로 인사를 했습니다. 왕은 생각에 잠겨 말이 없었습니다. 그는 다시금 왕에게 말을 겁니다. 왕은 여전히 생각에 잠겨 한마디도 하지 않습니다. 그러자 소년은 말했습니다.

"정말이지, 이 왕이 기사를 만들었을 리가 없어! 도무지 대꾸조차 하지 않는데, 어떻게 기사를 만들 수 있겠어?"

그래서 그는 돌아서 가려고 말머리를 돌립니다. 하지만 그는 못 배운 사람답게 왕에게 바짝 다가가 있었던 터라, 그만 머리에 썼던 모자를, 지어낸 이야기가 아니라 정말로, 자기 앞 식탁 위에 떨어뜨리고 말았습니다. 왕은 수그리고 있던 머리를 소년을 향해 들고는 생각에서 깨어나 말했습니다.

"형제여, 어서 오시오. 내가 그대의 인사에 묵묵부답이었다고 해서 과히 언짢게 생각하지 말기 바라오. 내 울적하여 대답할 수 없었던 것이라오. 내 가장 큰 원수요 나를 미워하고 근심케 하는 이가 방금 여기서 내 땅을 청구했소. 그는 내가 원하든 원치 않든 이 땅을 모두 차지하겠다니, 제정신이 아니오. 캥크루아* 숲의 붉은 기사라는 것이 그의 이름이라오. 여기 내 앞에는 부상 입은 기사들을 위로하기 위해 왕비도 와서 앉아 있었소. 그 기사가 무슨 말을 하든 나는 별로 개의치 않았지만, 그는 내 앞에서 내 잔을 빼앗아 어찌나 거칠게 치켜들었던지 거기 가득한 포도주를 왕비에게 쏟았다오. 그 무슨 추하고 뻔뻔한 행동인지! 왕비는 분통한 나머지 자기 방으로 돌아갔는데, 너무나 울화가 나서 죽으려 한다오. 하느님이 보우하사, 내 생각에는 그녀가 무사히 살아날 수 있을 것 같지 않소."

소년은 왕이 무슨 말을 하건 아랑곳하지 않습니다. 왕의 수치나 비통함도, 왕비도, 전혀 그의 안중에 없습니다.

"저를 기사로 만들어 주세요, 왕 전하. 저는 어서 가고 싶으니까요."

단순무지한 소년의 얼굴에 눈빛이 맑고 명랑했습니다. 그를 본 사람은 아무도 그가 제정신이라고 생각하지 않았지만, 그를 본 모든 사람은 누구나 그가 훤칠하니 잘생겼다고 생각했습니다.

"친구여, 그럼 말에서 내려오시오. 말은 여기 젊은 사동*에게 맡기면 그대가 원하는 대로 잘 돌봐 줄 테니. 그대는 곧 기사가 될 거요. 내게는 명예가 되고 그대에게는 유익이 되도록."*

그러자 소년은 대답했습니다.

"제가 들판에서 본 이들은 말에서 내리지 않던데요. 그런데 말에서 내리라고요. 저는 절대 내리지 않겠어요! 어서 가게 기사나 얼른 만들어 주세요."

"친구여, 그대의 유익을 위해서나 내 명예를 위해서나, 기꺼이 그렇게 하겠소."

"하지만 왕 전하, 하느님께 맹세코, 저는 붉은 기사가 될 수 없다면 아예 기사가 되지 않겠어요. 저기 문 밖에서 만난, 당신의 금잔을 가져간 기사의 무장을 제게 주세요."

부상을 입은 터이던 집사장*은 이 말을 듣고 화가 나서 말했습니다.

"젊은이, 자네 말이 옳네 그려. 지금 당장 가서 그 무장을 빼앗아 갖게나. 그건 자네 거니까. 그걸 얻으려고 여기 왔다면 자네도 아주 바보는 아니로구면."

왕은 그 말을 듣고 성이 나서 쾨에게 말했습니다.

"여기 이 젊은이를 조롱하다니 잘못이오.* 대인답지 못하구려.* 이 젊은이는 비록 철이 없다 해도 아주 고귀한 태생인지도 모르오. 만일 그가 스승을 잘못 만나 제대로 배우지 못해서 그런 거라면, 그는 앞으로 얼마든지 현명하고 용감해질 수도 있소.* 다른 사람을 조롱하고, 주지도 않으면서 약속한다는 것은 비열한 짓이오. 대인은 정말로 주려는 의사와 능력이 있기 전에는 아무에게도 아무것도 약속해서는 안 되는 법이오. 그렇지 않으면, 아무 약속도 없을 때는 친구였던 사람의 원망을 살 수도 있소. 일단 약속이 있은 다음에는 약속한 것을 갖기를 바라게 되는 법이니 말이오. 그러니 알아 두오. 헛된 기대를 갖게 하느니보다 차라리 거절하는 편이 낫다고 말이오. 그리고, 솔직히 말해, 약속을 하고 지키지 않는 자는 자신을 속이는 것이라오. 그는 자기한테서 친구의 마음이 떠나게 하니 말이오."

왕이 쾨에게 그렇게 말하는 동안, 소년은 뒤돌아 나가다가, 아름답고 고상한 한 아가씨를 보고 인사를 합니다. 그녀도 그에게 인사하며 웃습니다. 웃으면서 그녀는 이렇게 말했습니다.

"젊으신 분, 당신이 살아 있는 한, 온 세상에 당신보다 더 훌륭한 기사는 없을 거라고, 제 마음속에 그렇게 생각하고 믿습니다. 그럼요, 저는 그렇게 생각하고, 믿고, 또 알고 있습니다."

이 아가씨는 웃지 않은 지 여섯 해*가 넘었습니다. 그녀는 하도 낭랑한 음성으로 말했으므로, 모든 사람이 그 말을 들었습니다. 쾨는 그런 말을 참을 수 없었으므로 벌떡 일어나서, 그녀의 고운 얼굴을 손바닥으로 어찌나 세게 후려갈겼는지 그녀를 땅바닥에 쓰러뜨리고 말았습니다.

아가씨를 쓰러뜨리고 제자리로 돌아오던 그는 벽난로 곁에 서 있던 바보*와 마주쳤습니다. 그는 화가 나고 분해서, 바보를 활활 타는 불 속으로 걷어차 버렸습니다. 왜냐하면 바보는 노상 이렇게 말해 왔기 때문이지요.

"이 아가씨는 다른 모든 기사들보다 훌륭한 기사를 만나기 전에는 웃지 않을 것이다."

1063   그래서 바보는 비명을 지르고, 아가씨는 웁니다.

소년은 더 이상 지체하지 않고 다른 말도 들을 것 없이, 붉은 기사를 뒤쫓아 나갑니다.

이보네는 지름길을 환히 아는 데다가 궁정에 소식을 전하기를 좋아했으므로 아무도 데리지 않고 혼자 서둘러 뒤따라갑니다. 대

32

청 옆에 딸린 과수원을 지나 샛문을 통해 곧장 길로 나아갑니다. 그곳에는 기사가 모험과 싸움을 기다리며 서 있었고, 소년은 그의 무장을 빼앗기 위해 전속력으로 다가갔습니다. 기사는 싸울 채비를 하기 위해 금잔을 회색 디딤돌* 위에 내려놓았습니다. 소년은 서로 말소리가 들릴 만큼 가까이 다가가자 이렇게 외쳤습니다.

"무장을 거기 벗어 놓으시오. 당신은 더 이상 그것을 걸칠 수 없소. 아더 왕의 명령이오!"

하지만 기사는 그에게 묻습니다.

"젊은이, 누가 감히 왕의 명분을 지지하기 위해 오기라도 한단 말인가? 만일 누가 온다면, 숨기지 말게나."

"뭐라고, 기사 양반. 아직도 무장을 벗지 않다니, 내게 농담을 하는 거요? 당장 벗어 놓으시오, 명령이오!"

"젊은이, 다시 묻는데, 누가 왕을 대신하여 나와 싸우러 오는 건가?"

"기사 양반, 당장 무장을 벗어 놓으라니까! 아니면 내가 벗기겠소! 더 이상 기다리지 않겠소. 만일 더 이상 말을 늘어놓는다면 당장 공격하겠소."

그러자 기사는 성이 나서, 양손으로 창을 쳐들고는 쇠가 달리지 않은 부분으로 그의 어깨에 한 차례 타격을 가해, 소년의 머리가 말의 목덜미까지 꺾이게 했습니다. 소년은 자신이 받은 타격에 다친 것을 느끼고는 화가 났습니다. 그는 기사의 눈을 가능한 한 잘 겨누어 투창을 날립니다. 기사가 미처 알아채기도 전에, 미처 아무것도 보기도 듣기도 전에, 투창은 그의 눈을 관통하여 뇌수에 박힙니다. 피와 뇌수가 목덜미로 흘러내립니다. 고통스러운 나머지 그는 정신을 잃고, 털썩 나자빠져 눕습니다.

소년은 말에서 내려 창을 옆으로 치우고는 그의 목에서 방패를 벗겨 냅니다. 하지만 머리에 쓴 투구는 아무리 벗기려 해 보아도 되지 않습니다. 왜냐하면 그는 그것을 어떻게 쓰는지 모르기 때문입니다. 그는 또 허리에서 검을 풀려 하지만, 그것 또한 어떻게 해야 할지를 모릅니다. 그는 검을 칼집에서 꺼낼 줄도 모릅니다. 그는 칼집을* 움켜쥐고 잡아당겨 봅니다.

이보네는 그가 그렇게 애쓰는 것을 보고는 웃음을 터뜨립니다.

"무슨 일인가, 친구? 뭘 하는 건가?"

"나도 모르겠어. 난 당신네 왕이 내게 이 무장을 준 걸로 생각했는데, 이 시체를 구울 고기 토막처럼 자르기 전에는 단 하나도 가질 수가 없겠어. 이것들은 몸에 하도 착 달라붙어서, 안팎이 하나인 것처럼 전부 하나로 되어 있는걸."*

"염려 말게. 원한다면 내가 그것들을 쉽게 벗겨 낼 수 있으니까."

"그럼 어서 해 봐! 어서 내게 그것들을 달라고."

이보네는 기사의 무장을 재빨리 발끝까지 벗겨 냅니다. 쇠사슬 갑옷도 각갑(脚甲)*도 머리의 투구도 다른 어떤 무장도 남겨 놓지 않았습니다.

하지만 이보네가 무슨 말을 해도, 소년은 자기 옷을 벗고 기사가 생전에 갑옷 속에 입었던 잘 누빈 비단 윗도리를 입으려 하지 않습니다. 그가 신은 촌스러운 갖신도 도저히 벗길 수가 없습니다! 그는 이렇게 말했습니다.

"대체 무슨 소리야, 농담을 하나! 저번 날 어머니께서 만들어 주신 내 튼튼한 옷을 저 기사의 옷과 바꾸라니! 내 이 빳빳한 베옷을 벗고, 저 힘없이 흐느적거리는 옷을 입으라고? 물에도 젖지 않는 내 윗저고리 대신 금세 젖어 버릴 저 윗저고리를? 자기 좋은 옷을 놔두고 남의 나쁜 옷을 입고 싶어 하는 자는 목이라도 매달리라지!"

바보를 가르치기란 힘든 일입니다! 아무리 간청을 해도, 그는 무장 말고는 아무것도 가지려 하지 않았습니다. 그래서 이보네는 그의 각갑 끈을 매고 투박한 갓신 위에 박차를 달아 주었습니다.* 그러고는 세상에서 가장 좋은 갑옷을 입혀 주었습니다. 사슬 두건 위에 투구를 씌우니, 더없이 잘 어울립니다. 검은 느슨히 매달리게 차라는 것도 가르쳐 줍니다.* 그는 그의 발을 등자(鐙子) 위에 올려 전투마*에 타게 해 주었습니다. 그는 일찍이 등자라는 것은 본 적도 없고, 박차에 대해서도 아는 것이 없었으며, 막대기나 버들가지가 고작이었지요. 이보네는 또 그에게 방패와 창을 가져다 줍니다. 이보네가 가기 전에, 소년은 그에게 말했습니다.

"친구, 내 사냥말을 가져가게. 아주 좋은 말이지. 이제 내게는 필요 없으니 자네에게 주겠네. 왕에게는 잔을 돌려주고, 내 인사를 전해 주게. 또, 쾨가 뺨을 때린 아가씨에게도 전해 줘. 할 수만 있다면 내 죽기 전에 그에게 단단히 갚아 주겠노라고. 그녀는 이미 앙갚음을 한 것으로 생각해도 좋다고 말이야."

이보네는 왕에게 잔을 가져다주고 틀림없이 말을 전하겠다고 대답합니다. 그러고는 각기 제 갈 길을 갑니다.

1207

이보네는 문을 지나 제후들이 모인 대청으로 들어서서 왕에게 잔을 가져다주며 이렇게 말했습니다.

"전하, 기뻐하십시오. 여기 전하의 잔이 있습니다. 방금 여기 있던 전하의 기사가 돌려보내는 것입니다."

"대체 무슨 기사 말인가?"

왕은 여전히 울적한 채 말합니다.*

"방금 여기서 나간 젊은이 말입니다."

"붉은 무장을 달라고 했던, 있는 힘을 다해 나를 수치에 빠뜨리려 하는 저 기사의 무장을 달라고 했던 웨일스 젊은이 말인가?"

"전하, 바로 그 젊은이 말입니다."

"그가 어떻게 내 잔을 되찾았단 말인가? 기사가 그를 아끼고 위한 나머지 잔을 기꺼이 돌려주기라도 했다는 말인가?"

"천만에요! 젊은이는 그에게 톡톡히 대가를 치르게 했지요. 죽여 버렸으니까요."

"대체 어떻게 그런 일이 일어났단 말인가?"

"전하, 저도 모르겠습니다. 저는 그저 기사가 창으로 그를 쳐서 몹시 다치게 하는 것을 보았을 뿐입니다. 그러자 젊은이가 반격하여 기사의 면갑*을 향해 투창을 날렸지요. 그러자 머리 뒤에서 피와 뇌수가 터져 나왔습니다. 그러고는 땅에 쓰러지더군요."

그러자 왕이 집사장에게 말했습니다.

"아, 쾨, 그대는 오늘 큰 잘못을 저질렀소! 그대의 심술궂은 혀는 전에도 수많은 독설을 말했겠지만, 오늘도 내게 아주 도움이 된 기사를 내쫓아 버렸소."

"전하," 하고 이보네가 왕에게 말합니다. "그 젊은이는 왕비님의 시녀에게도 말을 전하라고 하더군요. 쾨가 미워하고 앙심을 품은 나머지 뺨을 때린 시녀 말입니다. 그는 기회가 되기만 하면 그녀의 앙갚음을 해 주겠답니다."

난로 가에 앉아 있던 바보는 이 말을 듣고 벌떡 일어나 기뻐 날뛰며 왕 앞에 나옵니다. 그는 너무나 기뻐서 발을 구르고 깡충깡충 뛰기까지 하며 말했습니다.

"전하, 하느님이 보우하사, 이제 우리의 모험이 시작되나 봅니다. 앞으로는 험하고 거친 모험이 자주 일어날 것입니다. 그리고, 장담하건대, 쾨는 자신의 손과 발, 그리고 그처럼 어리석고 무례한 혀를 놀린 데 대해 반드시 후회하게 될 것입니다. 왜냐하면 사십 일이 지나기 전에, 그 젊은 기사는 쾨가 저를 걸어찬 데 대해 보복을 할 것이고, 아가씨를 때린 데 대해서도 톡톡히 대가를 치르게 할 테니까요. 그는 쾨의 오른팔 어깨와 팔꿈치 사이를 부러뜨릴 것이고, 쾨는 반년 동안 팔을 목에 달아매고 다녀야 할 것입니다. 사람이 죽음을 피할 수 없듯이, 그도 모면할 길이 없습니다."

이 말을 들은 쾨는 너무나 성이 나서 하마터면 분통을 터뜨릴 뻔했습니다. 그리고 홧김에 모든 사람이 보는 앞에서 당장에 바보를 죽여 버릴 뻔했습니다. 그러나 왕에게 잘못 보일까 봐 그는 공격을 그만두었습니다. 그러자 왕이 이렇게 말했습니다.

"오, 쾨, 그대는 오늘 나를 몹시 언짢게 하는구려. 만일 누군가 그 젊은이를 무예의 길로 지도하고 이끌어 주고, 창과 방패를 다루는 법을 가르쳐 주기만 한다면, 그는 분명 훌륭한 기사가 될 게요. 하지만 지금으로서는 그는 무예는 물론이고 도무지 아는 것이 없어서, 필요할 때 검도 제대로 빼어들지 못할 거요. 그런데 그렇게 온통 무장을 하고 말을 타고 있으니! 말을 뺏기 위해 당장 그를 병신으로 만들 사람을 만날지도 모르오. 자신을 방어할 줄을 모르니, 얼마 못 가 죽든지 병신이 되든지 할 거요. 그야말로 들짐승처럼 아는 게 없으니, 얼마 못 갈 거요!"

그렇게 왕은 소년을 염려하며 탄식했고, 안색이 흐려집니다. 하지만 그래 봐야 나아질 게 없으므로, 더는 말하지 않습니다.

1304

소년은 말을 타고 쉬지 않고 숲을 지나 마침내 강가의 평지에 이릅니다. 강은 석궁을 쏘아도 미치지 못할 만큼 폭이 넓었습니다. 모든 물이 그 줄기로 흘러들고 흘러나갔습니다. 소리 내어 흐르는 큰 강을 향해 그는 초원을 가로질러 갑니다. 하지만 강에는 들어가지 않았습니다. 물살이 세차고 검푸른 것이 루아르 강보다도 더 깊어* 보였기 때문입니다. 그래서 그는 강둑을 끼고 건너편의 높고 벌거벗은 암벽을 따라 갑니다. 암벽의 발치에는 물살이 부딪히고, 이 암벽 위, 바다 쪽으로 경사진 언덕에는 위풍당당한 성이 서 있었습니다.

강이 하구에 이르자 소년은 왼쪽으로 돌았고, 성의 탑들이 나타나는 것을 보았습니다. 그에게는 탑들이 마치 암벽에서 솟아나는* 것처럼 보였습니다. 성 한복판에는 크고 당당한 탑이 서 있었습니다. 견고한 외보(外堡)가 강 하구를 향해 있어, 거기에서 물이 바닷물과 마주치고 파도가 그 발치에 부딪히고 있었습니다. 단단한 석재로 쌓은 성벽 네 귀퉁이에는 네 개의 나지막한 탑들이 있었는데, 아주 튼튼하고 보기 좋았습니다. 성은 터를 잘 잡았고, 내부도 편리하게 되어 있었습니다. 둥그런 문루 앞에는 돌과 모래와 석회로 만든 다리가 물을 건너 놓여 있었습니다. 그것은 높고 견고한 다리로, 방어용 흉벽으로 싸여 있었습니다. 다리 한가운데에는 탑이 있었고, 그 앞에는 도개교가 제 기능을 하게끔 만들어져 있었습니다. 즉, 낮에는 다리가 되고 밤에는 닫힌 문이 되는 것이었습니다. 이 다리를 향해 소년은 나아갑니다.

담비 옷을 입은 한 대인이 다리 위를 한가로이 거닐면서 다가오는 객을 기다리고 있었습니다. 대인은 풍채 좋게 손에 단장(短杖)을 들었고, 겉옷을 입지 않은 젊은 사동 두 사람이 그 뒤를 따랐습니다. 소년은 어머니의 교훈을 잊지 않았습니다. 그는 대인에게 인사를 하고 이렇게 말했습니다.

"제 어머니께서 이렇게 하라고 가르쳐 주셨어요."

"하느님께서 자네를 축복하시기 바라네."

대인은 소년이 하는 말을 듣고 대번에 그가 순박하고 무지한 소년인 것을 알아보고는 이렇게 말합니다.

"그런데 젊은 친구, 어디서 오는 길인가?"

"어디서요? 아더 왕의 궁정에서지요."

"거기서 뭘 했는가?"

"왕이 저를 기사로 만들어 주셨어요. 그분에게 복이 내리시기를!"

"기사라고? 하느님이 보우하사, 나는 그가 아직 그런 걸 기억하리라고는 생각하지 못했네. 나는 왕이 기사를 만드는 것과는 전혀 다른 것을 생각하는 줄로만 알았다네. 그런데 이보게, 젊은 친구, 이 무장은 누가 준 건가?"

"왕이 제게 주셨지요."

"주셨다고? 어떻게 말인가?"

소년은 그에게 여러분이 지금까지 들으신 바와 같은 이야기를 들려줍니다. 같은 이야기를 두 번씩 한다면 재미없고 지루하기만 할 테고, 이야기가 더 나아질 것도 아니지요.

대인은 그에게 말을 다룰 줄 아느냐고 묻습니다.

"오르막도 내리막도 달리게 할 수 있지요. 전에 어머니 집에서 사냥말을 다룰 때처럼요."

"그럼 무장은 다룰 줄 아는가?"

"입고 벗을 줄 알지요. 제가 죽인 기사에게서 이걸 벗겨 준 소년이 제게 이걸 입혀 주면서 가르쳐 준대로요. 게다가 아주 가벼워서 전혀 거북하지가 않아요."

"정말이지 반가운 얘기로구먼. 이보게, 자네만 괜찮다면, 어쩌다가 여기까지 오게 되었는지 말해 보게."

"어르신, 제 어머니께서 제게 가르쳐 주시기를, 어디서든 대인들을 찾아가서* 그분들이 하는 말씀을 믿으라고 하셨어요. 그 말씀을 귀담아 들으면 유익하다고요."

"젊은 친구, 자네 어머니께 축복이 있기를. 자네에게 좋은 충고를 많이 해 주셨구먼. 자, 이제 더는 할 말이 없나?"

"있어요."

"뭔가?"

"그저, 오늘 밤 여기서 묵어가게 해 달라는 것이지요."

"그야 기꺼이 그러지. 하지만 그 대신 자네는 내 부탁을 하나 들어 줘야 하네. 그러면 자네에게도 큰 유익이 될 걸세."

"무슨 부탁이요?"

"자네가 자네 어머니의 충고뿐 아니라 내 충고도 들어 달라는 것일세."

"그야 물론 그렇게 하지요."

"좋아, 말에서 내리게."

그는 말에서 내립니다. 거기 와 있던 사동 둘 중 한 명이 그의 말을 붙들고, 다른 한 명은 그의 무장을 벗겼습니다. 그에게는 어머니가 차려입혀 주신 우스꽝스런 입성, 투박한 갓신과 엉성하게 잘라 꿰맨 사슴 가죽 저고리밖에 남지 않았습니다.

대인은 소년이 달고 온 날카로운 강철 박차를 자기 발에 달고, 그의 말에 올라 방패를 그 안에 달린 끈으로 목에 걸고는 창을 집어 듭니다.

"친구, 이제 무기를 사용하는 법을 배우게. 창을 어떻게 잡는지, 말에게 박차를 어떻게 가하고 멈춰 세우는지, 잘 봐 두게나."

그는 창기(槍旗)를 날리며 소년에게 방패 드는 법을 보여 줍니다. 그것은 조금 앞쪽으로 매달아 말의 목덜미에 닿게 해야 하는 것입니다. 그러고는 창받이*에 창을 받쳐 들고, 말에게 박차를 가합니다. 이 말은 백 마르크는 나가는 것으로, 그보다 더 기세 좋게 달려 나갈 말은 없을 것입니다. 대인은 방패와 말과 창을 아주 잘 다루는 것이, 어린 시절부터 배웠기 때문입니다. 소년은 대인이

하는 모든 것이 아주 마음에 듭니다. 대인은 시범을 마치고, 창을 든 채 열심히 구경하던 소년 앞으로 돌아와 묻습니다.

"친구, 이제 이렇게 창과 방패를 다루고, 이렇게 말을 몰 수 있겠나?"

그러자 소년은 즉각 대답합니다. 그렇게 할 줄 알기 전에는 단 하루도 더 살고 싶지 않고 아무것도* 갖고 싶지 않다고 말입니다.

"모르는 것은 배울 수 있네. 노력과 주의를 기울이는 자라면 말일세. 모든 일에는 열심과 노력과 인내가 필요하지. 이 세 가지를 합치면 무엇이든 배울 수 있다네. 자네는 무예라고는 모르고 살았고 다른 사람이 하는 것도 본 적이 없으니 자네가 이제 신참이라고 해서 부끄럽거나 욕될 것이 없어."

그리하여 대인은 그를 말에 오르게 했고, 그는 이제 창과 방패를 제대로 다루기 시작했습니다. 마치 평생을 무술 시합*과 전투에서 보내고 전투와 모험을 찾아 온 세상을 떠돌아다니기나 한 것처럼 말입니다. 타고난 천성이지요. 천성이 그에게 가르치고 온 마음을 기울인다면, 천성과 마음이 노력하는 데에야 어려울 것이 없지요. 이 모든 일에서 그가 하도 잘 해내어,* 대인은 기뻐하며 마음속으로 생각했습니다. 살아오는 동안 내내 무예를 연마했어야 그 정도로 잘 배울 수 있었으리라고 말입니다. 소년은 연습을 마치고 대인 앞으로, 대인이 하는 것을 보았던 대로 창을 든 채로 돌아와 말했습니다.

"어르신, 제가 잘했나요? 제가 계속 노력하면 노력한 보람이 있으리라고 생각하세요? 제 눈은 일찍이 이렇게 탐나는 것을 본 적이 없습니다. 이 일에서 어르신이 아시는 모든 것을 저도 알고 싶어요."

"친구, 자네 마음이 그렇다면야 다 알게 될 걸세. 아무 걱정 없다네."

대인은 세 차례 말을 탔고, 세 차례 무예에 대해 가르칠 수 있는 모든 것을 가르쳤습니다. 충분히 가르치고 나자, 소년에게 세 차례 말을 타게 했습니다. 그러고는 마침내 이렇게 말했습니다.

"친구, 만일 자네가 기사를 만났는데 그가 자네를 공격한다면, 자네는 어떻게 할 텐가?"

"저도 그를 공격하지요."

"그런데 자네 창이 부러진다면?"

"그러면 그에게 달려들어 주먹질을 하는 수밖에요."

"친구, 그런 게 아니라네."

"그럼 어떻게 하지요?"

"검으로 싸우자고 해야 한다네."

대인은 창을 자기 앞 땅에 똑바로 꽂아 놓습니다. 그는 소년이 만일 공격을 당하면 검으로 자신을 방어할 줄 알게끔, 그리고 필요하다면 공격도 할 줄 알게끔, 무예를 가르치고자 합니다. 그는 손에 검을 들고 말합니다.

"친구, 공격을 당하면 이런 식으로 적을 막아 내야 한다네."

"그런 거야, 하느님이 보우하사, 제가 누구보다 잘 알지요. 왜냐하면 어머니 집에서 저는 베개며 널빤지를 상대로 지치도록 칼싸움을 벌였으니까요."

"그럼 이제 집으로 가세!" 대인이 말합니다. "나도 더는 아는 것이 없다네. 이제 누가 뭐라든 오늘밤 내 귀빈으로 모시겠네."*

두 사람은 나란히 갑니다. 소년은 주인장에게 말합니다.

"어르신, 제 어머니께서 제게 가르치시기를, 어떤 사람과 가까이 지내게 되면 반드시 이름을 알아 두라고 하셨어요. 어머니께서 그렇게 가르치셨으니, 어르신 이름을 알아야겠어요."

1548 "친구, 내 이름은 고른망 드 고오르*라네."

그들은 그렇게 손에 손을 잡고 성에 이릅니다. 계단에 오르자 한 사동이 짧은 외투를 가지고 달려 나와, 더웠다가 추워지면 감기가 들세라 소년에게 입혀 줍니다. 대인은 아름답고 큰 집과 민첩한 하인들을 가지고 있었습니다. 잘 준비된 훌륭한 식사가 차려져 있었습니다. 기사들은 손을 씻고 식탁에 앉았습니다. 대인은 소년을 옆자리에 앉게 하고 자신의 그릇에서 함께 먹게 했습니다. 어떤 요리가 얼마나 있었는지 길게 묘사하지 않으렵니다. 하여간 그들은 양껏 먹고 마셨습니다. 이 식사에 대해서는 달리 말하지 않으렵니다.

식탁에서 일어나자, 대인은 옆에 앉은 소년에게 자기 집에서 한 달만 유숙하라고 예모(禮貌) 있는 사람답게 청합니다. 원한다면 일 년 내내라도 기꺼이 그를 붙들어 둘 것입니다. 그러면 장차 도움이 될 많은 것을 배울 수 있을 테니까요.

"어르신," 하고 소년이 말했습니다. "저는 어머니의 장원에 가까이 왔는지 모르겠습니다만, 하느님께서 저를 어머니께 인도해 주시기를, 어머니를 다시 만날 수 있기를 빕니다. 어머니가 문 앞 다리 어구에서 쓰러지는 것을 보았는데, 죽었는지 살았는지 모르겠어요. 제가 떠나는 것을 보고 슬퍼서 그렇게 쓰러졌다는 건 저도 잘 알아요. 그래서 저는 어머니가 어떻게 되셨는지 알기 전에는 어디서건 오래 묵을 수가 없답니다. 내일 날이 새는 즉시 떠나겠어요."

대인은 아무리 권해도 소용이 없을 것을 압니다. 이미 침대가 준비되었으므로, 그들은 이야기를 그치고 자리에 듭니다.

대인이 아침 일찍 일어나 소년의 침대로 가 보니, 그는 아직 누워 있었습니다. 대인은 그에게 선물로 가져간 고운 아마천으로 만든 셔츠와 고의, 그리고 소방(蘇芳)나무*로 물들인 각의와 인도에서 짠 자주색 비단 윗도리를 입게 했습니다.

"친구, 날 믿는다면, 여기 이 옷을 입게나."

그러자 소년이 대답합니다.

"어르신, 그런 말씀 마십시오. 제 어머니가 만들어 주신 옷이 그 옷보다 좋지 않은가요? 그런데 그걸 입으라니요."

"젊은이, 내 머리와 내 두 눈에 맹세코, 이 옷이 더 좋은 거라네."

소년이 대답합니다.

"더 나쁜데요."*

"친구, 내가 자네를 여기로 데려올 때, 자넨 내게 내 모든 지시에 따르겠다고 약속하지 않았나."

"그렇다면 그렇게 하지요." 소년이 말합니다. "어르신께 드린 약속은 어기지 않겠습니다."

그래서 그는 옷 입기를 더 미루지 않고, 어머니가 지어 주신 옷을 포기했습니다. 대인은 몸을 굽혀 오른쪽 박차를 달아 주었습니다. 당시 관습은 기사를 서임하는 이들이 박차를 달아 주게 되어 있었습니다. 주위에는 사동들이 많이 있었고, 제각기 다가와 그에게 무기를 들려 주었습니다. 대인은 검을 집어 들어 그의 허리에 채워 주고, 그에게 입 맞추며 말했습니다. 그 검으로, 하느님이 만들고 명령하신 가장 고귀한 신분, 기사의 신분을 수여하며, 기사는 어떤 비열함도 없어야 한다고 말입니다. 그는 또 말했습니다.

　"형제여, 기억하기 바라네. 자네가 어떤 기사와 싸우게 된다면, 내 자네에게 이 점을 말하고 또 부탁하고 싶네. 만일 자네가 이기고 그가 더 이상 자네에게 맞서 자신을 방어할 수 없게 되어 자네에게 자비를 청한다면, 자비를 베풀고 절대로 그를 죽이지 말아야 하네. 그리고 너무 많이 말하지 말게나. 말이 많은 사람은 흔히 자기를 바보로 만드는 말을 하기 마련이라네. 현자도 이르기를, 말이 많은 자는 실수가 많다고 했네. 그러니 친구여, 너무 많이 말하는 것을 삼가게나. 또 부탁하노니, 만일 남자든 여자든 부인이든 아가씨든 곤경에 처한 것을 보거든, 그들을 돕게나. 만일 자네의 도움이 그들을 구할 수 있고 자네에게 그런 능력이 있다면 말일세. 그리고 또 한 가지 자네에게 권하는 바, 경히 듣지 말게나. 이는 경히 들을 권고가 아니니, 자주 교회에 가서 만물의 창조주에게 기도드리게. 자네의 영혼을 긍휼히 여겨 주시기를, 그리고 이 세상 가운데서 자네를 그리스도인으로 지켜 주시기를 기도하게나."

　소년이 대인에게 말했습니다.

"어르신, 로마의 모든 사도들로부터 축복받으시기를! 제 어머니도 꼭 당신처럼 말씀하셨답니다."

"그리고 젊은 친구, 앞으로는 절대로 어머니가 가르쳐 주셨다고 말하지 말게.* 지금까지 그런 것은 탓하지 않네만, 이제는 고치기 바라네. 왜냐하면 계속 그런 식으로 말하면, 바보 취급을 당할 테니 말일세. 그러니 조심하게나."

"그러면 어떻게 말해야 하는데요?"

"그야, 자네에게 박차를 달아 준 배신(陪臣)*에게서 배웠다고 하게나."

그러자 소년은 살아 있는 한 절대로 그에게서 배웠다는 말밖에 하지 않겠다고, 그가 자신에게 가르쳐 준 것이 좋은 것임을 알겠다고 약속했습니다.

그러자 대인은 손을 높이 들어 그에게 십자 성호를 그어 주며 이렇게 말합니다.

"자네는 떠나기를 원하고 더는 머물기를 원치 않으니, 자, 그럼 잘 가게나. 하느님께서 자네를 인도해 주시기를."

1698

신출내기 기사는 주인장과 헤어져 길을 갑니다. 그는 어서 어머니에게 가서 건강하게 살아 계신 모습을 뵈었으면 싶습니다. 그는 한적한 숲으로 접어듭니다. 그에게는 벌판보다 숲 속이 더 친숙하기 때문입니다. 한참 가다 보니 견고하게 잘 자리 잡은 성이 한 채 보입니다. 성벽 밖에는 바다와 물과 황야뿐입니다. 그는 성을 향해 발길을 재촉해 문 앞에 이르렀습니다. 하지만 문간에 이르려면 다리를 건너야 하는데, 하도 약한 다리라서 그의 무게를 지탱할 수 있을 것 같지 않습니다. 젊은이는 다리에 올라 별다른 어려움이나 불운을 겪지 않고 무사히 건넜습니다. 문 앞에 이른 그는 그것이 자물쇠로 잠긴 것을 발견했습니다. 그가 조용히 문을 두드리거나 나직이 사람을 부른 것이 아니라 쾅쾅 두드렸기 때문에, 즉각 마르고 창백한 소녀 하나가 창가로 달려 나와 말했습니다.

"누구세요?"

그는 소녀 쪽을 쳐다보고는 말했습니다.

"아가씨, 저는 성안에 들어가기를, 그리고 오늘밤 유하기를 청하는 기사랍니다."

"기사님, 그렇게 하세요. 하지만 별로 도움은 못 될 거예요. 아무튼 저희가 할 수 있는 대로 대접해 드리지요."

소녀는 창가에서 물러났습니다. 문간에서 기다리는 이는 너무 오래 기다리는 것만 같아서 다시금 사람을 부르기* 시작합니다. 그러자 손에* 도끼를 들고 허리에는 검을 찬 하인 네 사람이 나타나 문을 열어 줍니다.

"들어오십시오."

하인들은 좀 더 나은 상황에 있었더라면 퍽 훌륭한 장정들이었을 것입니다. 하지만 굶주림과 밤샘 때문에 그들은 어찌나 비참해졌는지 기가 막힐 정도였습니다.

성 밖의 땅이 헐벗고 메마르게 보였다면, 성안의 풍경도 그보다 낫지는 않았습니다. 어디를 가든 길은 텅 비고 집들은 퇴락했으며, 남자도 여자도 없었습니다. 시내에는 수도원이 두 군데 있었는데, 하나는 겁에 질린 수녀들의 집이고, 다른 하나는 넋 나간 수도사들의 집이었습니다. 이 수도원들에는 치장도 휘장도 보이지 않고, 금 가고 갈라진 벽과 지붕 없는 탑들과 밤에도 대낮처럼 열린 문뿐입니다. 성안 어디에서도 방아는 매를 갈지 않고 화덕에는 불기가 없습니다. 포도주*도 과자도 아무것도 단 일전어치도 팔 것이 없습니다. 그처럼 성은 황량했습니다. 빵이나 반죽, 포도주나 석류주, 사과주도 없습니다.

하인 네 사람은 그를 지붕에 판암을 덮은 궁전으로 데려가, 말에서 내리고 무장을 벗겨 주었습니다. 그리고 곧 대청의 계단으로 한 사동이 회색 외투를 가지고 달려 나와 기사의 목에 그것을 걸쳐 주었습니다. 또 다른 사동은 그의 말을 마구간으로 데려갔는데, 거기에는 밀도 건초도 없고 귀리*가 아주 조금 있을 뿐입니다. 그 집에 있는 것은 그뿐입니다. 또 다른 사동들이 그를 계단으로 오르게 해 아름다운 대청으로 안내합니다. 그곳에서는 나이 든 기사* 둘과 한 소녀가 그를 맞이하러 나옵니다. 기사들은 백발이지만 아주 희지는 않았습니다. 근심에 짓눌리지만 않았다면 한창 혈기왕성한 나이라고 할 만했습니다.

소녀는 그 어떤 새매나 앵무새보다 세련되게 치장한 우아하고 아름다운 모습이었습니다. 겉옷과 윗저고리는 호화로운 검은 천*으로 금빛 무늬가 촘촘히 박혀 있었고, 안에 댄 흰 담비는 털이 빠지지 않았습니다. 흑백의 담비 띠가 너무 길지도 넓지도 않게 겉옷의 깃을 두르고 있었습니다.

내가 일찍이 하느님께서 여인의 몸이나 얼굴에 두신 아름다움을 묘사한 적이 있더라도, 나는 다시 한 번 시도해 보렵니다. 단한마디도 거짓말은 하지 않겠습니다. 머리칼은 풀어서 늘어뜨렸는데, 보는 이들이 온통 금실로 되었다고 생각할 만큼, 그렇게 빛나고 윤이 났습니다. 희고 높직하고 반듯한 이마는 마치 대리석이나 상아나 귀한 나무를 손으로 다듬기라도 한 것 같았습니다. 모양 좋은 눈썹*에 미간은 널찍하고, 크고 예쁜 눈은 빛나고 명랑하며, 코는 곧고 시원했습니다. 그리고 그 얼굴에는 흰 바탕의 붉은색이 마치 은색 문장의 붉은색보다도 잘 어울립니다. 사람들의 마음을 홀리기 위해, 하느님께서는 그녀를 경이 중의 경이로 만들었습니다. 그 후로 다시는 그 비슷한 여인도 만든 적이 없으며, 그전에도 그런 여인은 만든 적이 없습니다.

기사가 그녀를 보고 인사하자, 그녀도 그에게 인사하고, 두 명의 기사도 그에게 인사합니다. 아가씨는 상냥하게 그의 손을 잡으며 말했습니다.

"손님, 오늘 저녁 저희 집은 귀한 분*에게 걸맞은 집이 못 될 겁니다. 이렇게 처음부터 저희 집 형편을 말씀드리면 혹시 제가 당신을 떠나시게 하려고 나쁜 뜻에서 말한다고 생각하실지도 모르겠습니다. 하지만 부디 오셔서 저희 집 형편대로 묵으시고, 내일은 하느님께서 더 좋은 숙소를 주시기 바랍니다."

그녀는 그의 손을 잡고, 둥근 천장이 있는 아름답고 널찍한 침실로 안내합니다. 침대 위에 펼쳐진 금란(金襴) 이불 위에 두 사람은 나란히 앉았습니다. 그들 주위에는 기사들이 네댓 명씩 들어와말없이 무리 지어 앉아서, 주인아씨 옆에 묵묵히 앉아 있는 이를 뚫어져라 바라보았습니다. 그는 대인이 해 준 충고를 잊지 않았기 때문에 말을 삼가고 있었습니다. 기사들은 자기들끼리 나직이 두런대기 시작했습니다.

"맙소사," 하고 저마다 말합니다. "저 기사는 정말로 벙어리인 모양이야. 그렇다면 참 안된 일이지. 일찍이 여자에게서 저렇게 수려한 기사는 태어난 적이 없으니 말이야. 그는 우리 주인아씨 옆에, 아씨는 그의 옆에 있으니 아주 잘 어울리는데! 만일 저렇게 둘 다 입을 다물고 있지만 않는다면 말이야. 그는 저렇게 수려하고 아씨는 아름다우시니, 일찍이 어떤 기사도 아가씨와 저렇게 완벽하게 어울리지는 못할 거야. 하느님께서는 저 두 사람을 함께 두시려고 서로를 위해 만드신 것만 같아."

그곳에 있던 모든 사람들이 그렇게 말을 주고받는 동안, 아가씨는 그에게서 무엇이든 말이 있기를 기다리고 있었습니다. 그러나 그녀가 먼저 말을 꺼내지 않으면 그가 아무 말도 하지 않으리라는 것이 분명해지자, 아주 상냥하게 이렇게 말했습니다.

"기사님, 당신은 오늘 어디서 오시는 길인지요?"

"저는 어떤 대인의 성에서 더없이 후한 대접을 받고 오는 길입니다. 거기에는 튼튼하고 멋진 탑이 다섯 개나 있는데, 하나는 크고 다른 넷은 작지요. 저는 전체적인 모습은 묘사할 수 있지만* 성의 이름은 모릅니다. 제가 아는 것은 주인의 이름이 고른망 드 고오르라는 것뿐입니다."

"아, 기사님! 당신의 말씀이 실로 아름답군요. 정말이지 옳은 말씀을 하셨어요.* 그를 대인이라 하시니 하늘의 왕이신 하느님께서 당신에게 갚아 주시기를! 더없이 지당한 말씀이지요. 리셰 성인*에 맹세코, 그분이야말로 대인이시지요! 그 점은 제가 단언할 수 있어요. 비록 그분을 뵌 지 무척 오래되었지만, 저는 그분의 조카딸이랍니다. 분명 당신도 길 떠나신 이래 그보다 더 덕망 높은 대인은 만나 보시지 못했을 거예요. 그분은 대인답고 관대하게 당신을 환대했겠지요. 그분은 부유하고 권세가 있으시니까요. 하지만 저희 집에 있는 것은 빵 다섯* 덩이뿐이랍니다. 제 숙부이신 경건한 수도원장께서 제게 오늘 저녁을 위해 단 포도주* 한 병과 함께 보내 주신 거지요. 그 밖의 먹을 것이라고는 제 하인들 중 한 사람이 오늘 아침 화살을 쏘아 잡은 다람쥐 한 마리뿐이에요."

그녀는 이렇게 말한 뒤 상을 차리라고 명했고, 모두 저녁 식탁에 앉았습니다. 식욕은 왕성하지만, 식사는 오래 걸리지 않았습니다. 식사 후에는 제각기 자리를 떴습니다. 그 전날 밤샘을 하여 오늘 자야 하는 이들은 자기 위해 남았고, 밤샘을 해야 하는 이들은 채비를 했습니다. 그날 밤에는 기사와 하인 도합 오십 명이 밤샘을 했고, 다른 사람들은 손님을 편안하게 하기 위해 애썼습니다. 잠자리를 맡은 이는 새하얀 시트와 호화로운 이불, 머리를 얹을 베개를 준비합니다. 그날 밤 그 기사는* 침대에서 생각할 수 있는 모든 안락함과 쾌감을 누렸습니다. 없는 것이라고는 여인이 줄 수 있는 향락뿐이었지만, 그는 사랑에 대해서도 다른 아무것에 대해서도 전혀 알지 못하는 터라 아무 근심 없이 곧 잠이 듭니다.

하지만 주인아씨는 자기 방에 틀어박혀 잠을 이루지 못합니다. 기사가 태평한 잠을 자고 있다면, 그녀는 마음속에 벌어지는 거센 공격에 시달려 고민합니다. 그녀는 소스라쳐 동요하고 몸을 뒤척이며 번민합니다. 마침내 그녀는 속옷 위에 붉은 비단으로 만든 짧은 겉옷을 걸치고는 용감하고 대담하게 모험을 무릅씁니다. 하지만 괜히 그러는 것이 아닙니다. 그녀가 결심한 것은, 손님에게 가서 자기 고민을 조금이나마 털어놓으려는 것입니다. 그녀는 침대에서 일어나 방을 나서면서 하도 겁이 나서 사지가 떨리고 온몸이 땀에 젖습니다. 눈물을 흘리며 그녀는 방에서 나와 그가 자고 있는 침대로 갑니다. 그녀는 흐느끼고 한숨지으며 몸을 굽혀 무릎을 꿇습니다. 그녀의 눈물이 그의 온 얼굴을 적십니다. 하지만 그 이상은 감히 어쩌지를 못합니다.

그녀가 하도 울었으므로 그는 잠이 깹니다. 얼굴이 젖은 것을 느끼고 놀란 그는 아가씨가 자기 침대 앞에 무릎을 꿇고서 자신의 목을 끌어안고 있는 것을 깨닫습니다. 그는 친절하게* 두 팔로 아가씨를 안아 자기 쪽으로 이끌며 이렇게 말합니다.

"아름다운 아가씨, 무슨 일입니까? 왜 여기 와 계십니까?"

"아! 친절하신 기사님, 불쌍히 여겨 주세요! 성부와 성자의 이름으로, 제가 이렇게 온 것을 부디 나쁘게 생각하지 말아 주세요. 비록 흐트러진 차림이지만,* 결코 망령된 생각은, 악하고 비열한 생각은 하지 않았어요. 이 세상에 저보다 더 슬프고 절망적인 사람은 없을 거예요. 제가 가진 어떤 것도 제 마음을 위로해 주지 못한답니다. 단 하루도 불행이 저를 괴롭히지 않는 날이 없군요. 저는 얼마나 불행한지요. 오늘 밤 말고는 다른 어떤 밤도, 새는 날 말고는 다른 어떤 날도 다시는 보지 않겠어요. 저는 제 손으로 목숨을 끊을 생각이니까요. 이 성을 지키는 삼백십 명의 기사들 중에 이제 오십 명밖에는 남지 않았어요. 다른 이백육십 명은 클라마되 데 질의 집사장인 앙갱그룽*이라는 나쁜 기사가 잡아다가 죽이거나 감옥에 가두었지요. 옥에 갇힌 자들도 죽임을 당한 자들만큼이나 제 마음을 무겁게 해요. 그들도 결코 거기서 나오지 못하고 죽임을 당하리라는 걸 아니까요. 그토록 많은 귀인*들이 죽는 것이 다 저 때문이니 제 마음이 불편한 것이 당연하지요. 벌써 긴 겨울과 또 여름이 지나도록, 앙갱그룽은 이곳을 포위하고서 한 발짝도 물러서지 않아요. 그의 군대는 줄곧 늘어나고, 우리 군대는 줄어들지요. 우리는 식량도 떨어졌고, 한 사람이 제대로 먹을 만큼도* 남지 않았어요. 내일은, 만일 하느님께서 막아 주시지 않는다면, 성이 그에게 넘어갈 거예요. 더는 방어할 수 없으니까요. 그리고 저 역시 가련하게도 성과 함께 넘어가겠지요. 하지만 그는 저를 산 채로 갖지는 못할 거예요. 차라리 죽어 버릴 테니까요. 그는 제 시체만을 갖게 되겠지요. 그러니 제게 무슨 상관이겠어요? 저를 차지하려던 클라마되는 결국 영혼도 생명도 없는 몸뚱이만 갖게 될 텐데요. 저는 서랍에 강철 날이 날카롭게 선 단검을 가지고 있답니다. 그걸로 제 가슴을 찌를 작정이에요. 드리려던 말씀은 이게 다예요. 이제 당신이 쉬시도록, 저는 돌아가겠어요."

기사는 그러려고만 한다면 명예를 얻을 수 있을 것입니다. 왜냐하면 아가씨가 와서 그의 얼굴에 눈물을 흘리는 데는 다른 이유가 없으니까요. 그녀가 그에게 무슨 말을 하든, 그가 그녀와 그녀의 땅을 지키기 위해 싸우려는 마음을 갖게 하려는 것이지요. 그는 그녀에게 말합니다.

"아가씨, 오늘 밤은 좋은 얼굴을 하세요. 안심하고 울음을 그쳐, 여기 제 곁으로 올라와 눈물을 닦으세요. 하느님께서는 당신이 제게 말한 것보다 더 좋은 내일을 주실 거예요. 여기 침대에 와서 제 곁에 누워요. 우리 둘이 누울 만큼 넓으니까요. 저를 두고 가지 마세요."

"청하신다면 그렇게 할게요."

그는 그녀를 끌어안고 입을 맞추어서, 포근하고 부드럽게 이불 안으로 들어오게 했습니다. 아가씨는 그의 입맞춤을 받아들였고, 별로 싫지 않았을 것입니다. 그렇게 해서 그들은 나란히 누워 입과 입을 맞대고 아침이 되어 날이 밝을 때까지 쉬었습니다. 그날 밤 그녀는 위로를 얻었으니, 서로의 품안에서 입을 맞대고 그들은 새벽까지 잤습니다.　　　　　　　　　　　　　　　　　　2069

날이 새자 아가씨는 자기 방으로 돌아갑니다. 시녀들의 도움도 받지 않고, 아무도 깨우지 않고 옷을 입고 치장을 했습니다. 밤샘을 한 이들은 날이 새자마자, 잠든 이들을 깨워 침대에서 끌어냅니다. 같은 무렵 아가씨는 기사에게 돌아가 다정하게 말합니다.

"기사님, 하느님께서 당신께 부디 좋은 날을 주시기를! 당신은 아마 더 이상 여기 머물지 않으시겠지요. 시간 낭비가 될 테니까요. 당신이 떠나신다 해도 저는 슬퍼하지 않습니다. 제가 슬퍼한다면 예를 모르는 사람이 되겠지요. 당신이 여기 계신 동안 아무 좋은 것도 대접해 드리지도 못했으니까요. 하지만 하느님께서 당신에게 더 좋은 숙소를 마련해 주시고, 이곳에 있는 것보다 더 많은 빵과 포도주와 다른 것들,* 온갖 좋은 것을 얻게 해 주시기를 빕니다!"

"아가씨, 오늘은 당신 집 외에 다른 집을 찾아 떠나지 않으렵니다. 떠나기 전에, 할 수만 있다면 당신의 영지에 평화를 되찾아 드리겠습니다. 제가 저 밖에 있는 당신의 적을 보게 되면, 그가 더 이상 머물려 하다가는 제 화를 돋우게 될 것입니다. 그는 부당하게 당신을 괴롭히고 있으니까요. 하지만 만일 제가 그를 무찔러 죽이는 날에는, 그 상으로 당신이 제 애인이 되어 주셔야 합니다. 다른 상은 바라지 않습니다."

그녀는 더없이 우아하게 대답합니다.

"기사님, 당신이 제게 청하시는 것은 참으로 하찮은 것이에요. 만일 그 하찮은 것을 당신께 거절한다면, 거만하다고 하시겠지요! 그러니 거절하지 않겠어요. 하지만 제가 당신의 애인이 된다는 조건으로 저를 위해 죽으러 가겠다는 말씀은 하지 마세요. 그것은 너무나 안된 일이에요. 제가 단언하지만, 당신은 아직 저 밖에서 기다리고 있는 자만큼 그렇게 크고 힘이 센 기사와 싸워 버텨 낼 만한 나이도 힘도 갖추지 못했으니까요."

"그건 오늘 당장 보게 될 겁니다. 저는 그와 싸우러 갈 참이니까요. 아무리 말려도 소용없을 겁니다."

그녀는 대화를 그렇듯 이끌어 갑니다. 그녀는 그가 하려는 일을 비난하면서도 그가 그 일을 하기를 바랍니다. 때로 사람들은 자기가 바라는 일을 누가 하려고 들면 좀 더 확실히 밀어붙이기 위해 주저하는 척할 때가 있습니다. 지혜롭게도 그녀는 바로 그렇게 합니다. 그녀는 자기가 그에게 만류하는 바로 그것을 그의 마음에 불어넣었습니다.

기사는 무장을 가져오라고 합니다. 무장을 가져다가 그에게 입히고 마당 한복판에 준비되어 있던 말에 태웁니다. 무거운 마음으로 이렇게 말하지 않는 이가 없는 것 같습니다.

"기사님, 부디 하느님께서 도우사, 이 고장 전체를 파괴한 집사장 앙갱그롱에게 천벌을 내리시기를!"

그들은 남녀 할 것 없이 그렇게 기도합니다. 그러고는 눈물을 흘리며 그를 문까지 배웅합니다. 그가 성 밖으로 나간 것을 보자 모두 한목소리로 외칩니다.

"아름다운 기사님, 하느님께서 자기 아들이 그 위에서 고통당하게 하셨던 진정한 십자가가 당신을 오늘 치명적인 위험과 장애물과 감옥에서 지켜 주셔서 당신을 즐겁게 하고, 당신 마음에 드는, 당신이 편히 쉴 곳으로 돌려보내 주시기를!"

모두 그를 위해 그렇게 기도했습니다. 포위군들은 그가 다가오는 것을 보고 앙갱그롱에게 알립니다. 앙갱그롱은 자기 막사 앞에 앉아, 날이 저물기 전에 성이 항복하거나 누군가가 일대일로 싸우러 나오리라고 확신하고 있었습니다. 이미 그는 각갑 끈을 매었고, 그의 부하들은 기뻐 날뜁니다. 왜냐하면 그들은 그가 성과 온 고장을 빼앗았다고 생각했기 때문입니다. 앙갱그롱은 힘차고 튼튼한 말을 타고 침착하게 그를 향해 다가가 말합니다.*

"이보게 젊은이, 누가 자넬 여기 보냈는가? 자네가 나온 목적을 말해 보게. 화해를 하자는 건가 싸우자는 건가?"

"그러는 네놈은 여기서 뭘 하는 거냐? 네가 먼저 대답해라. 왜 기사들을 죽이고 온 나라를 쑥대밭으로 만드는 거냐?"

그러자 상대는 교만하고 뻔뻔하게 대답합니다.

"오늘 이 성을 비우고 주루(主樓)를 내놓으라는 거다. 이미 너무 오래 기다렸단 말이다. 그리고 성주 아씨는 내 주군의 차지가 될 게다."

"그 따위 말도, 말을 하는 자도 천벌을 받아라. 너는 네가 요구하는 모든 것을 포기한다고 선언하는 게 나을 게다."

"베드로 성인에게 맹세코, 네놈은 허풍이 심하구나. 하기야 아무 죄도 없는 놈이 죄 값을 치를 때도 종종 있는 법이지만."

젊은이는 더 이상 참지 못하고, 창을 창 받침에 받치고 겨눕니다. 그러고는 서로 전속력으로 말을 몰아 달려듭니다.* 그들은 성이 났고, 그들의 팔은 힘이 셉니다. 그들의 창은 산산조각이 나 버립니다.* 앙갱그롱만이 홀로 쓰러졌고, 방패가 꿰뚫려 상처를 입었으므로 팔과 옆구리에 고통을 느꼈습니다. 젊은이는 말에 탄 채로 공격할 줄을 모르므로, 역시 땅에 뛰어내려 검을 뽑아 들고 상대를 공격합니다. 오가는 칼질을 일일이 다 이야기할 수는 없지만, 아무튼 싸움은 질기고 타격은 거칠었습니다. 마침내 앙갱그롱은 땅에 쓰러지고, 젊은이는 그를 격렬하게 공격하여 자비를 빌게 만듭니다. 젊은이는 결단코 자비란 없다고 말했지만, 그래도 싸워 이긴 기사를 작정하고 죽이지는 말라고 가르쳐 준 대인을 기억합니다. 앙갱그롱은 그에게 말했습니다.

"젊은 친구, 너무 잔인하게 굴지 말고, 나를 살려 주게. 나는 자네가 훌륭한 기사임을, 그리고 자네가 이겼음을 소리 높여 인정하네. 하지만 우리가 서로 싸우는 것을 보지 못하고 우리 두 사람을 아는 사람이라면, 어떻게 자네 혼자서 그 무기만으로 단둘이 싸워 나를 죽였다고 믿을 수 있겠나? 하지만 만일 내가 자네를 위해 자네가 나와 싸워 이겼다고 부하들과 막사 앞에서 증언한다면, 내 말은 믿어질 것이고, 자네의 명예는 모든 사람들에게 알려질 걸세. 어떤 기사도 그보다 더 큰 명예는 누리지 못했을 것이네. 만일 자네에게 주군이 있고 그가 자네에게 무슨 은덕을 베풀거나 자네를 도와주었는데 아직까지 그 보답을 하지 못했다면 나를 그에게 보내 주게. 그러면 자네가 어떻게 무기로 나를 이겼는지 내가 자네를 대신하여 알리고 그의 포로가 되어 그에게 내 처분을 맡기겠네."

"그 이상을 요구한다면 천벌을 받아야지! 어디로 가야 하는지 알겠나? 저 성으로 가게. 내 애인인 주인아씨에게 가서, 자네가 살아 있는 한 결코 다시는 해를 끼치지 않겠다고, 그녀의 처분만 바라겠다고 말하게."

"그렇다면 날 죽여 주게! 그녀 역시 나를 죽일 테니까. 내가 치욕과 고통을 당하는 거야말로 그녀가 가장 바라는 바라네. 나는 그녀의 아버지를 죽게 했고, 지난 일 년 동안 그녀의 모든 기사들을 죽이거나 포로로 만들어 그녀를 분노하게 만들었다네. 나를 그녀에게 보낸다는 것은 더없이 무서운 감옥에 처넣는 것이나 다름이 없어. 그보다 더 나쁜 일은 생각할 수도 없다네. 나를 해칠 작정이 없는 다른 벗이나 애인이 있다면 부디 나를 그리로 보내 주게."

그러자 젊은이는 한 대인의 성으로 가라고 하면서, 대인의 이름을 그에게 말합니다. 세상을 통틀어 어떤 석공도 그 성의 생김새를 그보다 더 자세히 묘사하지는 못할 것입니다. 그는 물과 다리와 소탑들과 주루와 그 둘레의 튼튼한 성벽을 극찬합니다. 그러자 상대는 포로가 되어 보내지게 될 곳이 하필 자기가 가장 미움을 받고 있는 곳임을 알게 됩니다.

"자네가 가라고 하는 곳에서 나는 목숨을 건질 수 없다네. 자네는 나를 곤란한 곳으로만 가라고 하는군. 나는 이번 전쟁에서 그의 친형제 중 한 명을 죽였으니 말일세. 그에게 가라고 하니 차라리 나를 죽여 주게. 만일 자네가 나를 그곳으로 쫓아 보낸다면, 그곳에는 죽음이 날 기다리고 있을 걸세."

"그렇다면 아더 왕에게 가서 포로가 되게나. 내 대신 왕에게 인사드리고, 나를 보고 웃었다는 이유로 집사장 쾨가 뺨을 때린 아가씨를 만나게 해 달라고 청하게. 그녀의 포로가 되어 이렇게 전해 주면 좋겠네. 나는 그녀의 복수를 하기 전에 죽지 않게 해 달라고 기도하고 있다고 말이오."

그는 기꺼이 그 말을 전하겠다고 합니다. 그를 이긴 기사는 성을 향해 돌아가고, 그는 자신의 깃발을 가져가고 포위를 풀라고 명한 뒤 길을 떠납니다. 모두가 가고 갈색머리도 노랑머리도 남지 않습니다.

성에 있던 이들은 돌아오는 이를 맞이하러 나옵니다. 그러나 그가 정복한 기사의 목을 가져오지도 않고 그를 자신들에게 넘기지도 않자 무척 실망합니다. 그들은 크게 기뻐하며 그를 말에서 내려 주고 디딤돌 위에서 무구를 벗겨 주지만 모두 이렇게 말합니다.

"기사님, 앙갱그롱을 이리로 끌고 오기 싫으시다면, 왜 목이라도 베시지 않았나요?"

"여러분, 그건 잘하는 일이 못 되었을 겁니다. 그는 여러분의 친족들을 죽였으므로 저는 그의 목숨을 보장할 수 없었을 거예요. 제가 아무리 말려도 여러분은 그를 죽였을 테니까요. 그리고 그를 이겼다고 해서 사정을 봐 주지 않았다면 저 자신의 가치도 떨어졌겠지요. 어떤 자비가 행해졌는지 아십니까? 그는 아더 왕에게 가서 포로가 될 겁니다. 만일 그가 약속을 지킨다면 말이지요."

성주 아씨도 나타나 그에게 큰 기쁨을 표하며, 자기 방까지 그를 데려가 편히 쉬게 합니다. 그녀는 그에게 입맞춤도 애무도 거절하지 않습니다. 먹고 마시는 대신 그들은 희롱과 입맞춤과 애무와 다정한 말을 나눕니다.

2362

그러나 클라마되*는 여전히 망상에 빠져 있습니다. 그는 이제 아무 저항 없이 성을 차지할 줄 알고 달려오는데, 크게 애통하는 한 사동이 나타나 길에서 그를 보고는 집사장 앙갱그롱의 소식을 전합니다.

"나으리, 일이 잘못되었습니다."

그는 어찌나 애통해하는지 양손으로 머리칼을 쥐어뜯습니다. 그러자 클라마되가 묻습니다.

"무슨 일이냐?"

"집사장께서는 무술이 더 강한 기사에게 항복했고, 아더 왕의 포로가 되기 위해 떠났답니다."

"대체 누가 그를 이겼단 말이냐? 어서 말해라. 어떻게 그런 일이 있을 수 있지? 내 집사장처럼 그렇게 패기 있고 용맹한 사람이 자비를 빌다니, 대체 그런 기사가 어디서 나타났단 말이냐?"

"나으리, 저도 그 기사가 누구인지 모릅니다. 다만, 그가 보르페르 성에서 붉은 갑옷을 입고 나타나는 것을 보았을 뿐입니다."

"그럼 이제 어쩌면 좋겠느냐?" 클라마되는 거의 정신이 나가서 묻습니다.

"어쩌면 좋겠느냐구요, 나으리? 돌아가시는 게 좋겠어요. 더 가봤자 얻을 것이 없으니까요."

이 말에 클라마되의 사부였던 백발의 기사가 앞으로 나섭니다.

"이보게, 자네는 비굴한 말을 하는군. 지금 우리에게는 자네 충고보다 좀 더 현명한 충고가 필요하네. 클라마되가 자네 말을 믿는다면 잘못일세. 그가 앞으로 나아가야 한다는 것이 내 생각일세."

그러고는 이렇게 말합니다.

"나으리, 당신이 어떻게 하면 그 기사와 성을 모두 차지할 수 있을지 아십니까? 아주 간단한 일이지요. 보르페르 성벽 안에는 먹을 것도 마실 것도 없으며, 따라서 기사들은 지쳐 있는데, 우리는 힘이 넘칩니다. 우리는 배고픔도 목마름도 모르며, 따라서 거친 공격도 능히 버틸 만한 상태입니다. 성안 사람들이 감히 나와 우리에게 대적할지 두고 보십시오. 문 앞에서 무술을 겨룰 기사 스무 명만 보내 봅시다. 애인인 블랑슈플뢰르 곁에서 단꿈을 꾸는 기사는 자기 용맹을 보이고 싶어 할 겁니다. 그러다 더 견딜 수 없게 되면* 잡혀 죽고 말겠지요. 약해 빠진 다른 사람들은 별 도움이 안 될 테니까요. 우리 편 기사 스무 명이 그저 그들을 속이는 동안 우리는 저 골짜기를 통해 불시에 그들을 협공하여 포위하는 겁니다."

"정말이지, 그게 좋겠구려." 클라마되가 말합니다. "우리에게는 여기 무장한 사백 명의 정예 군사가 있고, 장비를 잘 갖춘 종자(從者)*도 천 명은 되오. 그러니 우리 적은 다 죽은 목숨이오."

그는 색색의 깃발을 바람에 날리는 기사 스무 명을 성문 앞에 보냈습니다. 성안의 기사들은 그들을 보자, 젊은이가 원하는 대로, 문을 활짝 열었습니다. 그는 모든 사람들이 보는 앞에서 밖으로 달려 나와 기사들과 겨루려 합니다. 용맹하고 강건하고 당당한 기사답게, 그는 그들을 한꺼번에 공격합니다. 그에게 공격당한 자는 감히 그를 신출내기로 보지 못합니다. 그날 그는 능숙한 솜씨를 보여 자기 창으로 숱하게 배를 가릅니다.* 어떤 이는 가슴팍을 찌르고, 어떤 이는 젖가슴을 찌릅니다. 어떤 이는 팔을 부러뜨리고, 어떤 이는 쇄골을 부서뜨립니다. 어떤 이는 죽이고, 어떤 이는 부상을 입히고, 어떤 이는 쓰러뜨리고, 어떤 이는 포로로 삼습니다. 그는 포로와 말들을 필요한 사람들에게 나누어 줍니다.

그때 골짜기를 다 건너간 큰 군대가 나타납니다. 사백* 명의 기사들과 천 명의 종자들이었습니다. 성안에서 나온 이들은* 열려 있던 문 가까이 모여들었고, 밖에서 온 이들은 자기편이 다치고 죽은 것을 보고는 당황하여 무질서하게 성문을 향해 몰려듭니다.

문 앞에서는 모두 바짝 붙어 서서 용감하게 적을 막아 내지만, 인원도 적고 힘이 약했습니다. 공격군이 기사들을 따라온 종자들 덕분에 힘이 늘어나자 방어군은 더 이상 버티지 못하고 성안으로 퇴각합니다. 성문 위에서 궁수들은 빽빽이 몰려드는 무리에게 화살을 쏘아 대지만, 그들 무리는 어떻게든 문을 뚫으려고 기를 썼고, 마침내 우격다짐으로 안쪽으로 통로가 뚫렸습니다. 그러자 위쪽에 있던 사람들은 문짝을 넘어뜨렸고, 문짝이 떨어지면서 그 아래 있던 모든 사람들이 깔려 죽었습니다. 클라마되도 그보다 더 고통스러운 광경은 본 적이 없습니다. 떨어지는 문짝은 그의 부하들을 그처럼 많이 죽인 데다, 이제 입구마저 막아 버렸으니, 그는 쉬러 가는 수밖에 없습니다. 그렇게 격렬한 공격은 괜한 헛수고만 될 테니 말입니다. 그러자 그의 사부가 그에게 말합니다.

"나으리, 대인에게 불행이 닥친다는 것은 이상한 일이 아닙니다. 하느님 뜻에 따라 각자에게 행운 또는 불운이 돌아오는 법이지요. 이번에는 나으리께서 지신 것이 분명하지만, 어떤 성인에게 축일이 없겠습니까. 나으리에게 폭풍이 닥쳐 나으리의 부하들이 고초를 겪었고, 저 안에 있는 자들은 수확을 거두었지만, 그들도 패할 때가 올 것입니다. 만일 저들이 저 안에서 사흘을 더 버틴다면 제 두 눈을 뽑아 버리십시오. 오늘과 내일만 여기 머무르실 수 있다면, 저들은 모두 자비를 빌 테고 성과 탑도 모두 나으리 차지가 될 것입니다. 저 성이 당신 수중에 들어올 테니, 그토록 오래 당신을 거부해 온 저 여자도 당신에게 부디 자기를 거두어 주십사고 애원할 것입니다."

그래서 천막을 가져온 자들은 천막을 치고, 그렇지 않은 자들도 할 수 있는 대로 진을 칩니다. 성안의 사람들은 포로가 된 자들의 무장을 해제하지만, 그들을 옥에 넣지도 차꼬를 채우지도 않습니다. 다만, 도주하거나 성안 사람들에게 해를 끼치지 않겠다는, 신실한 기사로서의 맹세를 요구할 따름입니다.

바로 그날 바다에는 큰 바람이 불더니, 하느님이 보우하사, 밀과 그 밖의 양식을 가득히 실은 짐배가 고스란히 성 앞으로 밀려왔습니다. 성안 사람들은 그것을 보자 뱃사람들이 누구이며 또 무엇을 찾아 왔는지 알아보게 합니다.

뱃사람들은 이렇게 말합니다.

"우리는 식량을 팔러 다니는 상인들입니다. 우리에게는 빵과 포도주, 베이컨, 그리고 원하신다면 도살할 소와 돼지도 많이 있습니다."

그러자 성안 사람들이 말합니다.

"바람에게 당신들을 여기까지 밀고 올 힘을 주신 하느님께 영광 있으시기를! 당신들을 환영하오. 짐을 부리시오. 값이 얼마이든 전부 사겠소. 와서 값을 받아 가시오. 밀과 포도주와 고기 값으로 금괴며 은괴를 받아 세는 데만도 한참은 걸릴 것이오. 필요하다면 짐수레에 실을 만큼, 그리고 그 이상이라도 주겠소."

상인들은 횡재를 만났습니다. 그들은 배에서 짐을 내리고 성안 사람들이 힘을 내도록 짐을 앞세워 보냅니다. 성안 사람들이 식량을 가져오는 사람들을 보고 얼마나 기뻐했을지는 상상에 맡깁니다. 그들은 지체 없이 식사 준비를 합니다. 성 밖에서 어정대는 클라마되는 얼마든지 어정대라지요! 성안에 있는 이들에게는 쇠고기와 돼지고기와 소금에 절인 고기가 얼마든지 있으니까요! 햇곡식이 나기까지 지낼 밀도 얼마든지 있으니까요! 부엌에서 음식을 준비하느라 사동들은 불을 지피고, 숙수들은 바삐 서두릅니다.

그리고 이제 젊은이는 애인 곁에서 마음껏 사랑을 맛볼 수 있습니다. 그녀는 그의 목을 끌어안고 그는 입맞춤으로 답하며, 서로 기뻐합니다. 대청은 즐거운 소리로 떠나갈 듯합니다. 모두 음식 때문에 기뻐합니다. 그처럼 오랫동안 굶주렸던 것입니다. 숙수들은 온 힘을 다해 일했고, 그동안 배고팠던 이들을 자리에 앉게 합니다. 다들 식사를 마치고 식탁에서 일어납니다.

클라마되와 그의 부하들은 성안 사람들이 누린 행운에 대한 소식을 듣고 분통해합니다. 기근으로는 도저히 성을 무너뜨릴 수 없게 되었으니, 이제는 물러나야겠다고 말합니다. 포위를 한 것이 헛일이 되었습니다. 클라마되는 격분하며 아무의 충고도 듣지 않고서 성에 전갈을 보냅니다. 만일 붉은 기사가 자기와 싸울 용기가 있다면 다음날 오정까지 나오라고 말입니다. 자기가 혼자 들판에서 기다리겠다는 것입니다. 성주 아씨는 자기 애인에게 선포된 소식을 듣자, 슬픔과 분노로 가득 찹니다. 하지만 그는 클라마되에게 원한다면 싸우자는 대답을 보냅니다. 그 때문에 아가씨의 애통함은 한층 더 커지지만, 그녀가 아무리 슬퍼해도 그는 결코 그대로 머물지 않았을 것입니다. 남녀 할 것 없이 모두 그에게 간청합니다. 일찍이 어떤 기사도 클라마되와는 싸워 이겨 본 적이 없으니, 부디 그와는 겨루지 말라고 말입니다.

"여러분, 그 일에 대해서는 더 말하지 않는 게 좋겠습니다." 하고 젊은이는 말합니다. "누가 뭐라 해도 저는 물러서지 않을 것입니다."

그래서 그들은 더 이상 감히 말하지 못하고 입을 다뭅니다. 그리고 아침이 되어 해가 뜨기까지 휴식을 취합니다. 그러나 모두 주군을 위해 근심하며, 아무리 애원해도 그를 말릴 수 없었던 것을 애석히 여깁니다.

그날 밤 그의 애인도 그에게 싸움에 나가지 말고 평화로이 머물라고 거듭 간청했습니다. 이제 클라마되도 그의 부하들도 두려워할 이유가 없는 터입니다. 하지만 이 모든 애원이 허사였으니 신기한 일이었습니다. 왜냐하면 그녀가 하는 말은 그처럼 감미로웠고, 한마디 말할 때마다 그처럼 감미롭고 부드럽게 그에게 입을 맞추어 그의 마음 빗장에 사랑의 열쇠를 꽂았으니 말입니다. 그런데도 아무 소용없이, 그녀는 그가 싸움에 나가는 것을 말리지 못합니다. 그는 무장을 가져오라 명했고, 그러자 명령을 받은 자들은 즉시 무장을 대령했습니다. 그에게 무장을 입히면서 모두 크게 애통해했습니다. 왜냐하면 남녀 할 것 없이 모두 마음이 무거웠기 때문입니다. 그는 그들 모두를 왕 중 왕이신 하느님께 맡기고, 그에게 데려온 노르드 말*에 오릅니다. 그러고는 더 이상 그들 가운데 머물지 않고 애통해하는 이들을 뒤로한 채, 즉시 출발했습니다.

클라마되는 그가 자기와 싸우러 다가오는 것을 보면서, 어리석게도 단박에 그를 안장에서 거꾸러뜨릴 수 있으리라고 생각합니다. 들판은 평평하고 아름다웠고, 그들 두 사람밖에는 없었습니다. 클라마되가 부하들을 모두 보내 버렸기 때문입니다. 각기 자기 창을 안장 앞 창받침에 받쳐 들고서, 한마디 도전의 말도 없이 상대를 향해 달려들었습니다. 물푸레나무 자루에 날카로운 창날이 달린 그들의 창은 튼튼하고 다루기 좋습니다. 말들은 전속력으로 달리고, 기수들은 기세가 당당합니다. 서로 죽도록 미워한 나머지, 그들은 하도 세게 부딪쳐서, 방패 모서리가 부서져 나가고 창들은 꺾였습니다. 두 사람 다 상대방을 말에서 떨어뜨렸지만, 두 사람 다 벌떡 일어나 검을 뽑아들고는 막상막하로 오랫동안 싸웁니다. 굳이 그러자면 싸움을 소상히 묘사할 수도 있겠지만, 한 마디로 하나 스무 마디로 하나 같으니 굳이 그러고 싶지 않습니다. 마침내 클라마되가 어쩔 수 없이 항복을 외칩니다.

그 역시 자기 집사장과 마찬가지로 상대의 모든 요구를 수락했지만, 그 역시 어떤 일이 있어도 보르페르에 갇히는 것만은 원하지 않았고, 로마 제국을 다 준다 해도 저 입지 좋은 성을 소유한 대인에게는 가지 않으려 했습니다. 하지만 아더 왕의 포로가 되는 것은 기꺼이 받아들였습니다. 거기에서 그는 쾨가 그토록 거칠게 때린 아가씨를 만나, 자기를 이긴 기사가 누가 뭐라든 그녀의 복수를 하겠다고 한 말을 전하기로 했습니다. 그런 다음 그는 이튿날 동트기 전에, 자기 탑에 갇혀 있는 기사들을 모두 풀어 주고 무사히 성으로 돌려보내겠다고, 그리고 살아 있는 한 보르페르 성 앞에 진 친 어떤 군대도 자기가 할 수만 있다면 물리치지 않는 일이 없을 것이며, 자기도 자기 부하들도 다시는 성주 아씨를 걱정 시키지 않겠다고 맹세해야 했습니다.

그리하여 클라마되는 자신의 영지로 돌아갔고, 그곳에 가서는 모든 포로를 감옥에서 풀어 주어 마음대로 가게 하라고 명했습니다. 그가 말하자마자, 명령이 실행되었습니다. 모든 포로가 풀려났고, 아무것도 빼앗기지 않고 무장을 고스란히 지닌 채, 즉시 돌아갔습니다. 클라마되는 혼자서 길을 갑니다. 쓰여진 바에 의하면, 싸움에서 진 기사는 패배할 당시의 복장 그대로, 아무것도 더하거나 빼지 말고, 그대로 포로가 되어야 한다는 것이 당시의 관습이었답니다. 클라마되는 그런 차림으로 앙갱그롱의 발자취를 따라 길을 갑니다. 아더 왕이 궁정을 열고 있는 디나스다롱*을 향해.

한편 성에서는 오랫동안 형편없는 감방에 머물렀던 이들이 돌아오자 기쁨이 넘칩니다. 대청과 기사들의 숙소에는 즐거운 소리로 떠들썩합니다. 예배당과 수도원들에서는 종들이 명랑하게 울려 퍼집니다. 주님께 감사드리지 않는 수도사나 수녀는 없습니다. 길과 광장에서는 남녀 모두 춤을 춥니다. 이제 아무 공격도 전투도 없으니, 성은 정말이지 기쁨에 들떴습니다.

앙갱그롱은 여전히 길을 갑니다. 멀찍이서 클라마되도 따라갑니다. 사흘 동안 저녁이면 클라마되는 자기 집사장이 머물렀던 여인숙에 묵었습니다. 그렇게 여인숙들을 거쳐* 웨일스의 디나스다롱까지 따라갔습니다. 거기에는 아더 왕의 궁정이 모두 모여 있었습니다. 그들은 클라마되가 의당 그래야 하는 대로 무장을 갖춘 채 다가오는 것을 봅니다. 앙갱그롱은 그를 알아봅니다. 전날 저녁에 도착한 앙갱그롱은 이미 궁정에 자신의 전언을 고했고, 왕은 그가 자신을 섬기도록 붙들어 두었습니다. 그의 주군은 온통 붉은 피로 덮여 있었지만 그는 주군을 알아보았습니다. 그래서 즉시 말했습니다.

"기사님들, 기사님들, 놀라운 일이 생겼습니다. 붉은 갑옷의 그 젊은이가 저기 보이는 저 기사를 보냈군요. 그가 또 이겼다는 것은 저 피를 보면 확실해요. 저 피와 저 사람을 저는 잘 알지요. 왜냐하면 저분은 바로 제 주군이시고, 저는 그의 봉신이니까요. 그의 이름은 클라마되 데 질입니다. 저는 로마 제국을 통틀어 그보다 더 나은 기사는 없다고 믿었는데요. 하지만 대인에게도 불운이 닥치는 법이지요."

앙갱그롱이 그렇게 말하는 동안 클라마되가 도착했고, 둘은 서로를 향해 달려 나갑니다. 그렇게 해서 그들은 궁정에서 만납니다.

성령 강림절이었습니다. 왕비는 아더 왕과 함께 식탁의 상석을 차지하고 앉았습니다. 백작들, 왕들, 공작들, 왕비들, 백작 부인들도 많이 있었습니다. 미사가 끝난 후였기 때문에, 귀부인들과 기사들도 수도원에서 미사를 드리고 돌아와 있었습니다. 쾨도 대청으로 들어서는데, 외투도 없이 오른손에는 단장을 들고 금발 머리에는 펠트 모자를 쓰고 머리칼은 땋은 모습입니다. 세상에 어떤 기사도 그보다 더 잘생기지 않았습니다. 그러나 그의 아름다움과 용맹함은 못된 냉소 때문에 망쳐집니다. 그의 윗저고리는 진홍으로 잘 물들여진 화려한 천으로,* 허리에는 버클과 모든 고리가 금으로 된 정교하게 만든 띠를 두르고 있습니다.* 저도 그렇게 기억하고 이야기도 그렇게 증언하는 바입니다. 그가 들어오자 모두 멀찍이 비켜납니다. 그의 독설과 야유를 꺼려 그에게 길을 내줍니다. 농담이건 진담이건 간에, 명백한 심술을 꺼리지 않는다면 현명한 사람이 못 되겠지요. 그래서 아무도 쾨에게 말을 걸지 않자, 그는 모두 지켜보는 앞을 지나 왕이 앉아 있는 곳으로 가서 이렇게 말합니다.

"전하, 괜찮으시다면 식사를 시작할까요."

"쾨, 나를 좀 내버려 두게. 내 머리의 눈을 걸고 말하지만 온 궁정이 모인 이렇게 중요한 축일에는, 내 궁정에 무엇인가 새로운 일이* 일어나기 전에는 먹지 않겠네."

그렇게 말하고 있었는데, 포로가 되러 온 클라마되가 마땅히 그래야 하는 바 패자의 무장을 한 모습으로* 나타나 이렇게 말합니다.

"살아 계신 가장 영명하신 왕, 왕의 위대한 무용을 들은 자들이 한결같이 그렇게 증언하는 바, 가장 고귀하고 관후하신 왕에게 신의 가호와 축복이 있으시기를! 그런데 제 말을 들어주소서, 고귀한 왕이시여, 왜냐하면 전할 말씀이 있기 때문입니다. 이런 말을 하는 것은 저로서는 괴로운 일이지만, 저와 싸워 이긴 기사가 저를 이곳으로 보낸 것입니다. 그는 제가 당신에게 가서 포로가 되기를 명했고, 저는 거역할 수 없었습니다. 제가 그의 이름을 아는지 물으신다면, 저는 모른다고 대답할 것입니다. 하지만 말씀드릴 수 있는 것은 그는 붉은 무장을 하고 있고, 그것을 당신으로부터 받았다는 것입니다."

"벗이여, 하느님께서 그대를 도와주시기를! 그가 편안한지, 기분도 건강도 괜찮은지, 사실대로 말해 보시오."

"그렇습니다. 전하. 그 점은 안심하십시오. 그는 제가 일찍이 보았던 가장 용맹한 기사입니다. 그는 제게 이르기를, 자기에게 웃어 주었다고 해서 쾨에게 뺨을 맞는 수치를 당한 아가씨에게 전하라고 했습니다. 하느님께서 그럴 힘을 주시기만 한다면, 자기가 그녀의 복수를 하겠다고 말입니다."

이 말을 듣자, 바보가 기뻐 날뛰며 외칩니다.

"전하, 하느님이 보우하사, 그 손찌검은 단단히 갚아질 겁니다. 이 말을 헛소리로 여기지 마세요. 쾨는 팔이 부러지고 발목이 삐는 것을 모면할 수 없을 겁니다."

이 말을 들은 쾨는 당치도 않다고 여깁니다. 그가 바보의 머리를 후려치지 않는 것은 겁이 나서가 아니라 왕에게 수치를 끼치고 싶지 않기 때문입니다. 왕은 고개를 끄덕이며 쾨에게 말합니다.

"그가 여기 나와 함께 있지 않다니 얼마나 서운한지! 그는 그대와 그대의 어리석은 혀 때문에 떠나 버렸으니, 위로받을 길이 없구려."

왕의 명령에 따라, 기플레*와 이뱅이 일어납니다. 함께하는 이들을 반드시 더 훌륭하게 만든다는 이뱅 말입니다. 왕은 그들에게 새로 온 기사를 왕비와 시녀들이 놀고 있는 방으로 데려가라 명했고, 기사는 왕 앞에 절을 합니다. 왕의 명령을 받은 자들은 그를 그 방으로 데려가, 그 아가씨를 알려 줍니다. 그는 그녀에게 그녀가 바라던 소식을 들려줍니다. 그녀는 뺨 맞은 일로 아직도 마음이 상해 있습니다. 손찌검의 상처는 다 나았지만, 그녀가 당한 수치는 잊을 수도 나을 수도 없는 것입니다. 자기가 당한 수치와 모욕을 쉽게 잊어버리는 사람은 옳지 않습니다. 고통은 지나가 버리지만, 수치는 남습니다. 굳세고 강인한 사람에게서는 그렇습니다. 비겁한 사람에게서는 수치감도 식어 가고 죽어 버리지만 말입니다.* 클라마되는 전갈을 마쳤고, 왕은 그에게 평생 자기 궁정에 남아 가속이 되라고 명합니다.

2909

그러나 그와 더불어 블랑슈플뢰르와 그녀의 영지를 두고 싸웠던 기사는 그녀 곁에서 편안하고 행복합니다. 만일 그의 마음이 딴 데 가 있지만 않았더라면, 영지는 아무 문제 없이 그의 차지가 되었을 것입니다. 그러나 그는 혼절해 쓰러지던 어머니를 잊을 수 없습니다. 그래서 다른 어떤 소원보다도, 어머니를 만나러 가기를 원합니다. 그는 감히 애인에게 작별을 고하지 못합니다. 그녀는 그를 말리고 막아서 그에게 자기 신하들을 보내 남아 달라 애원하게 합니다. 그러나 그들이 뭐라 하든 소용이 없었고, 다만 그는 한 가지 약속을 합니다. 만일 그의 어머니가 살아 계시다면, 어머니를 모시고 돌아와 영지를 다스리겠다고 말입니다. 그 점은 확실히 알아 두기를. 그리고 만일 어머니가 죽었다 해도, 그는 역시 돌아올 것입니다.

그리하여 그는 사랑스런 애인을 남겨 두고 떠납니다. 그녀는 몹시 슬퍼하며 괴로워하고, 다른 모든 사람들도 마찬가지입니다. 그가 도시를 나서자, 마치 승천절이나 되는 것 같은, 적어도 주일은 되는 것 같은 행렬이 다가옵니다. 수도사들은 모두 고운 비단 케이프를 걸쳤고, 수녀들은 모두 베일을 쓰고 있습니다. 그리고 모두 이렇게 말합니다.

"기사님, 저희를 유배지에서 끌어내 집으로 돌아오게 해 주신 기사님, 이렇게 속히 저희를 두고 떠나시다니, 저희가 슬퍼하는 것도 당연하지요. 어떻게 슬프지 않을 수 있겠습니까?"

"울지 마십시오." 하고 그는 그들에게 말합니다. "하느님이 보우하사, 저는 돌아올 겁니다. 슬퍼할 필요 없습니다. 제가 저 외딴 숲에 홀로 두고 온 어머니를 보러 가는 것이 옳다고 생각하지 않으십니까? 어머니가 살아 계시든 돌아가셨든 저는 돌아올 것이고, 무슨 일이 있어도 반드시 그렇게 하겠습니다. 만일 어머니가 살아 계시다면 베일 쓴 수녀가 되어 여러분의 교회에 머물 것이고, 만일 세상을 떠나셨다면 하느님께서 그녀를 다른 경건한 영혼들과 함께 아브라함의 품에 두시도록 매년 미사를 거행하겠습니다. 수도사님들, 그리고 귀하신 수녀님들이여, 근심하실 필요가 없습니다. 만일 하느님께서 저를 돌아오게 해 주신다면 그분의 영혼을 위해 큰 보시를 드리겠습니다."

이제 수도사들과 수녀들, 다른 모든 사람들은 돌아서고 그는 떠납니다. 창을 받쳐 들고, 그가 오던 날처럼 무장을 한 채.

2975

온종일 그는 길을 갔습니다. 하지만 길을 물을 사람은커녕 그림자도* 만나지 못했습니다. 그는 하느님 아버지께* 연신 기도했습니다. 하느님 뜻이라면, 부디 건강하게 살아 계신 어머니를 만나게 해 달라고 말입니다. 그렇게 기도하면서 그는 작은 언덕의 비탈을 내려가 강에 이르렀습니다.* 물이 깊고 물살이 세찬 것을 보고, 그는 감히 들어갈 엄두를 내지 못하며 이렇게 말했습니다.

74

"아, 전능하신 주님, 이 물을 건널 수만 있다면, 저 건너편에서 어머니를 만날 수 있을 텐데요, 살아만 계시다면 그럴 텐데요."

그는 물가를 따라가다가 암벽을 만납니다. 물살에 씻기는 암벽이 그의 길을 가로막고 있습니다. 그때 그는 상류 쪽에서 물살을 따라 내려오던 작은 배를 보았습니다. 두 사람이 그 안에 앉아 있었습니다.* 그는 멈춰 서서 기다립니다. 그들이 자기 앞까지 와 주리라 생각했던 것입니다. 그러나 그들은 물 한복판에 멈추어서 닻을 단단히 내리고는 미동도 없이 머물러 있었습니다. 고물에 있는 이는 줄을 내리고 낚시질을 하는데, 피라미만 한 작은 물고기를 미끼로 썼습니다. 그는 어찌할 바를 모르고 어디서 물을 건너야 할지도 몰라서, 그들에게 인사를 건네며 물었습니다.

"어르신들, 이 강에 혹시 얕은 물목이나 다리가 있는지 좀 가르쳐 주십시오."

그러자 낚시하던 이가 대답합니다.

"아니요, 형제. 내가 아는 바로는, 고작 다섯 사람 탈 만한 이 배보다 더 큰 배라곤 없다오. 상류로도 하류로도 이십 마장 안에서는 말을 타고 건널 수가 없소이다. 배도 다리도 얕은 물목도 없으니."

"그렇다면 부디 가르쳐 주세요. 어디서 묵어 갈 수 있을지."

"하기야 묵을 곳도 또 다른 것들도 필요하겠구려. 내가 오늘 밤 당신을 대접하리다. 저 바위에 난 틈새로 올라가 보오. 그 꼭대기에 가면 앞쪽 골짜기에 내가 사는 집이 보일 게요. 강과 숲이 가까운 곳이라오."

즉시 그는 언덕 꼭대기로 올라갔습니다. 그리고 언덕 위에서 사방을 둘러보았지만* 하늘과 땅밖에는 아무것도 보이지 않았습니다. 그는 말했습니다.

"내 뭐 하러 여길 왔담? 정말이지 어리석고 멍청한 짓이야! 날 이리 보낸 사람에게 천벌이 내리기를! 정말이지, 꼭대기에 올라가면 집이 보일 거라니, 길을 잘도 가르쳐 줬지 뭐야! 내게 그렇게 말한 어부 양반, 날 속이려고 그런 거라면 정말 야비하군."

그때 그는 자기 앞쪽* 골짜기에서 탑의 윗부분이 나타나는 것을 보았습니다. 거기서 베이루트에 이르기까지, 그렇게 아름답고 터가 잘 잡힌 탑은 찾을 수 없었을 것입니다. 검은 돌로 네모반듯하게 지어진 그 탑에는 두 개의 망루가 달려 있었습니다. 주실(主室)은 탑의 앞쪽에 있고, 주실 앞에는 전실(前室)들이 있었습니다.

젊은이는 그쪽으로 내려가면서, 자기를 그리로 보낸 이가 길 안내를 잘했다고 생각했습니다. 이제 묵을 곳이 생기고 나니, 그는 어부를 칭찬하고 더 이상 사기꾼에 거짓말쟁이로 취급하지 않습니다. 그는 문을 향해 갔고, 문 앞에 도개교가 내려져 있는 것을 보았습니다. 다리 위를 지나 들어서자마자, 사동 넷이 그를 맞이하러 나옵니다. 둘은 그의 무장을 벗기고, 세 번째 사동은 말을 데려가 건초와 꿀을 먹이고, 네 번째 사동은 산뜻한 붉은 망토를 어깨에 걸쳐 주고는 그를 전실로 데려갔습니다. 여기서 리모주에 이르기까지 그렇게 아름다운 전실은 찾아볼 수 없었을 것입니다.

젊은이는 거기서 주인이 하인 둘을 보내 부르러 오기까지 기다렸습니다. 그는 그들을 따라 길이가 폭만 한 네모진* 방으로 갔습니다. 그는 방 한복판 침대 위에 머리칼이 희끗하게 센 아름답고 기품 있는 이*가 앉아 있는 것을 보았습니다. 그의 머리에는 오디처럼 새까만 담비로 된, 위쪽에 자줏빛 천을 덮은 모자가 씌어 있었고, 그의 옷도 온통 까만 빛깔이었습니다. 그는 팔꿈치를 괴고 있었고, 그의 앞 네 개의 기둥 사이에서는 잘 마른 장작이 활활 타며 밝은 불꽃을 던지고 있었습니다. 장정 사백 명이 불 가에 앉아도 자리가 넉넉할 만했습니다. 기둥들은 아주 든든했으니, 높고 널찍하고 두꺼운 청동 맨틀피스를 떠받치고 있었습니다. 주인에게 손님을 데려온 하인들은 그를 각기 양옆에서 호위하여 주인 앞으로 나아갔습니다. 주인은 그가 오는 것을 보자 즉시 인사하며 이렇게 말했습니다.

"젊은이, 내가 일어나 맞이하지 못하더라도 너무 언짢게 여기지 마시오. 나는 거동이 자유롭지 못하다오."

"어르신, 그런 말씀 마십시오. 하느님께서 제게 기쁨과 건강을 주시니, 저는 아무렇지도 않습니다."*

대인은 그러나 신경이 쓰이는 듯, 가능한 한 몸을 일으키며 이렇게 말했습니다.

"젊은이, 이리 가까이 오시오. 나를 두려워하지 말고 여기 내 곁에 앉으시오. 내 바라는 바요."

젊은이는 그의 곁에 앉았습니다. 대인은 그에게 말했습니다.

"젊은이, 오늘 어디서 오는 길이오?"

"어르신, 저는 오늘 아침 보르페르라는 곳에서 출발했습니다."

"정녕 먼 길을 왔구려. 야경꾼이 새벽을 알리기도 전에 떠난 모양이구려."

"이미 조과를 알린 뒤였습니다."

그들이 그렇게 이야기를 나누는 동안, 문으로 사동 하나가 목에 검을 둘러메고 들어와 주인에게 건네었습니다. 주인은 그것을 칼집에서 반쯤 빼내어 어디서 만들어졌는지 검 위에 쓰여 있는 것을 살폈습니다. 그는 또한 그것이 아주 단단한 강철로 만들어져, 그것을 벼리고 만든 이만 아는 단 한 가지 위험에서밖에는 부서지지 않으리라는 것도 알아보았습니다. 검을 가져온 사동이 말했습니다.

"어르신, 질녀이신 아름다운 금발의 아가씨께서 이 선물을 보냈습니다. 이만 한 길이와 폭에 이처럼 섬세한* 검은 보신 적이 없을 것입니다. 마음에 드시는 이에게 주십시오. 주인아씨께서도 그것이 제대로 쓸 줄 아는 이의 손에 들어가면 기뻐할 것입니다. 이것을 벼린 이는 이런 것을 단 세 자루밖에 만들지 않았는데, 이 검 다음에 다른 검은 다시 만들지 못하고 죽을 것입니다."

주인은 즉시 그것을 곁에 있던 손님에게 주었습니다. 보물에 진배없는 검대와 함께 말입니다. 칼자루는 그리스와 아라비아에서 가장 순수한 금으로 만들었고, 칼집은 베네치아에서 세공한 것이었습니다. 주인은 그처럼 값진 장식이 된 검을 젊은이에게 주며 말했습니다.

"형제여, 이 검은 그대를 위한 것이오. 받아 주기 바라오. 검을 차고 한번 뽑아 보시오."

젊은이는 감사의 말을 하며 검대를 너무 조이지 않게 매고 검을 찹니다. 그러고는 그것을 칼집에서 빼어 들고 잠시 들여다본 다음, 다시 칼집에 넣었습니다. 검은 옆구리에 차도 어울렸고, 손에 들면 더 잘 어울렸습니다. 그는 필요하다면 전사답게 그것을 쓸 줄 아는 사람처럼 보였습니다.

그의 뒤에는 밝게 타오르는 불가에 사동들이 서 있었습니다. 그 가운데서 자기 무기를 맡았던 이를 보자* 그는 검도 그 사동에게 맡겼고, 사동은 그것을 맡았습니다. 그러고는 자신에게 큰 영예를 베풀어 준 주인 곁으로 돌아가 앉습니다. 방 안의 불빛은 어찌나 밝은지, 그보다 더 밝게 불을 켠 집은 찾아볼 수 없었을 것입니다.

그들이 이런저런 이야기를 나누는 사이에 한 사동이 방에서 나왔는데, 눈부시게 새하얀 창의 자루 한가운데를 잡고 있었습니다. 그는 침대에 앉은 사람들과 불 사이로 지나갑니다. 방 안에 있던 모든 이들이 새하얀 창과 창날을 봅니다. 창날 꼭대기에서 피 한 방울이 솟아나더니, 그 붉은 핏방울이 사동의 손까지 흘러내립니다. 그날 밤 그곳에 온 젊은이는 이 놀라운 광경을 보고는 어찌 된 일인지 물으려다가 그만둡니다. 자신을 기사로 만들어 준 대인의 충고를 기억했기 때문입니다. 대인은 말을 많이 하지 말라고 가르쳤던 것입니다. 그래서 만일 질문을 했다가는 무례하다고 여길까 걱정이 되었습니다. 그 때문에 그는 아무것도 묻지 않았습니다.*

이어 다른 사동 둘이 각기 손에 흑금으로 상감된 순금 촛대를 들고 나타났습니다. 촛대를 든 사동들은 대단히 아름다웠습니다. 각 촛대에는 적어도 열 개의 촛불이 타고 있었습니다. 그라알*을 양 손에 든 한 아가씨가 사동들과 함께 나타났는데, 그녀는 아름답고 우아하며 고상한 차림새였습니다. 그녀가 그라알을 들고 나타나자, 하도 환한 빛이 퍼져서 촛불은 빛을 잃었습니다. 마치 해가 뜨면 달과 별이 희미해지는 것처럼 말입니다. 이 아가씨 다음에 또 다른 아가씨가 은 쟁반*을 들고 왔습니다. 앞에 가는 그라알은 지극히 순수한 정금으로 만들어졌고, 땅과 바다에서 나는 가장 값지고 귀한 갖가지 보석이 박혀 있었습니다. 그라알의 보석은 분명 다른 어떤 보석보다도 진귀한 것이었습니다. 창이 지나갔듯이, 그들도 침대 앞을 지나서* 한 방에서 다른 방으로 들어갔습니다. 젊은이는 그들이 지나가는 것을 보았지만, 그 그라알로 누구에게 음식을 가져가는지* 감히 묻지 못했습니다. 현명한 대인이 해 준 말을 줄곧 마음속에 간직하고 있었기 때문입니다. 하지만* 행여 좋지 않은 일이 일어날까 걱정이 되는군요. 왜냐하면 제가 듣기로는 때로 말을 너무 아끼는 것도 너무 많이 말하는 것보다 가히 낫지 않다고들 하니까요. 다행인지 불행인지 모르지만, 그는 아무것도 묻지 않았습니다.

주인은 사동들에게 물을 가져오고 식탁을 차리라고 명합니다. 일을 맡은 이들은 늘 하던 대로 그렇게 합니다. 주인과 젊은이가 알맞게 데운 물에 손을 씻는 동안, 사동 둘이 상아로 된 널찍한 상을 가져왔는데, 이야기가 증언하는 바로는 그것이 전부 한 개의 상아로 만들어져 있었다고 합니다. 그들은 즉시 그것을 주인과 젊은이 앞에 놓았고, 한편 다른 사동 둘은 받침대 두 개를 가져왔습니다. 그 받침대를 만든 목재에는 두 가지 효능이 있어서, 영구히 갈 것입니다. 그것은 흑단이기 때문에 타거나 썩지 않으니, 이 두 가지에 대해서는 아무 염려 없습니다. 이 받침대 위에 상이 놓이고 보가 깔렸습니다. 이 식탁보에 대해 무슨 말을 하겠습니까? 교황 특사도 추기경도 교황도 그보다 더 새하얀 식탁보에서는 먹지 못했습니다. 첫 번째 음식은 후추로 맛을 내고 기름에 구운 사슴 다리였습니다. 금잔에 담긴 맛 좋은 맑은 포도주도 모자라지 않습니다.* 한 사동이 은쟁반에 담긴 후추 친 사슴 다리를 자기 쪽으로 당겨 자른 다음, 그 조각을 큼직한 빵 위에 얹어 그들 앞에 놓아 주었습니다.*

그러는 동안 그라알이 다시금 그들 앞을 지나갔지만, 젊은이는 그라알로 누구에게 음식을 가져가는지 묻지 않았습니다. 너무 많이 말하는 것을 친절하게 나무라 준 대인 때문에 자제했던 것입니다. 그는 그 충고를 마음 깊이 간직하고 잊지 않았습니다. 그래도 그는 정도 이상으로 말을 아꼈습니다. 새로운 음식이 차려질 때마다 훤히 드러난* 그라알이 자기 앞을 지나는 것을 보면서도, 그것으로 누구에게 음식을 가져가는지 알지 못하니 말입니다. 그도 무척 알고는 싶었습니다.* 하지만, 떠나기 전에 궁정의 사동들 중 누군가에게 반드시 물어 보리라고, 그는 생각합니다. 아침에 주인과 다른 모든 가속에게 작별을 하기까지 기다려야겠다고 말입니다. 그래서 그는 질문을 나중으로 미루고, 지금은 먹고 마시는 데만 열중합니다.

식탁에는 탐스럽고 맛난 음식과 포도주가 아낌없이 나옵니다. 모두 진수성찬이었고, 그날 밤 대인과 젊은이는 왕후장상이나 받을 만한 상을 받았습니다. 식사 후에는 둘이 함께 이야기를 하며 저녁을 보냈습니다. 그러는 동안 사동들은 잠자리를 준비하고 먹을 과일을 준비했습니다. 과일도 아주 값진 것이었습니다. 대추야 자, 무화과, 육두구(肉荳蔲), 정향(丁香), 석류, 그리고 끝으로 연약 (煉藥)*과 알렉산드리아 산(産) 생강, 향료를 넣은 젤리 같은 것 말 입니다. 그다음에는 여러 가지 음료를 마셨습니다. 꿀이나 후추를 넣지 않은 달고 향기로운 포도주, 나무딸기술, 그리고 맑은 시럽 같은 것이지요.

젊은이는 그 모든 것에 감탄합니다. 일찍이 그런 것은 맛본 적 이 없었던 것입니다. 대인은 그에게 말합니다.

"젊은이, 이제 그만 자러 갈 시간이오. 괜찮다면 나는 내 침실로 돌아가겠소. 그대는 여기서 그대 좋은 시간에 주무시오. 나는 몸 에 힘이 없어서 실려 가야 한다오."

곧 네 명의 튼튼한 장정이 방에서 나타나 대인이 누워 있던 침 대에 펼쳐져 있던 요의 네 귀퉁이를 들고 그를 침실로 데려갑니 다. 젊은이 곁에는 다른 사동들이 남아 시중을 들며 필요한 일을 해 주었습니다. 그가 자리에 들려 하자, 그들은 그의 신과 옷을 벗 기고 희고 고운 시트 속에 뉘어 주었습니다.

그는 아침이 되어 날이 훤히 새고 온 집 안이 다 일어나기까지 잤습니다. 사방을 둘러보았지만, 곁에는 아무도 없었습니다. 그는 좋든 싫든 혼자서 일어나야 할 것 같았습니다. 그래야 한다는 것 을 깨닫자, 그는 자리에서 일어나 다른 도움을 기다리지 않고 요 령껏 옷을 입은 다음, 탁자 끝에 가져다 놓은 무장을 발견했습니 다. 차림새를 다 갖추자 그는 전날 조금 열려 있는 것을 본 방들의 문 앞으로 가 봅니다. 하지만 괜한 수고였습니다. 모든 문은 엄중히 잠겨 있었고, 문을 두드리며 사람을 불러 보았지만, 아무도 열어 주지 않았고 대답도 없었습니다.

부르는 데 지친 그는 주실의 정문으로 가 봅니다. 그 문은 열려 있었으므로, 계단을 내려가 보니 그의 말에 안장이 얹어져 있고, 그의 창과 방패도 벽에 기대어져 있습니다. 그는 말에 올라 사방을 돌아다녀 보지만, 종사도 사동도, 인기척이라고는 없습니다. 그래서 곧장 성문으로 가 보니, 도개교가 드리워져 있습니다. 언제든지 그가 떠나려 하면 거침없이 다리를 건너는 것을 막지 않으려 했던 것입니다. 하지만 그는 다리가 내려져 있는 것을 보자, 사동들이 전에 놓았던 덫이며 그물들을 확인하러 숲으로 갔으리라고 생각합니다. 더 미적거릴 것이 아니라, 그들을 따라가서 그들 중 누군가가 창에서는 왜 피가 흐르는지, 그라알은 어디로 가져가는지 말해 줄 수 있을지 알아보아야겠다고 말입니다. 그래서 그는 문을 지나갑니다. 하지만 다리를 미처 다 건너기도 전에, 그는 말의 발들이 허공을 향해 쳐들리는 것을 느꼈습니다. 말은 크게 뛰어올랐습니다. 만일 그렇게 뛰어오르지 않았더라면, 말도 기수도 형편없이 나가떨어졌을 것입니다. 젊은이가 무슨 일인가 하여 뒤돌아보니 다리가 올려져 있었습니다. 그는 소리쳐 불러 보지만, 아무도 대답하지 않습니다.

"이봐요, 다리를 올린 양반, 말 좀 해 봐요. 당신은 누구요? 보이지 않으니, 대체 어디 있는 거요? 이리 좀 나와요. 어디 봅시다. 게다가 알고 싶은 일이 있어 좀 물어 보려고 그래요."

아무리 그래 봐도 헛일이었습니다. 아무도 그에게 대답하려 하지 않습니다.

그는 숲으로 접어듭니다. 어느 오솔길에 들어선 그는 말들이 방금 지나간 자취를 발견합니다.

"아! 내가 찾는 사람들이 이리로 지나간 모양이군."

그래서 그는 숲으로 뛰어들어, 발자국이 이어진 데까지 따라갑니다. 그렇게 가다가 우연히* 한 아가씨가 떡갈나무 아래서 울며 탄식하는 것을 봅니다.

"아, 내 신세가 가련하구나! 그 무슨 불길한 시간에 태어났더란 말이냐! 내가 태어난 시간, 내가 잉태된 시간에 화 있을진저! 이 제껏 닥친 어떤 일에도 이토록 통탄한 적은 없건만. 내가 안고 있는 이 이가 내 죽은 애인이 아니었으면! 차라리 내가 죽고 그가 살았더라면 좋았을 것을! 아! 죽음은 나를 참담하게 만드는구나. 왜 내 영혼이 아니라 그의 영혼을 거두어 갔을꼬! 세상에서 가장 사랑하는 이의 죽음을 보았으니, 내 살아 무엇 하리! 그가 없이는 내 몸도 목숨도 소용이 없으리. 죽음이여, 내 영혼을 앗아가 다오! 그리하여 그의 벗이 되고 하녀가 되게 해 다오! 그의 영혼이 받아 주기만 한다면!"

그녀는 한 기사를 품에 안고 그렇게 애도하고 있었는데, 기사는 목이 베어져 있었습니다. 젊은이는 그녀를 보자 곧장 그 앞으로 나아갑니다. 그가 다가가 인사하자 그녀는 인사에 답하면서도 여전히 고개를 떨군 채 탄식을 멈추지 않았습니다. 젊은이는 그녀에게 물었습니다.

"아가씨, 당신 무릎에 누워 있는 그 기사는 누가 죽였나요?"

"기사님, 한 기사가 바로 오늘 아침에 그를 죽였답니다. 하지만 내 보기에는 아주 이상한 일이군요. 누구나 알다시피, 여기서 당신이 온 방향으로는 곧장 마흔 마장*을 가 보아도 제대로 된 숙소는 만날 수 없는데요. 어떻게 당신의 말은 옆구리가 그렇게 매끈하고 털은 윤이 나게 빗겨져 있지요? 씻기고 빗어 주고 건초와 귀리를 구유 가득 먹였다 해도, 그렇게 배가 팽팽하고 털이 가지런하지는 않을 텐데요? 그리고 당신도 간밤에 아주 편안하게 잘 쉰 듯한 모습을 하고 있군요."

"정말이지, 아가씨, 지난밤에 저는 바랄 수 있는 모든 안락과 휴식을 누렸답니다. 그러니 그렇게 보인다 해도 무리가 아니지요. 지금도 우리가 있는 여기서 큰 소리로 외치면 내가 간밤에 묵었던 곳에서 또렷이 들릴 거예요. 당신은 이 고장을 잘 모르고 별로 다녀 보지도 않은 것 같군요. 나는 단연코 이제껏 가 본 곳 중에서 가장 훌륭한 곳에서 대접을 받았답니다."

"아, 그렇다면 당신은 부자 어부왕의 집에 묵었던 모양이군요?"

"아가씨, 맹세코 저는 그가 어부인지 왕인지는 모릅니다. 하지만 대단히 사려 깊고* 점잖더군요. 제가 말씀드릴 수 있는 것이라고는 엊저녁 꽤 느지막이 유유히 강에 떠 있는 배 안의 두 사람을 보았다는 것뿐입니다. 둘 중 한 사람은 노를 젓고, 다른 한 사람은 낚시를 하고 있었어요. 낚시를 하던 사람이 내게 자기 집을 가르쳐 주면서 묵어가라고 했지요."

그러자 아가씨가 말했습니다.

"기사님, 그가 왕이랍니다. 그 점은 확실히 말할 수 있어요. 하지만 그는 전쟁에서 부상을 입고 불수의 몸이 되어 기동을 못하게 되었지요. 다리 사이에 투창을 맞고 그렇게 되었답니다. 아직도 그 상처 때문에 말을 탈 수가 없는 것이에요. 바람을 쐬거나 기분 전환을 하고 싶을 때면 배를 타고 낚시질을 하지요. 그래서 어부 왕이라고 부른답니다. 다른 운동은 할 수가 없으니 그렇게 즐기는 것이에요. 들판이나 강변에서 사냥을 할 수도 없지요. 하지만 그는 습지 사냥꾼들과 궁수들, 수렵 담당관들을 두고 있어서, 숲에서 활을 쏘게 하지요. 그 때문에 그는 이곳의 거처에 유하기를 좋아한답니다. 세상에서 여기보다 더 그에게 잘 맞는 곳이 없거든요. 그래서 그는 이곳에 그처럼 부유한 왕에게 걸맞은 거처를 지은 거지요."

"아가씨, 당신 말이 옳아요. 엊저녁에 그의 앞에 나아갔을 때, 아주 놀라운 광경을 보았어요. 내가 그에게서 조금 떨어져 있으니까, 곁에 와서 앉으라고 하더군요. 그리고 일어나 맞이하지 못하더라도 언짢게 생각하지 말라고 했어요. 일어날 수가 없다면서요. 그래서 그의 곁에 가서 앉았지요."

"곁에 와서 앉으라니, 그가 당신에게 큰 영예를 베풀었군요. 그런데 말해 봐요, 그렇게 그의 곁에 앉아서, 혹시 당신은 창끝에서 피가 흐르는 창을 보았나요? 살도 핏줄도 없는데 말이에요."

"그걸 보았느냐고요? 물론이지요."

"그럼 왜 피가 흐르는지 물어 보았나요?"

"한마디도 하지 않았습니다."

"맙소사!* 큰 잘못을 했군요. 그럼 그라알은 보았나요?"

"그럼요."

"누가 그걸 들고 있던가요?"

"어떤 아가씨가요."

"어디서 오던가요?"

"어떤 방에서요."

"거기서 어디로 가던가요?"

"또 다른 방으로 들어갔지요."

"그라알 앞에 가는 이가 있던가요?"

"있었어요."

"누가요?"

"두 명의 사동이요."

"그들은 손에 무엇을 들고 있던가요?"

"촛불이 가득 꽂힌 촛대였어요."

"그럼 그라알 뒤에는 누가 오던가요?"

"또 다른 아가씨가요."

"그녀는 무엇을 들고 있던가요?"

"작은 은쟁반이요."

"그 사람들에게 어디로 그렇게 가느냐고 물어보았나요?"

"내 입에서는 한마디 말도 나오지 않았습니다."

"오, 맙소사! 갈수록 태산이군요. 대체 당신은 이름이 뭔가요?"

그는 자기 이름을 알지 못했으므로, 짐작으로 대답했습니다. 페르스발 르 갈루아*라고. 그는 자기 말이 사실인지 아닌지 알지 못했지만, 알지 못한 채 사실을 말한 것이었습니다. 아가씨는 그 말을 듣자 벌떡 일어나며 성이 나서 말했습니다.

"이제 그 이름이 바뀌었구려."*

"어떻게요?"

"운 나쁜 페르스발이라고 말이오. 아! 불행한 페르스발, 그 모든 것을 묻지 않다니 얼마나 운이 나쁜지. 그랬더라면 선량한 불수의 왕에게 큰 유익이 되어, 그는 지체의 힘을 되찾고 자기 땅을 다스릴 수 있게 되었을 텐데. 그리고 당신한테도 큰 유익이 되었을 텐데! 하지만 이제 당신한테나 다른 사람들한테나 큰 불행이 닥칠 거라는 걸 알아 둬요. 그리고 이 모든 것은 어머니에 대한 당신의 죄 때문이라는 것도. 당신 어머니는 당신 때문에 상심해 죽었으니까. 나는 당신이 나를 아는 것보다 당신을 더 잘 안다오. 당신은 내가 누군지 모르겠지만. 나는 당신 어머니 집에서 당신과 함께 자랐고, 오랫동안 거기서 살았다오. 나는 당신의 사촌이고, 당신은 내 사촌이지. 나는 당신 어머니나 내가 사랑하고 아끼던 이 기사, 나를 자기 애인이라 부르며 충성스런 기사답게 행동하던 이 기사가 죽은 것 못지않게, 당신이 그라알로 무엇을 하며 누구에게 그것을 가져가는지 묻지 않았다는 것이 통탄스럽구려."

"아, 사촌누이, 당신이 내 어머니에 대해 말한 것이 사실이라면 당신이 어떻게 그것을 아는지 말해 주세요."

"알고말고. 그분을 땅에 묻는 것을 보았으니까."

"그렇다면 하느님께서 자비로 그분의 영혼을 불쌍히 여겨 주시기를! 누이는 내게 아주 고통스러운 이야기를 들려주었어요. 어

88

머니께서 이미 땅에 묻히셨다니, 더 이상 무엇을 찾아가겠어요? 나는 단지 그분을 뵈러 가던 것이었는데. 이제 나는 다른 길로 가야겠어요. 만일 누이가 나와 함께 가고 싶다면, 나도 기꺼이 그렇게 하지요. 거기 누운 기사는 더 이상 누이를 돕지 못할 게 확실하니까요. 죽은 자들은 죽은 자들에게, 산 자들은 산 자들에게! 라니까요. 이제 누이와 나, 둘이 갑시다. 누이가 여기서 죽은 자 곁을 혼자 지킨다는 것은 미친 짓이에요. 차라리 그를 죽인 자를 뒤쫓아 갑시다. 내가 누이에게 약속하고 맹세해요. 만일 그를 붙잡을 수만 있다면, 그든 나든 상대를 거꾸러뜨리고 말 겁니다."

"이봐요." 하고 아가씨는 괴로움을 감추지 못하며 말합니다.*
"나는 절대로 당신과 함께 가지 않을 테고, 이 사람을 땅에 묻기 전에는 두고 떠날 수도 없어요. 내 말을 믿거든 저기 보이는 저 돌짝 길을 따라가 봐요. 내 애인을 죽인 비열하고 잔인한 기사는 그리로 갔으니까. 당신이 그를 뒤쫓아 가 주었으면 해서 말한 것은 아니지만, 그가 나를 죽인 것이나 마찬가지로 그도 고통을 당했으면 좋겠어요. 그런데 당신이 왼쪽 옆구리에 찬 그 검은 어디서 얻었나요? 그것은 아직 피 한 방울 흘려 본 적도 없고 위급할 때 휘둘러 본 적도 없지요. 나는 그것이 어디서 만들어졌는지, 누가 그것을 벼렸는지, 알고 있어요. 그 검을 믿지 말아요. 당신이 큰 싸움에 나갈 때, 그 검은 분명 당신을 배신하고, 산산이 부서져 버릴 테니까요."

"사촌누이, 엊저녁에 내 주인의 질녀 중 한 사람이 그에게 이것을 보냈고, 그가 내게 주기에, 나는 이것이 훌륭한 선물이라고 생각했어요. 하지만 당신이 말한 것이 사실이라면, 걱정이 되는군요. 혹시 안다면 말해 봐요. 만일 이것이 부러진다면, 다시 붙일 수는 있나요?"

"그렇긴 해요. 하지만 힘이 들겠지요. 코토아트르에 있는 호수까지 찾아갈 수 있는 사람이라면 거기서 그것을 새로 담가 벼릴 수 있을 거예요. 혹시 우연히 그곳에 가게 되면* 반드시 트레뷔세* 라는 이름의 대장장이를 찾아가도록 해요. 왜냐하면 그가 그것을 만들었고 또 고칠 수 있으니까요. 그렇지 않으면 다른 어떤 사람의 손으로도 고칠 수 없을 거예요. 다른 사람이 손을 대지 않도록 해요. 그는 결코 성공하지 못할 테니까."

"하지만 정말이지 이 검이 부러진다면 나는 몹시 유감일 겁니다."

그는 떠나고, 애인의 시신과 헤어지고 싶지 않은 아가씨는 홀로 3690 남아 슬픔에 잠깁니다.

페르스발은 오솔길에 난 말발굽 자국을 따라가다가 마침내 저만치 앞서 터벅터벅* 가고 있는 비쩍 마르고 지친 의장마를 발견했습니다. 그렇게 여위고 힘이 없는 것을 보니, 임자를 잘못 만난 모양이라고 그는 생각했습니다. 지칠 대로 지치고 제대로 먹지도 못한 것이, 마치 낮에는 죽도록 일하고 밤에도 잘 쉬지 못하는, 빌려 온 말처럼 보였습니다. 그 의장마는 꼭 그렇게 보였고, 어찌나 말랐는지 마치 병든 말처럼 떨고 있었습니다. 갈기는 짧게 깎이고, 귀는 축 늘어지고, 뼈와 가죽만이 앙상하여, 개들이 먹이를 차지하기만 기다리고 있었습니다. 의장마에 걸맞게 등에는 부인용 안장을, 머리에는 재갈이며 고삐를 매고 있었지만 말입니다.

그 위에는 한 아가씨가 타고 있었는데, 그처럼 비참한 몰골도 보기 드물었습니다. 만일 매무새만 제대로 갖추었다면 무척 아름다웠을 것입니다. 하지만, 얼마나 누추한 차림인지 입고 있는 옷은 성한 곳을 한 뼘도 찾을 수 없을 정도이고, 가슴팍은 찢어져 젖가슴이 드러나 있었습니다. 여기저기 엉성하게 깁고 되는 대로 얽어맨 옷 사이로 보이는 살은 뙤약볕과 바람과 서리에 그을고 갈라져 터졌으며, 채찍에 맞은 듯 생채기투성이었습니다. 머리칼은 헝클어지고 너울도 쓰지 않은 채, 끊임없이 흐르는 눈물이 남긴 지저분한 자국으로 엉망이 된 얼굴이 그대로 드러나 있었습니다. 눈물은 가슴을 타고 내려 옷 속으로 흘러서 무릎을 적시는 것이었습니다. 그토록 비참한 처지에 있으니 마음도 슬플 수밖에요!

페르스발은 그녀를 보자 서둘러 다가갑니다. 그러자 그녀는 드러난 살을 가려 보려고 옷자락을 잡아당깁니다. 하지만, 한군데를 가리면 구멍 하나는 가려져도 백 개가 열리니, 가리려야 가릴 수가 없습니다. 페르스발이 그렇듯 창백하고 핏기 없는 가련한 아가씨에게 다가가자, 그녀가 자신의 불행과 고통을 탄식하는 소리가 들려옵니다.

"하느님, 저를 이렇게 오래 살게 하지 마옵소서! 저는 그럴 만한 잘못도 없이 너무나 오래 불행을 겪고 너무나 고통을 당했나이다. 제 억울함을 당신은 아시오니, 부디 저를 이 곤경에서 건져 낼 자를 보내 주시든지, 제게 이런 수치를 겪게 하는 자로부터 저를 구해 주소서. 그에게서 동정심이라고는 찾아볼 수 없으니, 저는 살아서 그에게서 벗어날 수도 없지만, 그는 저를 죽이려고도 하지 않습니다. 그가 제 수치와 비참함을 즐기는 것이 아니라면, 왜 이런 식으로 저를 데리고 다니려 하는지 모르겠습니다. 설령 그가 정말로 제가 잘못했다고 생각한다 하더라도, 이제 이만큼 비싼 값을 치렀으니, 한때 저를 조금이라도 사랑했다면 저를 불쌍히 여길 만도 하지 않습니까! 하지만 이렇게 끌고 다니며 쓰라린 고생을 시키고서도 아무렇지 않다니, 분명 저를 사랑하지 않는가 봅니다."

"아가씨, 하느님께서 지켜 주시기를!" 하고 그녀에게 다가간 페르스발이 말을 건넵니다.

아가씨는 그의 말을 듣자, 고개를 떨구고 나직이 대답합니다.

"제게 인사한 댁도, 댁의 소원을 이루기를! 하지만 제가 이런 인사를 하다니 가당찮군요."

페르스발은 수치심에 안색이 변하며 되물었습니다.

"뭐라고요, 아가씨? 대체 왜 그러십니까? 저는 당신을 본 적도 없고, 당신에게 잘못한 일이라고는 없다고 생각하는데요."

"있고말고요. 나는 하도 비참하고 괴로워서 인사를 받을 처지가 못 돼요. 누가 나를 멈춰 세우거나 쳐다보기만 해도, 괴로워서 식은땀이 날 지경이라고요."

"정말이지, 그런 폐를 끼친 줄은 몰랐습니다. 제가 이리로 온 것은 당신에게 수치나 괴로움을 끼치려 한 것이 아닙니다. 다만 제 길을 가다가 당신을 보았고, 당신이 그처럼 곤경에 처해 헐벗은 것을 보자, 대체 무슨 일로 그런 고통을 당하게 되었는지 사실대로 알기 전에는 마음이 편할 것 같지 않습니다."

"아! 제발 잠자코 여기서 떠나 저를 그냥 내버려 둬요! 당신이 여기서 지체하는 것은 죄 때문이에요. 달아나요. 그러는 게 좋을 거예요."

"하지만 알고 싶군요. 무엇이 두렵고 겁이 나서 달아난다는 말입니까? 아무도 저를 쫓아오지 않는데?"

"제발, 언짢게 생각하지 말고, 아직 시간이 있을 때 달아나세요. 황야의 오만한 자가 돌아오기 전에 어서요. 그는 싸움밖에는 모르는 사람이라 우리가 함께 있을 때 나타나 당신이 여기 있는 것을 보면 대번에 당신을 죽여 버릴 거예요. 누가 저를 멈춰 세우는 것을 지독히 싫어해서, 제게 말을 걸다 들키면 아무도 목숨을 건지지 못해요. 바로 얼마 전에도 그런 식으로 한 사람을 죽였지요. 하지만 죽이기 전에 매번 사연을 들려준답니다. 왜 저를 이처럼 혹독하게 취급하는지를 말이에요."

그들이 그렇게 이야기하는 사이에, 오만한 자가 숲에서 나왔습니다. 그는 모래 먼지를 일으키며 벽력처럼 그들에게 당도해 고함을 쳤습니다.

"거기 낭자 곁에 얼쩡대는 자에게 화 있으렷다! 단 한 발짝이라도 그녀를 지체케 했으니, 목숨이 다 된 줄 알아라. 하지만 네놈을 죽이기 전에, 내가 무슨 사연으로 그녀에게 이런 수치를 당하게 하는지 들려주마. 어디 한번 들어 봐라. 얼마 전 나는 숲에 가면서 장막 안에 내가 세상에서 가장 사랑하던 이 낭자를 남겨 두었다. 그런데 숲에서 나온 웨일스 촌놈이 지나갔다는 것이다. 놈이 누군지 대관절 어디를 가는 길이었는지는 모르지만, 놈이 강제로 그녀의 키스를 빼앗아 갔다는 것만은 안다. 그녀가 내게 그렇게 말했으니까. 하지만 그녀가 거짓말을 한들 무슨 해가 되었겠느냐?* 만일 그가 강제로 키스를 빼앗아 갔다면, 그다음도 제 마음대로 하지 않았겠느냐? 그렇고말고. 그가 그저 키스만 하고 그 이상은 아무 짓도 하지 않았다는 건 아무도 믿지 않을 게다. 한 가지는 또한 가지를 불러오는 법이지. 여자와 단 둘이 있으면서 키스만 하고 그 이상을 하지 않는다면, 남자 쪽에서 물러나니 그런 거지. 여자야 입술을 허락했으니 그 이상도 정히 달라고만 한다면야 얼마든지 내주지 않겠느냐. 여자가 제아무리 반항을 해 봤자, 다른 싸움은 다 몰라도 남자의 목을 부여잡고 할퀴고 깨물고 발버둥 치는 이 싸움에서만은 이기고 싶어 하지 않는다는 것쯤 누구나 다 아는 일이지. 지고 싶어 하면서도 반항을 하는 거지. 허락을 하기가 겁이 나서, 강제로 차지해 주기를, 그래서 제 탓이 아니게 되기만을 바라는 거야. 그러니 나는 그가 그녀를 겁탈했다고 생각하네. 게다가 그는 그녀가 손가락에 끼고 있던 내 반지까지 가져갔으니, 통분할 노릇이지. 그뿐인가. 그는 내 몫으로 준비해 둔 강한 포도주와 맛 좋은 파이*까지 먹고 마신 뒤에야 떠났단 말이다. 그래서 내 애인은 그 삯을 치르는 중이지. 보다시피 아주 호된 삯을 말이야. 미친 짓을 했으면 벌을 받아야지. 그래야 두 번 다시 같은 일을 저지르지 않을 테니까. 내가 돌아와 사태를 알게 되었을 때, 나는 엄숙히 선언했고, 마땅히 그래야 했다고 생각한다. 그녀의 말은 편자도 새로 갈지 못하고 사혈도 받지 못하며, 그녀 자신도 지금 입은 것 외에는 새 옷을 갈아입지 못할 거라고 선언했지. 내가 그녀를 겁탈한 놈과 싸워 이기고 놈을 죽인 뒤 목을 베기 전에는 말이다."

페르스발은 이야기를 듣고 난 뒤 이렇게 대답합니다.

"친구, 그렇다면 그녀의 속죄는 끝이 났다는 걸 아시오. 그녀에게서 강제로 키스를 빼앗은 것은 바로 나요. 그녀는 성을 내는데도, 내가 그녀의 손가락에서 반지를 빼앗았소. 그 이상은 갖지 않았고, 그 이상은 하지 않았소. 그러고는, 내 인정하는데, 파이 한 개와 또 반 개를* 먹어 치웠고 포도주를 마실 만큼 마셨을 뿐이오. 그 정도야 그리 잘못된 일도 아니지 않소."

"내 목숨에 맹세코," 하고 오만한 자가 말합니다. "네놈이 그 따위 고백을 하다니 기가 찰 노릇이다. 이제 사실대로 고백했으니, 죽어 마땅하구나."

"죽음은 아직 당신이 생각하는 만큼 그렇게 가까이 있지 않소." 페르스발이 말합니다.

그들은 더 말할 것 없이, 상대를 향해 말을 달립니다. 하도 분기탱천하여 서로 덤비느라 그들의 창에서는 파편이 튀고, 두 사람 모두 안장에서 떨어집니다. 하지만 모두 재빨리 다시 일어나 검을 빼어 들고 무섭게 싸웁니다. 페르스발이 전에 받은 검을 시험도 해 볼 겸, 먼저 상대를 공격했습니다. 상대의 강철 투구 위를 어찌나 세게 내리쳤던지 그는 어부 왕의 좋은 검을 두 동강으로 부러뜨리고 말았습니다. 오만한 자는 겁내지 않고 그의 장식된 투구 위를 내리쳐 꽂으며 보석들을 쳐냈습니다.* 페르스발은 부러진 검 때문에 매우 애석했지만, 붉은 기사의 것이었던 검을 빼어들고는 다른 검의 모든 조각을 거둬 칼집에 도로 넣었습니다. 잔인한 싸움이 다시 시작됩니다. 그보다 더한 싸움은 보지 못했을 것입니다.* 싸움은 악착같고 질겼습니다. 더 이상 묘사해 봐야 헛수고일 것입니다. 그러나 그처럼 맞싸운 끝에 황야의 오만한 자는 기세가 꺾여 항복을 외칩니다. 패배한 기사를 절대로 죽이지 말라고 대인이 일러 준 말을 결코 잊지 않은 젊은이는 이렇게 말했습니다.

"기사여, 맹세코, 당신이 당신 애인에게 자비를 베풀기 전에는 나도 당신에게 자비를 베풀지 않겠소. 그녀는 당신이 한 것 같은 혹독한 대접을 받을 이유가 없으니, 그 점은 내가 맹세할 수 있소."*

기사는 사실 아가씨를 자신의 눈동자보다 더 사랑하던 터였으므로 이렇게 말했습니다.

"기사여, 당신이 내게 부과하는 어떤 보상도 달게 치르겠소. 그저 명령만 하면 다 이행하리다. 내가 그녀에게 겪게 한 괴로움에 대해 나도 마음이 암담하고 슬프다오."

"그럼 이 근방에 당신이 갖고 있는 가장 가까운 장원으로 가서 그녀를 목욕시키고 쉬게 하여 건강을 회복시키시오. 그런 다음 그녀를 잘 차려 입히고 아더 왕에게 데려가 내 인사를 전하고, 당신은 지금 이곳을 떠날 때의 차림새 그대로 가서 전하의 처분에 따르시오. 만일 누가 당신을 전하게 보냈느냐고 묻거든, 전하께서 집사장 쾨의 조언에 따라 붉은 기사로 만들어 주신 젊은이가 보내더라 하고. 그리고 당신이 아가씨에게 치르게 했던 속죄와 겪게 했던 괴로움을 전하께 낱낱이 고하고, 온 궁정 앞에서 말해 왕비님이나 시녀들 할 것 없이 모두 다 알게 하시오. 그중에는 아주 아름다운 시녀들도 있는데, 특히 내가 다른 모든 시녀들보다 높이 사는 이가 있소. 그녀는 날 보고 웃었다 해서 쾨의 손찌검을 받고 혼절한 적이 있다오. 내 명령이니 그녀를 찾아 이르시오. 내가 그녀의 원을 갚아 그녀가 기쁘고 행복하게 되기 전에는 무슨 일이 있어도 아더 왕의 궁정에 돌아가지 않겠다고."

기사는 기꺼이 그곳에 가서 그가 시킨 대로 말하겠다고 대답합니다. 아가씨가 회복되어 필요한 채비를 갖추기만 하면 말입니다. 그는 페르스발도 기꺼이 함께 데리고 가서 대접하고 상처를 싸매 주려 합니다.

"그만 가 보시오. 부디 좋은 모험을 만나기를." 페르스발이 말합니다. "나는 달리 묵을 곳을 찾아보겠소."

3994

그쯤에서 말을 그치고, 그들은 헤어졌습니다. 그날 저녁, 기사는 아가씨를 목욕시켰고, 좋은 옷을 입히고 하도 정성스럽게 돌보았으므로, 아가씨는 곧 아름다움을 되찾았습니다. 그런 다음 두 사람은 아더 왕이 궁정을 열고 있던 카를리옹*으로 갔습니다. 삼천 명의 정예 기사들만이 참석한 자리였습니다. 온 궁정이 모인 데서 기사는 아가씨를 데리고 아더 왕에게 투항했습니다.

"전하, 저는 전하의 포로가 되어 명하시는 일이라면 무엇이든지 하겠습니다. 그래야 합니다. 왜냐하면 전하께 붉은 무장을 청해 가진 젊은이가 제게 그렇게 시켰으니까요."

왕은 그가 무슨 말을 하는지 대번에 알아들었습니다.

"무장을 풀어 놓으시오. 그대를 내게 보낸 이에게 부디 기쁨과 행운이 있기를! 그리고 당신도 대환영이오. 젊은이 덕분에 당신도 내 집에서 영광을 누릴 것이오."

"전하, 무장을 풀기 전에 드릴 말씀이 또 있습니다. 왕비님과 시녀님들이 모두 오셔서 제가 가져온 소식을 들어 주십사 하는 것입니다. 저는 그저 한번 웃었다는 잘못만으로 뺨을 맞은 시녀님이 계신 앞에서라야 그 말씀을 전할 수가 있습니다."

기사는 이렇게 말을 마칩니다. 왕은 왕비를 불러야 한다는 말을 들었고, 그래서 그녀를 부르자, 왕비는 시녀들을 모두 거느리고 왔습니다. 시녀들은 손에 손을 잡고 둘씩 짝지어 왕비를 따릅니다. 왕비가 주군인 아더 왕 옆에 앉자, 황야의 오만한 자가 그녀에게 말했습니다.

"왕비 전하, 저와 싸워 이긴, 제가 존경하는 기사가 인사를 인사드립니다. 저는 그에 대해 더 무슨 말씀을 드릴지 모르겠습니다만, 그는 왕비님께 저의 애인인 이 아가씨를 보냈습니다."

"그에게 대단히 고맙군요." 왕비가 말합니다.

그러고 나서 그는 자기가 그녀에게 오랫동안 주었던 수치와 치욕에 대해, 그녀가 겪었던 고통에 대해, 자기가 그렇게 했던 이유에 대해 아무것도 숨기지 않고 말했습니다. 그런 다음, 집사장 쾨에게 뺨을 맞은 시녀를 찾아, 그녀에게 이렇게 말했습니다.

"아가씨, 나를 여기 보낸 이가 당신에게 인사를 전하라 명했습니다. 그리고 이 말을 전하기 전에는 신발도 벗지 말라고* 했습니다. 그는 당신이 자기 때문에 뺨을 맞은 데 대해 복수를 하기 전에는 무슨 일이 있어도 아더 왕의 궁정에 들지 않겠다고 합니다."

바보는 이 말을 듣자 기뻐 날뛰며 외칩니다.

"쾨, 쾨, 하느님이 보우하사, 정말로 빚을 갚게 생겼군요. 그것도 이제 곧."

바보에 뒤이어 왕이 말합니다.

"아! 쾨. 그 젊은이를 조롱하다니 참으로 점잖은 행동이었구려! 그대의 야유 때문에 나는 그를 잃게 생겼소. 그를 다시는 볼 수 있을 것 같지 않으니 말이오."

왕은 포로 기사를 자기 앞에 앉게 하고 그에게 포로를 면하게 해 준 다음 그의 무장을 풀어 주라 명합니다. 왕의 오른편에 앉아 있던 고뱅이 그에게 말합니다.

"대관절 이처럼 훌륭한 기사와 단독으로 싸워 이겼다는 그 젊은이란 대체 누굴까요? 바다의 온 섬을 통틀어, 저는 그 무예가 이 사람에게 견줄 만한 기사란 듣지도 보지도 만나지도 못했습니다."

"조카님, 나도 그를 모른다오" 하고 왕이 대답합니다. "보기는 했지만, 그에게 무엇을 제대로 물어볼 형편이 못 되었소. 그는 그 당장 자기를 기사로 만들어 달라고만 하는데, 내가 보니 아름답고 잘생긴 젊은이라 이렇게 말했다오. '형제, 기꺼이 그러리다. 온통 황금빛인 갑옷을 가져올 동안 말에서 내리시오.' 그런데도 그는 붉은 갑옷을 갖기 전에는 발을 땅에 대지도 않겠다는 것이었소. 게다가 희한한 말을 하는 것이, 바로 내 잔을 가져간 그 기사의 갑옷이 아니면 갖고 싶지 않다는 것이었소. 그러니 예나 지금이나 골칫거리요 도대체 듣기 좋은 말이라고는 하기 싫어하는 쾨가 이렇게 말한 거요. '형제, 왕이 그대에게 그 갑옷을 주는 것이니 가서 가지시오' 라고 말이오. 그러자 그 젊은이는 그게 조롱인 줄 모르고 진담이라 여기고는, 붉은 기사의 뒤를 쫓아가 그에게 투창을 날렸다오. 대체 그 싸움이 어떤 식으로 벌어졌는지 모르겠소. 하지만 무슨 이유에서인지 캥크루아 숲의 붉은 기사가 먼저 거만하게 그를 창으로 쳤고, 그러자 젊은이는 투창을 던져 그의 눈에 맞혔고, 그렇게 해서 그를 죽이고 무구를 차지했다 하오. 그러고는 나를 어찌나 잘 섬기는지 웨일스 땅에서 기리고 기도하는 내 주 다윗 성인에게 맹세코 나는 그가 바다에건 땅에건 살아만 있다면 그를 다시 보기 전에는 이틀 밤을 연달아 침소에서 쉬지 않을 작정이오. 당장이라도 그를 찾으러 떠나야겠소."

왕이 그렇게 맹세하자 모두 이제 길 떠나는 일밖에 없다는 것을 4143 잘 알았습니다.

짐 꾸리는 광경은 볼만했습니다. 홑청에 이불에 베개를 꾸려 넣고, 궤짝마다 쟁여 넣고, 짐바리 말들에게 길마를 얹고, 수레와 달구지에 짐을 싣고, 천막과 장막과 휘장도 아낌없이 실었습니다! 똑똑하고 능숙한 서기라 해도 그 당장 마련된 그 모든 마구와 장비를 하루 만에 기록할 수는 없었을 것입니다. 마치 출정이라도 하는 것처럼, 왕은 카를리옹에서 출발하고, 모든 제후가 그 뒤를 따릅니다. 행차에 위엄과 영광을 더하려는 듯 왕비도 모든 시녀를 데리고 나섭니다. 그날 저녁 그들은 숲 가장자리의 들판에서 야영을 했습니다.

아침에 눈이 많이 와 있었고, 날이 아주 추웠습니다. 페르스발은 늘 하던 대로 아침 일찍 일어났습니다. 모험과 수훈을 찾아다니고 있었기 때문입니다. 그는 곧장 나아가 얼어붙고 눈에 덮인 들판에 이르렀는데, 왕의 군대가 야영하고 있는 바로 그 들판이었습니다.

그러나 그가 미처 장막이 모인 곳에 당도하기 전에, 한 떼의 기러기가 날아갔습니다. 눈[雪]빛에 눈이 부신 것이었습니다. 그는 새떼를 보았고 그 소리를 들었습니다. 새들이 푸드덕거리며 흩어지는데, 매 한 마리가 쏜살같이 그 뒤를 쫓고 있었습니다. 매는 전속력으로 달려들었고, 무리에서 뒤떨어진 한 마리를 덮쳐 어찌나 세게 후려쳤던지 기러기는 그만 땅에 떨어졌습니다. 하지만 너무 이른 아침이라 그랬던지, 매는 떨어지는 새를 뒤따라 잡으려 하지 않고 다시 날아가 버렸습니다. 페르스발은 말을 달려 새들이 날던 방향을 뒤쫓기 시작합니다.

기러기는 목에 상처를 입고, 하얀 눈밭에 세 방울 피를 흘려 놓았습니다. 핏방울이 떨어진 곳은* 마치 본래 그런 빛깔이었던 것만 같습니다. 하지만 새는 땅바닥에 떨어진 채로 있을 만큼 그렇게 심하게 다치지는 않았던지, 그가 가 보니 이미 멀리 날아간 뒤였습니다. 페르스발은 기러기가 떨어진 자리에 헤쳐진 눈과 그 주위에 흘려진 피를 보고는, 창에 기대어 그 신기한 광경을 내려다보았습니다. 눈빛과 핏빛이 어울린 것이 연인의 해맑은 얼굴빛과 비슷하기 때문입니다. 그는 골똘히 생각에 잠긴 나머지 자신을 잊습니다. 그녀의 하얀 얼굴에 붉은빛이 선연하듯, 하얀 눈밭에 피세 방울이 선연합니다. 그렇게 들여다보면 볼수록 아리따운 연인의 갓 피어난 얼굴을 보는 것만 같아서 즐겁습니다.

페르스발은 핏방울을 응시한 채 아침 내내 꿈속에 잠겨 있습니다. 마침내 막사에서 나온 종자들이 그렇듯 골똘한 그를 보았습니다. 그들은 그가 조는 줄로만 알았습니다. 왕은 기침 전이라 아직 장막 안에서 자고 있었고, 종자들은 왕의 장막 앞에서 사그레모르*를 만났습니다. 성질이 하도 급해서 '고삐 풀린 사그레모르'라 불리는 그였습니다.

"이보게들, 사실대로 말하게. 이렇게 일찍부터 여기에는 왜 왔나."

"나으리, 저기 진지 밖에서 어떤 기사를 보았는데, 말을 탄 채 졸고 있습니다요."

"무장을 했던가?"

"그러믄입쇼!"

"그럼 내 가서 말을 해 보고 궁정으로 데려오겠네."

사그레모르는 그 당장 왕의 장막으로 달려가 왕을 깨웁니다.

"전하, 저 밖 들판에 한 기사가 졸고 있답니다."

왕은 그에게 가 보라 명하고, 틀림없이 그를 데려오라 재차 이릅니다.

사그레모르는 즉시 갑옷을 가져오고 말을 내라 명합니다. 명대로 실행되자, 그는 재빨리 무장을 갖추고 진영 밖으로 나가 기사에게 다가갑니다.

"이보시오, 왕께* 가셔야겠소."

상대는 아무 말이 없습니다. 듣지도 못한 것 같습니다. 그래서 다시 말을 걸어 보지만, 여전히 묵묵부답입니다. 사그레모르는 대뜸 성내어 말했습니다.

"베드로 성인을 걸고 말인데 억지로 끌고서라도 가겠소! 좋게 말했던 게 잘못이지, 헛수고에 시간만 허비했구려!"

그러고는 자기 창에 감겨 있던 깃발을 휘날리며 말을 내닫게 합니다. 얼마만큼 거리를 두었다가 받아랏! 하고 외치며 페르스발에게 달려듭니다.* 페르스발은 그쪽으로 흘긋 고개를 들었다가 그가 전속력으로 달려오는 것을 보자 모든 생각을 내려놓고 마주 달려 나갑니다. 두 사람이 부딪치는 순간, 사그레모르의 창은 산산조각이 나지만 페르스발의 창은 부러지지도 휘지도 않고 상대를 힘껏 치받아 눈밭 한가운데 자빠뜨립니다. 말은 고개를 쳐든 채 곧장 막사를 향해 달아나고, 막사에서 기상하던 사람들이 그를 봅니다. 마땅찮게 생각하는 사람들도 있었습니다. 그중에서도 쾨는 심술궂은 말을 속에 담아 두지 못하는 터라, 마구 조롱하며 왕에게 말했습니다.

"전하, 사그레모르가 돌아오는 꼴을 좀 보소서! 기사가 말고삐에 매여 억지로 끌려오나이다!"

"쾨," 하고 왕이 말합니다. "용사*들을 비웃는 건 좋은 일이 못 된다네. 경이 몸소 나가 보시게. 그러면 그대는 그보다 나은지 알 수 있을 테니."

"그러고말고요. 제가 가는 것이 전하의 뜻이라면 기꺼이 가지요. 그가 원하든 원하지 않든, 완력으로라도 틀림없이 끌고 오리다. 와서 자기 이름을 말하게 해야지요."

그는 격식대로 무장을 하고 말에 올라 나아갑니다. 피 세 방울을 들여다보느라 정신이 팔려 다른 아무것도 안중에 없는 이를 향해 다가갑니다. 멀리서부터 소리쳐 말합니다.

"이봐요, 거기 기사 양반,* 왕에게 나오시오! 그렇지 않으면 맹세코 톡톡히 대가를 치르게 될 것이오."

페르스발은 자신이 그렇게 위협당하는 것을 듣자, 그를 향해 말에게 강철 박차를 가합니다. 상대도 느리게 오고 있지 않습니다.* 두 사람 다 실력을 보일 셈으로, 사정없이 맞부딪칩니다. 쾨는 어찌나 힘껏 부딪쳤던지 창이 부서져 지저깨비처럼 산산조각이 납니다. 페르스발은 주저 없이 나아가 방패 위쪽으로 공격해 상대를 말에서 떨어뜨립니다. 쾨는 바위 위로 떨어져 어깨뼈가 빠졌고, 팔꿈치와 겨드랑 사이 뼈가 부러져, 마치 마른 나뭇조각이 쪼개지듯이 오른팔의 뼈가 부러졌습니다. 궁정의 바보가 전에 여러 번 예언했던 대로입니다. 바보의 예언이 정말이었습니다. 쾨는 고통으로 정신을 잃고 말은 급히 달아나 장막 쪽을 향합니다.

브리튼 사람들은 집사장의 말이 주인 없이 돌아오는 것을 봅니다. 사동들은 말을 타고 달려 나가고, 여인들과 기사들도 그 뒤를 따릅니다. 기절한 집사장을 발견하고는 그가 죽은 줄만 알았습니다. 남녀 할 것 없이 모두 한바탕 애통해했습니다. 그러나 페르스발은 다시금 세 방울의 피 앞에 창을 짚고 섰습니다.

왕은 집사장이 그렇게 다친 것을 보고 크게 상심합니다. 크게 노하고 비통해하지만, 사람들은 왕에게 염려하지 말라 합니다. 어깨뼈를 제자리에 맞추고 부러진 뼈를 도로 붙일 줄 아는 의사만

구하기만 하면 나을 것이기 때문입니다. 왕은 그를 무척 아끼고 마음속 깊이 사랑하므로, 그에게 좋은 의사와 그 밑에서 배운 두 명*의 처녀를 보냈습니다. 그들은 그의 어깨뼈를 제자리에 맞추고 부서진 뼈를 말끔히 이어 붙인 다음 팔을 처맸습니다. 그러고는 그를 왕의 장막으로 데려가, 잘 나을 테니 아무 염려 말라고 위로해 주었습니다. 고뱅 경이 왕에게 말합니다.

"전하, 감히 아룁니다. 전하께서도 아시다시피, 그리고 항상 말씀하시고 지당하게 판단하셨듯이, 기사가 생각에 잠긴 다른 기사를, 그게 무슨 생각이든 간에, 억지로 그 생각에서 끌어내는 것은 옳지 않습니다. 이 두 사람이 했던 것처럼 말입니다. 그들이 정히 잘못한 것인지는 알 수 없지만, 그 때문에 수모를 당한 것은 사실입니다. 그 기사는 무엇인가 자신이 겪은 불행을 생각하고 있었을 겁니다. 연인이 납치당해 괴로워하며 그녀를 생각하고 있었는지도 모릅니다. 만일 전하께서 원하신다면, 제가 가서 그의 기색을 살피다가, 그가 잠시 생각을 떨치게 되면 그에게 말을 걸어 여기 전하 앞에 나오도록 청해 보겠습니다."

이 말에 쾨는 성이 나서 외칩니다.

"아, 고뱅 경, 어디 그 기사를 고삐로 끌고* 데려와 보시지요! 하지만 순순히는 안 될 걸요! 당신이 더 싸울 필요도 없이 여유를 부릴 수만 있다면야 일이 잘될 수도 있겠지요! 경은 전에도 그런 식으로 숱한 포로를 잡아 왔으니, 기사가 한참 싸우다 지치면 그제야 점잖게 나서서, 허락만 하시면 잡아오겠습니다 한단 말입니다. 아, 고뱅, 경은 바보가 아니지요! 경에게서 배울 것이 없다면야, 내 머리에 불벼락이 떨어지고말고요! 경은 부드럽고 매끄러운 말을 써먹을 줄 아는 터, 그러니 어디 그에게 험하고 심술궂고 도도한 말을 하시겠습니까? 그렇게 생각했다면, 아니 나부터도 그렇게 생각한다면, 큰 오산이지요! 이번 일은 비단 옷만 입고서도 해낼 수 있을 것 같군요. 도무지 검을 뽑거나 창을 맞부딪칠 일이 없을 것 같으니 말입니다. 그래도 경이 자랑삼을 만한 게 있으니, 그 잘난 혀로 '기사님, 하느님께서 보우하시고 건강과 기쁨을 주시기를!' 하고 말만 하면 될 겁니다. 그러면 그는 좋아하며 따라나설 테지요! 내 굳이 경에게 가르칠 것도 없이, 경은 그렇게 말하면서 고양이를 쓰다듬듯 그를 쓰다듬을 터이고, 그러면 사람들은 입을 모아 말하겠지요. '고뱅 경은 용맹하게 싸우고 계시다'고 말입니다."

"아, 쾨 경, 제게 좀 더 좋게 말씀하실 수도 있을 텐데요. 경께서 분하고 억울한 것을 그렇게 제게 푸시려는 겁니까? 맹세코 그를 데려오겠습니다. 할 수만 있다면 말입니다. 하지만 그렇다고 팔이 부러지거나 어깨뼈가 빠지는 일은 없겠지요. 저는 그런 식의 대가는 치르고 싶지 않으니까요."

"가 보시게, 조카님"* 하고 왕이 말합니다. "경은 점잖은 사람답게 잘 말했네. 가능한 한 그를 데려오되, 무기를 모두 갖고 가시게. 경이 무장도 하지 않고 가지는 말게."

그는 즉시 무장을 합니다. 온갖 미덕을 두루 갖추기로 명성과 평판이 나 있는 그는 힘세고 날랜 말에 올라 곧장 기사를 향해 갑니다. 기사는 즐거운 상념에 지치지도 않는지 여전히 창에 기대어 있었습니다. 하지만 해가 떠올라 눈 위에 떨어졌던 핏방울 둘을 지웠고, 세 번째 핏방울도 희미해져 가고 있었습니다. 그래서 기사는 아까만큼 골똘히 생각에 잠겨 있지는 않았습니다. 고뱅 경은 적의라고는 없는 태도로, 부드럽게 측대보(側對步)로 다가갑니다. 그리고 말했습니다.

"기사님, 당신 마음속을 제 마음속처럼 알 수 있다면 인사를 드릴 텐데요. 하지만 일단 제가 전하의 사자로 왔다는 말씀을 드립니다. 전하께서 당신을 부르시고, 그 앞에 나아오라 분부하십니다."

"벌써 두 사람이 다녀갔습니다." 페르스발이 말합니다. "둘이나 와서 나를 내 생명이나 다름없는 것에서 끌어내어 마치 포로나 되는 것처럼 데려가려 하더군요. 하지만 저는 아주 즐거운 생각에 잠겨 있었기 때문에, 거기서 저를 억지로 끌어내려 해 봤자 득이 될 것이 없었지요. 왜냐하면 여기 내 앞에 하얀 눈 위에 갓 떨어진 또렷한 핏방울 세 개가, 보면 볼수록 제 아름다운 연인의 해맑은 얼굴 빛 같아서, 암만해도 눈을 떼고 싶지 않았거든요."

"정말이지" 하고 고뱅 경이 대답합니다. "그건 상스럽기는커녕 고상하고 다정한 생각입니다. 그런 생각에서 당신의 마음을 억지로 떼어 내려 했던 자는 바보 아니면 무뢰배였군요. 하지만 저는 당신의 의향을 무척 알고 싶습니다. 당신만 괜찮다면 전하께 당신을 데려가고 싶어서 말입니다."

"친절하신 기사님, 무엇보다 먼저 집사장 쾨가 거기 있는지 말해 주세요." 페르스발이 말합니다.

"물론이지요. 그는 정말로 저기 있습니다. 조금 전에 당신을 공격했던 것이 바로 그입니다. 하지만 그 대가를 톡톡히 치렀지요.

덕분에 오른팔이 부러지고, 아마 모르시겠지만, 어깨뼈도 빠지고 말았으니까요."

"그렇다면, 그가 뺨을 때렸던 아가씨는 앙갚음이 되었겠군요."

이 말에 고뱅 경은 소스라치게 놀라 말했습니다.

"기사님, 하느님이 보우하사, 전하께서는 바로 당신을 찾고 계셨답니다! 도대체 당신 이름은 무엇입니까?"

"페르스발입니다, 기사님. 당신은요?"

"기사님, 저는 세례 때 고뱅이라는 이름을 받았답니다."

"고뱅이라고요?"

"그렇습니다, 기사님."

페르스발은 크게 기뻐하며 말했습니다.

"기사님, 저는 여러 곳에서 당신 이야기를 들었습니다. 당신만 괜찮다고 하신다면, 저는 당신과 친하게 지내고 싶습니다."

"물론" 하고 고뱅 경이 말합니다. "그건 당신에게 못지않게, 아니 그 이상으로 제게도 큰 기쁨입니다."

그러자 페르스발이 대답합니다. "맹세코, 저는 당신이 원하시는 곳이라면 기꺼이 가겠습니다. 저는 당신의 친구가 되었으므로 한층 더 자랑스러울 것입니다."

그리하여 두 사람은 서로 끌어안고 투구와 주모(冑帽)와 악갑(顎甲)의 끈을 풀고 머리 뒤로 넘깁니다.* 그러고는 기뻐하며 함께 나아갑니다. 언덕 위에 있던 사동들은 그들이 서로 기뻐하는 모습을 보고는 곧장 달려 내려가 왕에게 소식을 전합니다.

"전하, 전하, 고뱅 경이 정말로 기사를 데려옵니다. 그리고 서로 대단히 기뻐하는 것 같습니다."

소식을 듣자 그들을 맞이하러 장막 밖으로 뛰쳐나오지 않는 이가 없습니다. 쾨는 주군 왕에게 말했습니다.

"전하의 조카 고뱅 경이 영광과 명예를 거두어 오는군요! 제 생각이 틀리지 않다면,* 싸움이 몹시 치열하고 위태로웠나 봅니다! 떠날 때나 다름없이 저렇게 멀쩡하게 돌아오니 말입니다! 상대방의 공격을 받지도 않았고 상대방도 그에게서 아무 공격을 받지 않았으니, 도무지 도전조차 하지 않았나 봅니다! 그가 명예와 영광을 누리는 게 마땅하고말고요! 우리가 힘과 노력을 다해도 완수하지 못한 일을 그는 너끈히 성사시켰다고 할 만하지요!"

쾨는 언제나 버릇처럼, 옳든 그르든 내키는 대로 말했습니다.

하지만 고뱅 경은 동행이 무장을 푼 다음에야 궁정에 데려가려 합니다. 그래서 페르스발로 하여금 자기 장막에서 무장을 풀게 하고, 그러는 동안 시종은 궤에서 옷을 꺼내 입으라고 내놓습니다. 그는 격식대로 튜닉과 망토를 입었고, 아주 잘 어울립니다. 그런 다음 두 기사는 손에 손을 잡고 장막 앞에 앉아 있는 왕에게로 나아갑니다.

"전하, 전하께서 벌써 보름 전부터 그토록 만나 보기 원하셨던 사람을 데려왔습니다." 고뱅이 말합니다. "전하께서 그토록 말씀하셨고 찾아 나서신* 바로 그 사람입니다. 여기 그 사람을 데려왔습니다."

"친애하는 조카님, 대단히 고맙소." 왕은 그렇게 말하며 자리에서 일어나 반갑게 그를 맞이합니다. "기사님, 어서 오시오! 그런데 이름을 무어라 불러야 할지 가르쳐 주시오."

"물론 숨기지 않겠습니다." 페르스발이 말합니다. "전하, 제 이름은 페르스발 르 갈루아입니다."

"아! 페르스발, 친애하는 벗이여! 이제 내 궁정에 왔으니, 다시는 떠나지 말기 바라오. 처음 그대를 보았을 때 하느님이 그대를 위해 예비하신 더 좋은 일을 미처 알아보지 못한 것이 얼마나 유감이었는지. 하지만 알아본 이들도 있었고, 온 궁정이 들었으니, 한 소녀와 바보가 예언을 하다가 집사장 쾨에게 맞지 않았겠소. 그런데 그대는 그들의 예언을 처음부터 끝까지 정말로 만들어, 이제 아무도 의심하지 않게 되었소. 그대가 기사로서 세운 수훈에 대해 믿을 만한 소식을 들었으니 말이오."

이렇게 말하는 동안 왕비도 왔습니다. 페르스발이 왔다는 소식을 들었던 것입니다. 페르스발이 그녀를 보자 사람들은 그에게 그녀가 누구인지 말해 줍니다. 전에 그가 바라보자 웃었던 소녀도 그 뒤를 따릅니다. 그는 그녀들 앞으로 나아가 말했습니다.

"하느님께서 기쁨과 명예를 주시기 바라옵니다! 세상에서 가장 아름답고 가장 좋으신 왕비님께! 왕비님을 보는 이들, 보았던 이들이 모두 그렇게 말하더이다."

왕비는 대답합니다.

"기사님, 고상하고 아름다운 기상을 보여 준 그대를 환영합니다."

페르스발은 자기를 향해 웃어 주었던 소녀에게도 다시 인사합니다. 소녀를 끌어안으며 이렇게 말합니다.

"아가씨, 당신이 필요로 할 때면 언제라도 도움을 드릴 기사가 되겠습니다."

아가씨는 그에게 감사합니다.

4602

왕과 왕비와 제후들은 페르스발 르 갈루아를 맞아 기뻐하며 그날 저녁 당장 카를리옹으로 데리고 돌아가 밤새도록 잔치를 벌였습니다. 이튿날도 잔치는 계속되었습니다. 사흘째 되던 날, 그들은 한 아가씨가 오는 것을 보았습니다. 그녀는 황갈색 노새를 타고, 오른손에는 채찍을 들었으며, 머리칼은 검고 꼬불꼬불하게 두 가닥으로 땋아 늘였습니다. 만일 책에서 묘사하는 바가 사실이라면, 지옥에도 그보다 더 완벽하게 추한 몰골은 결단코 없을 것입니다. 그녀의 목과 손처럼 새카만 쇠는 보신 적이 없을 것입니다. 하지만 몸의 다른 부분에 비하면 손은 문제도 아니었습니다. 눈은 그저 두 개의 구멍이 뚫려 있을 뿐으로 쥐 눈보다 더 크지 않았고, 코는 원숭이나 고양이의 것이며, 입술은 당나귀나 황소의 것이고, 이빨은 달걀노른자만큼이나 샛노랬으며, 마치 염소 같은 수염이 나 있었습니다. 가슴 한복판에는 혹이 달렸고, 등뼈 쪽은 마치 구부러진 지팡이 같았습니다. 허리와 어깨는 무도회에 나서기에는 너무 잘 생겼고, 등에는 혹이 달렸으며, 다리는 휘어서 마치 버들 채찍과도 같은 것이 춤을 추기에는 너무 잘 생겼습니다.

아가씨는 노새를 타고 기사들 앞으로* 서슴없이 나아갑니다. 일찍이 그런 아가씨는 왕의 궁정에 나타난 적이 없었습니다. 그녀는 왕과 제후들에게 한꺼번에 인사를 하지만, 페르스발에게만은 예외입니다. 황갈색 노새 위에서 그녀는 그에게 이렇게 말했습니다.

"아, 페르스발! 행운은 앞쪽에는 머리칼이 많지만 뒤쪽은 대머리란다. 네게 인사를 하거나 너를 위해 복을 비는 자에게 화 있으리! 너는 행운을 만났을 때 잡지 못했으니 말이다! 너는 어부왕의 집에 들어가 피 흐르는 창을 보았지. 그런데 입을 열어 말하는 것이 그토록 힘든 일이라 새하얀 창끝에서 왜 핏방울이 듣는지 물어 보지도 못했구나. 그라알을 보면서도, 그것으로 어떤 장자*를 공궤하는지 알려 하지 않고 묻지도 않았지. 더 바랄 수 없을 만큼 좋은 기회가 오는 것을 보면서도 더 좋은 기회가 오기를 기다리는 자는 얼마나 불운한지! 이 불운한 자가 바로 너다. 너는 말할 때와 장소를 보았으면서도 입을 봉했으니 말이다. 얼마든지 그럴 만한 시간이 있었는데도 네가 입을 봉한 것은 큰 잘못이었고말고. 네가 그것을 묻기만 했더라면 고통 가운데 있던 부유한 왕은 상처가 완전히 나았을 것이고 자기 땅을 평화로이 다스렸을 터인데, 이제 그는 그 땅을 한 치도 다스릴 수 없게 되었다! 왕이 다스릴 땅이 없고 상처에서 회복되지 못하면 어떤 일이 일어날지 아느냐? 부녀들은 남편을 잃을 것이고, 땅은 황폐해질 것이며, 아가씨들은 의지할 데 없이 고아가 될 것이고, 수많은 기사가 죽어 갈 것이다. 이 모든 불행이 네 잘못 때문에 일어날 것이다!"

아가씨는 이어 왕에게 말했습니다.

"왕이시여, 저는 이만 물러갑니다. 괘념치 마소서. 저는 오늘 저녁 안으로 여기서 멀리 떨어진 숙소에 당도해야 한답니다. 오만한 성에 대한 말을 들어 보셨는지 모르겠군요. 오늘 저녁 그곳에 가야 한답니다. 그 성에는 오백육십육* 명의 정예 기사가 있는데, 애인이 없는 기사는 하나도 없답니다. 모두 고상하고 아름다운 귀부인들이지요. 이런 소식을 말씀드리는 것은 그곳에 가면 틀림없이 무술 시합을 만날 수 있기 때문입니다. 누구든 기사로서의 수훈을 세우려는 이라면 그곳에 가서 찾아볼 일이에요. 틀림없이 발견하게 될 겁니다! 하지만 온 세상의 영광을 얻고 싶다면 그러기에 가장 좋은 장소를 알고 있지요. 그럴 만큼 대담한 이가 있다면 말입니다. 에스클레르 산* 밑의 언덕 위에, 한 아가씨가 포위당해 있답니다. 포위를 풀고 아가씨를 구출하는 데 성공하는 이는 큰 명예를 누리게 될 것입니다. 그는 온갖 칭송을 받게 될 것이며, 하느님께서 그처럼 행복한 운명을 예비해 주신 그 사람은 저 신기한 검대의 검을 두려움 없이 찰 권리 또한 갖게 될 것입니다."

아가씨는 이렇듯 하고 싶은 말을 다 마치자 입을 다물고는 한마디도 덧붙이지 않고 뒤돌아 떠났습니다.

고뱅 경이 대뜸 자리에서 일어나 포위된 아가씨를 구하러 가겠다고 선언했습니다. 도의 아들 기플레*는 하느님이 보우하사 오만한 성에 가겠다고 말했습니다.

"그렇다면 나는 고통의 산*에 올라가겠소!" 카에댕*이 말합니다. "그 산에 오르기 전에는 쉬지 않겠소!"

페르스발, 그는 전혀 다른 말을 합니다. 그는 평생 같은 장소에서 두 밤을 연이어 묵지 않을 것이며, 낯선 땅에서 험로에 대해 들으면 반드시 그곳으로 지나갈 것이며, 남들보다 나은 기사에 대해 들으면 반드시 겨루어 보겠다고 말입니다. 그리하여 그라알에 대해, 그것으로 누구에게 음식을 가져 가는지 알기 전에는, 피 흐르는 창을 발견하고 왜 피가 흐르는지 진실을 듣게 되기까지 말입니다. 어떤 고생을 하더라도 그는 포기하지 않을 것입니다!

뒤이어 약 오십 명이 자리에서 일어나 서로 약속하고 맹세했습니다. 어떤 경이로운 일이나 모험을 알게 되든, 그 어떤 적대적인 땅에서라도, 반드시 찾아 나서겠다고 말입니다. 그들이 대청 이곳저곳에서 장비를 갖추고 무장을 하는 동안, 갱강브레질이 대청 문으로 들어옵니다. 그는 황금 방패를 들었고, 방패 위에는 청금석 띠를 둘렀습니다. 치수와 비례를 정확히 맞춘 띠는 방패의 삼분의 일을 덮었습니다. 갱강브레질은 왕을 알아보고는 격식대로 인사했지만, 고뱅에게는 인사하기는커녕 배역을 고발하며 이렇게 말했습니다.

"고뱅, 네놈이 내 주군을 죽였고, 전혀 도전하지도 않고서 그렇게 했다. 너는 그 일에 대해 수치와 오욕과 비난을 받아 마땅하니, 나는 너를 배역죄로 고발한다. 또한 여기 모인 모든 제후들은 내가 한마디도 거짓을 말하지 않았음을 알기 바라오."

이 말을 들은 고뱅 경은 수치감에 자리를 박차고 일어났습니다. 하지만 그의 아우인 오만한 자 아그라뱅이 뒤따라 일어나 그를 저지하며 이렇게 말했습니다.

"제발, 친애하는 형님, 당신 가문을 불명예스럽게 하지 마소서! 이 기사가 형님을 고발하는 비난과 범죄에 대해서는 내가 형님을 위해 싸우겠습니다. 약속합니다."

"아우여" 하고 그는 대답했습니다. "나 말고 다른 사람이 내 명예를 위해 싸우게 하지는 않겠다. 그는 다른 사람 아닌 나를 고발했으니, 이에 맞서는 것은 내 몫이지. 그러나 만일 내가 이 기사에게 정말로 잘못한 것이 있고, 그 사실을 알게 된다면, 나는 기꺼이 그에게 그의 모든 벗과 내 모든 벗이 정당하다 인정하는 보상을 제공하고 평화를 구할 것이다. 하지만, 그가 나를 모욕하기 위해 그런 말을 했다면, 나는 그에게 도전하며 기꺼이 나를 방어할 태세가 되어 있다. 지금 이 자리에서든 그가 정하는 어디서든 간에."

갱강브레질은 사십 일 내에 에스카발롱 왕 앞에서 — 그가 알기에* 에스카발롱 왕은 압살롬보다 더 아름다우니 — 고뱅의 추악한 배역 행위를 입증하겠노라 말했습니다. "그렇다면," 하고 고뱅이 말합니다. "나는 즉시 그대를 따라가겠다고 맹세하오. 누가 옳은지 거기서 시비를 가립시다."

그러자 갱강브레질은 돌아가고, 고뱅 경은 지체 없이 그 뒤를 따라갈 준비를 합니다. 누구든 좋은 말이나 좋은 창, 좋은 투구나 좋은 검이 있으면 그에게 주려 했지만, 그는 남의 것은 아무것도 가져가려 하지 않았습니다. 그는 일곱 명의 종자와 일곱 필의 준마와 방패 둘을 가지고 떠납니다. 그가 궁정을 떠나기도 전에, 애통해하는 큰 행렬이 그의 뒤를 따릅니다. 모두 얼마나 가슴을 치고 머리칼을 쥐어뜯고 얼굴을 할퀴었는지! 아무리 침착한 부인도 그를 위해 애통해하지 않는 이가 없었습니다. 남녀 할 것 없이 크게 애통해합니다. 하지만 고뱅 경은 떠납니다. 그가 발견한 모험에 대해, 여러분은 앞으로 한동안 제 얘기를 듣게 되실 겁니다. 4815

우선 그는 황야에서 한 무리의 기사들이 지나가는 것을 보고는,

그 뒤를 혼자 따라오는 한 종사에게 묻습니다. 종사는 스페인 말의 고삐를 잡고* 목에는 방패를 걸었습니다.

"이보게, 이리로 지나가는 이들이 대체 누구인가?"

종사는 대답합니다.

"나으리, 멜리앙 드 리스라는 용감한 기사님의 일행입니다."

"자네도 그의 일행인가?"

"저는 아닙니다, 나으리. 제 주인은 트라에 다네*라는 이름이고, 그 못지않게 훌륭하시지요."

"맹세코" 하고 고뱅 경은 말합니다. "트라에 다네는 나도 잘 아는 분인데. 그는 어디를 가는 건가? 숨김없이 다 말해 보게."

"나으리, 제 주인님은 멜리앙 드 리스가 티보 드 탱타겔*에 맞서 개최한 무술 시합*에 가시는 길입니다. 나으리께서도 가셔서 성안에서 성 밖 사람들과 싸워 주시면 좋겠습니다."

"원, 이런 일이 있나!" 고뱅 경이 말합니다. "멜리앙 드 리스는 티보의 집에서 장성하지 않았나?"

"그렇고말고요, 나으리! 하느님이 보우하사, 그분의 선대인께서는 티보를 벗으로* 아주 아끼셨고, 어찌나 믿으셨는지 임종의 침상에서 어린 아들을 그에게 부탁하셨답니다. 그래서 티보는 더할 나위 없는 애정으로 그를 키우고 보호해 주었지요. 그러다 멜리앙이 티보의 따님을 사랑하여 청혼을 하게 된 겁니다. 이 따님은 멜리앙이 기사가 되기 전에는* 결코 자기 사랑을 줄 수 없다고 대답했지요. 그러자 무훈을 세우기에 열심이던 그는 서둘러 서임을 받고 돌아와 다시 청혼을 했어요. 그러자 아가씨가 말했답니다. '맹세코 안 될 말이에요. 당신이 내가 보는 앞에서 내 사랑에 값하는 무훈을 세우기 전에는 안 돼요. 그저 지나가다 얻은 것은 값을 치르고 얻은 것만큼 즐겁지도 기쁘지도 않으니까요. 그러니 내 사랑을 얻고 싶거든 내 아버지께 대항하는 무술 시합을 열어 보세요. 내 사랑을 당신에게 준다고 할 때 내 선택이 제대로 된 것 인지* 확실히 알고 싶으니까요.' 그래서 아가씨가 제안한 대로 그 는 이 무술 시합을 개최한 겁니다. 사랑은 어찌나 힘이 센지 그 힘에 휘둘리는 자들은 사랑이 명하는 것을 감히 아무것도 거절하지 못하니까요. 나으리께서 성안 사람들과 한편이 되시지 않는다면 태만하시는 것이 되겠지요. 나으리께서 도우려고만 하신다면 그들에게 큰 도움이 되실 텐데요."*

"자, 이제 가던 길을 가게나!" 그는 대답했습니다. "얘기는 그쯤 해 두고 자네 주인을 따라가는 게 잘하는 일일세." 4881

상대는 즉시 떠났고, 고뱅 경은 가던 길을 계속하여 여전히 탱 타젤을 향해 나아갑니다. 달리 지나갈 방도가 없었기 때문입니다. 티보는 친족과 사촌들을 모두 모으고 이웃들을 불렀습니다. 그리 하여 큰 자든 작은 자든, 젊은이든 늙은이든, 모두 와 있었습니다. 하지만 티보는 참모들로부터 주군에게 맞서 무술 시합을 벌이라 는 권고를 받지 못했습니다. 왜냐하면 그들은 주군이 자기들을 모 두 쳐부술까 봐 두려워했기 때문입니다. 그러므로 성의 모든 입구 를 막고 벽토를 발랐습니다. 모든 문은 단단한 석재와 회반죽으로 꼭꼭 틀어막았으니, 문지기가 따로 필요 없었습니다.* 작은 샛문만 남겨 두었는데, 그 문짝은 오리나무로 된 것이 아니었습니다. 그 문은 틀어막지 않은 유일한 것으로, 언제까지나 버티도록 고안되었으며, 구리로 된 문에 쇠빗장이 달려 있는데, 한 수레 분량의 많은 쇠를 써서 만든 것이었습니다.

고뱅 경은 일행을 앞세우고 문으로 다가갔습니다. 그리로 지나가든지 아니면 되돌아가야 했기 때문입니다. 사방 일곱 마장 안에는 다른 길도 짐수렛길도 없었습니다. 그는 샛문이 닫힌 것을 보자 탑 아래쪽의 풀밭으로 들어갑니다. 이 풀밭은 말뚝 울타리로 둘러져 있었습니다. 그는 떡갈나무* 아래서 땅에 내려 나무에 방패들을 걸었습니다. 성안 사람들이 그를 봅니다. 그들 대부분은 무술 시합을 포기해야 한다는 데 실망해 있었습니다. 하지만 성안에는 모든 이들이 경외하는 현명한 배신(陪臣)이 한 사람 있었습니다. 그는 토지도 많고 강력한 가문 출신으로, 그가 무슨 말을 하든 그 결과가 어떻게 되든 성안 사람들은 그를 믿었습니다. 그는 새로 온 이들을 보았습니다. 그들이 울타리 안 풀밭에 들어오기 전부터, 사람들이 그들을 가리켜 보였던 것입니다.

그는 티보에게 가서 이렇게 말했습니다.

"영주님, 하느님이 보우하사, 저는 아더 왕의 기사 둘이 이리로 오는 것을 보았습니다. 그런 용사 둘은 큰 몫을 할 수 있지요. 단한 명만이라도 무술 시합을 너끈히 이길 수 있으니까요! 그러니제 의견으로는, 자신 있게 시합에 나가자고 권하겠습니다. 영주님께는 좋은 기사들이 있고, 적의 말을 쏘아 넘어뜨릴 훌륭한 궁수들도 있으니까요. 그들은 이 문 앞에서 시합을 벌이려고 공격해

올 것입니다. 만일 그들이 기세등등하여 몰려온다면 우리에게 유리할 것이고, 그들은 패하여 낭패를 볼 것입니다."

배신의 이런 권고에, 티보는 누구든 원하는 자는 무장을 하고 나가도 좋다는 허락을 내렸습니다. 기사들은 기뻐합니다. 종사들은 무기와 말을 가지러 달려가고 말에 안장을 얹습니다. 부인과 아가씨들은 시합을 구경하려고 높은 곳에 자리를 잡습니다. 그러자, 아래쪽 풀밭에 있는 고뱅 경의 일행이 한눈에 들어왔습니다. 처음에는 기사가 두 사람 있는 줄로만 알았습니다. 떡갈나무에 방패가 두 개 걸려 있는 것을 보았기 때문입니다. 그래서 높은 데 올라와 보기를 잘했다, 기사 두 사람이 자기들 앞에서 무장하는 것을 구경하게 되다니 운이 좋았다, 하고 이야기합니다. 그녀들은 서로 그런 말을 나누었지만, 또 이렇게 말하는 이들도 있었습니다.

"하느님 맙소사! 여기 이 기사는 말과 장비를 두 사람에게도 넉넉할 만큼 가졌는데* 자기 말고는 다른 동료가 없으니, 방패를 두 개나 갖고 어쩌자는 걸까? 한꺼번에 방패 두 개를 드는 기사는 본 적이 없는데!"

그러므로 혼자 있는 그 기사가 방패 두 개를 모두 든다면 정말이지 놀라운 일이라고 생각되었습니다.* 그녀들이 그렇게 이야기하는 동안, 기사들은 밖으로 나왔습니다. 티보의 만딸, 이 무술 시합의 발단이 된 그녀는 탑의 높은 곳에 올라가 있었습니다. 만딸 곁에는 동생이 있었는데, 옷의 소매가 어찌나 조붓하고 맵시가 있던지 소매를 팔에 그려놓은 것만 같아서, '작은 소매' 아가씨라 불리는 터였습니다. 티보의 두 딸과 함께 귀부인들과 아가씨들은 모두 높은 곳에 올라가 있고, 성 앞에서는 이제 다들 무술 시합을 위해 모여들고 있습니다. 하지만 멜리앙 드 리스보다 더 보기 좋은 기사는 없었고, 그의 애인은 주위의 부인들에게 그렇게 말합니다.

"여러분, 정말이지 제가 본 어떤 기사도 멜리앙 드 리스만큼 마음에 든 적이 없어요. 제가 왜 여러분께 거짓말을 하겠어요? 저렇게 아름다운 기사를 보는 것은 즐거움이고 기쁨이 아니겠어요? 그는 정말이지 말을 타고 창과 방패를 다루어야만 해요. 그런 걸 저렇게 멋지게 다루는 사람은."

하지만 그녀의 곁에 앉아 있던 동생은 그보다 더 아름다운 기사가 있다고 말했습니다. 그러자 그녀는 성이 나서 벌떡 일어나 동생을 때리려 했지만, 부인들이 뒤에서 붙잡고 만류했습니다. 덕분에 동생은 손찌검은 면했지만, 기분이 몹시 상했습니다.

시합이 시작됩니다. 수많은 창이 부러지고, 수많은 칼이 휘둘려 수많은 기사들이 쓰러졌습니다. 하지만 특히 멜리앙과 대결하는 이들이 톡톡히 값을 치렀다는 것을 알아 두십시오! 그는 자기 창에 맞서는 이들을 어느새 굳은 땅에 처박고는 했으니 말입니다. 창이 부러지면 검을 멋지게 휘둘렀습니다. 그는 양쪽 편 모두의 다른 누구보다도 훌륭합니다. 그의 애인은 너무나 기쁜 나머지 잠자코 있을 수가 없습니다.

"여러분, 정말 놀랍지요! 저런 기사는 본 적도 없고 들어 본 적도 없을 거예요. 여러분의 눈으로 본 가장 훌륭한 기사를 보세요. 그는 시합에 나온 모든 사람보다 훨씬 더 아름답고 훨씬 더 뛰어나니까요."

그러자 소녀가 또 말했습니다.

"하지만 난 그보다 더 아름답고 훌륭한 기사가 보이는데."

그러자 언니는 동생에게 다가가 화가 나고 열에 받쳐 이렇게 말합니다.

"조그만 계집애가 감히 뻔뻔하게, 내가 칭찬하는 이를 모욕하다니. 한 대 맞고 다음부터는 조심해!"

그러고는 어찌나 세게 때렸던지, 얼굴에 손가락 자국이 그대로 남았습니다. 곁에 섰던 부인들은 그녀를 꾸짖으며 동생을 언니에게서 떼어냅니다. 그러고는 자기들끼리 고뱅 경에 대해 말하기 시작합니다.

"맙소사!" 하고 한 아가씨가 말합니다. "대체 저기 소사나무* 아래 있는 사람은 어서 무장을 하지 않고 뭐 하는 걸까?"

덜 침착한 또 한 아가씨는 이렇게 말했습니다.

"필시 평화를 맹세했을 거야!"

그러자 또 다른 아가씨가 거들고 나섭니다.

"저 사람은 장사꾼이야. 그는 무술 시합에 나갈 생각이라고는 아예 없을 걸. 저 말은 다 팔려고 데려가는 거지."

"아니야, 저 사람은 환전상이야." 네 번째 아가씨가 나섰습니다. "하지만 오늘은 그가 가져온 걸 가난한 기사들에게 나눠 줄 것 같지 않네. 거짓말이 아니야. 저 궤짝과 자루에는 보나마나 돈과 기명(器皿)이 들었을걸."

"정말이지 너무 나쁘게 말하는군요." 소녀가 말합니다. "모두 틀렸어요. 장사꾼이 저렇게 굵은 창을 가지고 다닐 거라고 생각하세요? 그런 몹쓸 말을 하는 걸 들으니 속상해 죽겠어요. 내가 믿는 성령님께 맹세코, 그는 장사꾼이나 환전상이 아니라 무술 시합에 어울리는 사람이에요. 어느 모로 보든 기사라고요!"

그러자 모든 부인들이 입을 모아 그녀에게 대답합니다.

"작은 아가씨, 아무리 그렇게 보인다 해도, 실제로는 그렇지가 않아요. 기사처럼 보이는 건 통행세를 안 내려고 속이는 거지요. 제 딴에는 꾀를 썼다 생각하겠지만 어리석어요. 이런 꾀를 부리다가는 현장에서 잡혀 수치스런 좀도둑 취급을 받게 되니까요. 목에 밧줄 맛을 보게 될 거라고요."

고뱅 경은 이 모든 조롱과 여자들이 자기에 대해 하는 말을 똑똑히 들었습니다. 수치스럽고 마음이 불편했지만, 자기는 배역으로 고발을 당했으니 자신의 정당성을 입증하러 가야 한다고 마음을 다집니다. 사실 그가 옳습니다. 만일 그가 약속한 대로 싸우러 가지 않는다면, 그 자신은 물론이고 그의 가문 전체에 불명예가 될 것이기 때문입니다. 자칫 부상을 당하거나 포로가 될까 염려되어 그는 이 무술 시합에 참가하지 않았습니다. 하지만 시합이 끊임없이 힘과 기상을 더해 가는 것을 보면서, 그 역시 참가하고 싶은 마음이 없는 것은 아닙니다.

이제 멜리앙 드 리스가 한층 더 강한 공격을 위해 굵은 창을 요구합니다. 온종일 해가 지기까지 시합은 성문 앞에서 벌어졌습니다. 이긴 자들은 가장 확실하다 생각되는 곳으로 전리품을 가져갑니다. 대머리인 키 큰 종사가 부인들의 눈에 띄었습니다. 그는 창자루 부러진 것을 들고, 목에는 말의 코뚜레를 걸었습니다. 한 부인이 즉시 그를 바보 취급하며 이렇게 말합니다.

"종사 양반, 하느님이 보우하사, 당신은 정말 바보로군요. 종사 노릇을 잘한답시고 사람들 틈새로 다니며 고작 창날과 창 자루 몽둥이, 코뚜레, 껑거리 끈 따위를 줍고 있다니 말이에요. 그렇게 시시하게 구는 건 자신을 하찮게 여기는 거지요! 하지만 여기 당신 있는 데서도 아주 가까운 곳에, 우리 아래쪽 풀밭에 아무도 지키지 않는 보물이 있는 게 보이는데요. 기회가 있는데도 이익을 챙기지 않는다면 분명 어리석은 거지요! 저기 일찍이 태어난 가장 너그러운 기사가 있는 걸 봐요. 그는 수염을 잡아 뽑아도 꼼짝하지 않을 걸요. 자, 수확을 얕보지 말아요. 저 모든 말들과 그 밖의 것을 갖고 오세요. 말리는 이가 아무도 없잖아요."

그러자 그는 풀밭에 들어가 창 자루 끝으로 말 한 마리를 치며 이렇게 말했습니다.

"이보오! 온종일 망만 보며 아무것도 하지 않고, 방패에 구멍을 내지도 창을 부러뜨리지도 않으니, 어디 아픈 거요, 아니면 슬픈 일이라도 있소?"

"무슨 상관이냐?" 그가 대답합니다. "이런 상태로 그냥 있는 이유는 장차 너도 알게 될 게다. 하지만 맹세코, 오늘은 말할 생각이 없으니, 썩 물러가 네 볼 일이나 보아라!"

그러자 종사는 더 이상 감히 고뱅을 귀찮게 하지 못하고 즉시 자리를 떠납니다.   5156

무술 시합이 그쳤습니다. 포로가 된 기사도 많았고 죽은 말도 많았습니다. 성 밖 사람들이 이겼지만, 성안 사람들이 이익을 챙겼습니다. 헤어지면서 서로 다음 날 들판에 나가 싸움을 재개하여 시합을 계속하기로 합의했습니다. 그날 밤에는 그렇게 헤어졌고, 성 밖에 나갔던 이들은 모두 성으로 돌아왔습니다. 고뱅 경도 무리를 따라 성안으로 들어갔습니다. 문 앞에서 그는 영주에게 시합을 시작하라고 권했던 배신을 만났습니다. 배신은 정중하고 친절하게 그에게 자기 집에서 유하라고 권했습니다.

"기사님, 이 성안에 당신이 묵을 곳이 다 마련되어 있습니다. 부디 묵어가십시오. 여기서 더 가셔도 오늘 안으로는 묵을 만한 곳을 찾을 수 없을 겁니다. 그러니 유하시기를 권합니다."

"그렇게 하겠습니다. 감사합니다." 고뱅 경이 말합니다. "듣던 중 반가운 말씀이로군요!"*

배신은 그를 자기 집으로 데려가면서, 그에게 이런 저런 이야기를 합니다. 그러고는 그가 자기들과 함께 무기를 들고 시합에 나가지 않은 곡절을 묻습니다. 그는 배신에게 사실대로 말했습니다. 자기는 배역으로 고발당했고, 따라서 그 무고한 비난을 씻어 버리기 전에는 포로가 되거나 부상을 당하거나 곤란한 상태가 되지 말아야 한다고 말입니다. 왜냐하면 하기로 되어 있는 싸움에 지체하거나 정해진 날 가지 못한다면 자신뿐 아니라 모든 친족에게 불명예가 될 테니 말입니다.

그 말을 들은 배신은 그를 한층 더 높이 평가하며 그의 말이 옳다고 수긍했습니다. 그가 그런 까닭으로 시합에 나가지 않았다면 잘한 일이라고 말입니다. 그래서 배신은 그를 자기 집으로 데려갑니다. 그들은 말에서 내립니다.

하지만 성안 사람들은 그를 몹시 못마땅하게 여겼고, 모두 모여서 영주가 그를 체포하러 가야 한다고 의논하고 있었습니다. 특히 맏딸은 동생에 대한 미움 때문에 있는 힘을 다해 수를 씁니다.

"아버지, 제가 아는 한 아버지께서는 오늘 잃으신 것이 전혀 없으세요. 제 생각에는 아버지께서 아시는 이상으로 큰 이익을 얻으신 셈이에요. 어째서 그런지 말씀드릴까요. 지금 아버지께서 하셔야 할 일은 그자를 체포하라고 명하시는 것이에요. 안 그러시면 큰 실책이 되실 거예요. 그자를 성안으로 데리고 온 사람도 옹호하고 나서지는 못하겠지요. 왜냐하면 그자는 부당한 속임수를 쓰니까요. 방패와 창을 싣고 말들을 고삐로 끌고 다니며 기사 흉내를 내어 관례적인 통행세를 내지 않고 있는 거지요. 그런 식으로 세금을 내지 않고 다니며 자기 상품을 파는 거랍니다. 이제 그자에게 마땅한 벌을 내리세요. 그자는 베르트의 아들 가랭의 집에 있답니다. 가랭이 그를 자기 집에 묵게 했지요. 방금 이리로 지나갔고, 가랭이 그를 데리고 가는 것을 똑똑히 보았어요."

그런 식으로 그녀는 그가 수치를 당하게 하려고 열심이었습니다. 영주는 즉시 말에 오릅니다. 몸소 가 보려는 것입니다. 그는 곧장 고뱅 경이 있는 집을 향해 갑니다. 작은 딸은 그가 그렇게 출발하는 것을 보자, 아무도 보지 못하도록 뒷문으로 빠져나와 지름길로 달려서 고뱅 경이 묵고 있는 베르트의 아들 가랭의 집까지 서둘러 갑니다. 가랭에게는 아주 아름다운 딸이 둘 있었습니다. 가랭의 딸들은 성주의 작은 딸이 오는 것을 보고는 기뻐하며 그녀를 맞이합니다. 둘 다 그녀의 손을 잡고 기뻐서 눈과 입에 입 맞추며 집 안으로 데리고 갑니다.

그러나 가난하지도 초라하지도 않은 가랭은 아들 에르망*과 함께, 다시 말에 올라 평소처럼 영주에게 말할 셈으로 궁정을 향해 가다가, 도중에 그를 만납니다. 배신은 영주에게 인사하고 어디에 가느냐고 묻습니다. 영주는 그의 집에 놀러 가려 했다고 말합니다.

"저로서도 반가운 일입니다." 가랭이 말합니다. "세상에서 가장 아름다운 기사를 보시게 될 테니까요."

"정녕 내 그럴 작정으로 온 것은 아니오." 영주가 대답합니다. "오히려 그를 체포하러 가던 참이오. 그는 말을 끌고 다니며 파는 장사꾼인데, 기사 행세를 하며 다닌다 하오."

"그럴 리가 있습니까! 터무니없는 말씀을 하시는군요." 가랭이 말합니다. "저는 당신의 봉신이고 당신은 제 주군이지만, 이만 서약을 파하겠습니다. 당신이 제 집에서 그런 불명예스러운 짓을 하도록 내버려 두느니, 저도 제 집안도 당신과 연을 끊겠습니다."

"하지만 나도 그러고 싶지는 않다오." 영주가 대답합니다. "하느님이 보우하사, 나는 당신의 손님도 당신의 집도 명예롭게 대할 것이오. 하지만 사람들이 나를 심히 부추겼다오."

"대단히 감사합니다." 배신이 말합니다. "영주님께서 제 손님을 방문해 주신다면 제게는 큰 영광이겠습니다."

그들은 즉시 함께 말을 달려 고뱅 경이 유숙하는 곳으로 갔습니다. 고뱅 경은 그들을 보자 잘 배운 사람답게 자리에서 일어나 인사를 했습니다. 두 사람도 마주 인사한 다음 그의 곁에 앉습니다.

이 고장 영주는 그에게 왜 무술 시합에 와서 온종일 싸움에 참가하지 않았는지 물었습니다. 그는 그것이 온당하지 못하고 부끄러운 일이라는 것을 부정하지 않았습니다. 하지만, 자신이 한 기사로부터 배역을 고발당했고, 그래서 왕의 궁정 앞에서 자신을 옹호하러 가는 길이라는 이야기를 들려주었습니다.

"그렇다면 확실히 정당한 이유가 있습니다." 영주가 말합니다. "그런데 그 싸움은 어디서 하시게 됩니까?"

"영주님, 저는 에스카발롱 왕 앞에 가야 한답니다. 그래서 곧장 그리로 가는 길입니다."

"길을 안내할 수행을 붙여 드리지요." 영주가 말합니다. "그리고 가는 길에 아주 가난한 고장도 지나게 될 터이니 여행길의 식량과 그것을 실을 말들도 내어 드리겠습니다."

고뱅 경은 그럴 필요가 전혀 없다고 대답합니다. 어디에 가든 파는 것을 구할 수 있을 터이니, 양식과 숙소, 그 밖의 필요한 모든 것을 충분히 얻을 수 있을 것이기 때문입니다. 그래서 그는 영주에게서 아무것도 받으려 하지 않습니다.

이런 말을 나누고 영주는 그와 헤어집니다. 막 떠나려다가 그는 맞은편에서 작은 딸이 오는 것을 보았습니다. 그녀는 즉시 고뱅 경에게 다가가 그의 무릎을 끌어안고 이렇게 말했습니다.

"기사님, 제 말을 좀 들어주세요! 저는 언니에게 맞고 기사님께 하소연을 하러 왔어요. 부디 제 억울함을 풀어 주세요."

고뱅 경은 그녀가 대체 누구에게 하는 말인지 몰라 아무 대꾸도 하지 않고, 그녀의 머리에 손을 얹었습니다. 그러자 소녀는 그를 자기 쪽으로 잡아당기며 또 말했습니다.

"기사님께 말씀드리는 거예요. 언니 때문이에요. 전 언니를 조금도 좋아하지 않아요. 오늘은 기사님 때문에 언니한테서 큰 모욕을 당했답니다."

"저 때문이라니요, 아가씨? 무슨 일이지요? 제가 어떻게 억울함을 풀어 드리면 될까요?"

작별을 고했던 영주는 자기 딸이 하는 말을 듣고 그녀에게 이렇게 말했습니다.

"애야, 누가 네게 기사님께 하소연하라고 하더냐?"

그러자 고뱅이 말했습니다.

"영주님, 이 아가씨가 따님입니까?"

"그렇습니다만, 이 아이가 하는 말에 괘념치 마십시오." 영주가 대답합니다. "아직 아무것도 모르는 철부지랍니다."

고뱅이 말합니다. "아가씨의 부탁을 들어 드리지 않는다면 저로서는 큰 실례가 되겠지요. 그런데, 귀여운 아가씨, 무엇을 어떻게 해야 언니에 대한 억울함을 풀어 드릴 수 있을지 말해 보세요."

"기사님, 그냥 내일 저를 위해 무술 시합에 나가 주시기만 하면 돼요."

"아가씨, 전에도 기사에게 그런 부탁을 한 적이 있습니까?"

"아니에요, 기사님!"

"아이가 하는 말을 괘념치 마십시오. 괜한 소리에 귀 기울일 것 없습니다." 영주가 말합니다.

그러나 고뱅 경은 그에게 말했습니다.

"영주님, 하느님이 보우하사, 아직 이렇게 어린 아가씨가 아이답게 하는 부탁을 거절할 수가 없군요. 아가씨가 원한다니 내일은 잠시 아가씨의 기사가 되어 드리겠습니다."

"감사합니다, 친절하신 기사님!" 소녀는 말합니다. 기쁜 나머지 그녀는 이마가 땅에 닿도록 그에게 절했습니다.

영주는 딸을 자기 말의 목덜미에 태워 데리고 돌아갑니다. 그러면서 대체 무엇 때문에 그런 다툼이 일어났는지 묻습니다. 소녀는 아버지에게 자초지종을 자세히 말했습니다. 그러고는 이렇게 말했습니다.

"아버지, 언니가 멜리앙 드 리스가 세상에서 가장 훌륭하고 아름다운 기사라고 내놓고 말하는 것을 들으니 속이 상했어요. 그런데 아래쪽 풀밭에서 이 기사님을 본 거예요. 그래서 언니 말에 반대할 수밖에 없었지요. 언니의 기사보다 훨씬 더 아름다운 기사님이 보인다고요! 그랬더니 언니는 절더러 미친년이라면서 머리끄덩이를 잡았어요. 그런 짓을 좋게 여기는 사람은 벌 받아 마땅하지요! 저는 내일 제 기사님이 시합 한복판에 나타나 멜리앙 드 리스를 무찌르기만 한다면 땋은 머리 두 갈래를 목덜미까지 싹둑 잘라 보기 흉한 모습이 된다 해도 상관없어요. 그러면 언니가 목청껏 외친 일이 다 허사가 되겠지요. 언니는 오늘도 어찌나 뻐기는지 다른 여자들이 다 싫어할 정도였어요. 하지만 가는 비가 큰 바람을 재우는 법이라잖아요!"

"얘야" 하고 영주는 말합니다. "내가 허락하고 또 명하노니, 너는 호의의 표시로 그 기사에게 네 소매나 베일을 달도록* 보내는 것이 좋겠구나."

소녀는 순진하게 대답했습니다.

"그렇게 말씀하시니 기꺼이 그렇게 하겠어요. 하지만 제 소매는 너무 작기 때문에, 기사님께 그런 것을 보냈다가 웃음거리가 될까 봐 자신이 없어요."

"애야, 그건 내가 알아서 하마." 영주가 말합니다. "잠자코 있거라. 나한테 얼마든지 있으니까."

그렇게 말하면서 그는 딸을 품에 안고 기쁜 마음으로 돌아갑니다.

마침내 그는 자기 궁 앞에 도착합니다. 그러나 아버지가 동생과 함께 돌아오는 것을 본 언니는 기분이 몹시 상해서 이렇게 말했습니다.

"아버지, 제 동생 작은 소매는 어디서 오는 거지요? 그 앤 잔꾀에 꼼수가 아주 빤하답니다. 그런 것에는 일찍부터 도가 텄지요. 대체 어디서 그 애를 데려오시는 거예요?"

"그게 너와 무슨 상관이냐?" 그가 말합니다. "그 애에 대해서라면 넌 입 다무는 게 좋을 게다. 그 애가 너보다 훨씬 나으니 말이다. 네가 그 애 머리끄덩이를 잡아당기고 때렸다니, 나로서는 크게 실망이다. 넌 고상하게 처신하지 못했어."

아버지의 이처럼 엄한 꾸짖음에 그녀는 아무 말도 하지 못했습니다.

그는 궤짝 중 하나에서 자줏빛 비단을 꺼내어 길고 폭이 넉넉한 소매를 마름질해 만들게 한 다음, 딸을 불러 이렇게 말했습니다.

"애야, 내일 아침에 일어나면 그 기사가 집을 나서기 전에 그에게 가 보거라. 이 새 소매를 정표로 드리렴. 그가 무술 시합에 나갈 때 달고 나갈 수 있게 말이야."

그녀는 아버지에게 날이 새는 즉시 잠에서 일어나 세수하고 준비하겠노라고 대답합니다. 아버지는 그 말을 듣고 딸을 보내고, 그녀는 기쁨에 들떠 자기 시녀들에게 부디 늦잠을 자지 않게 해달라고, 날이 새는 것을 보는 즉시 일찍 깨워 달라고 신신당부합니다. 시녀들은 시킨 대로 이튿날 새벽 동이 트는 것을 보자마자 그녀를 깨워 옷을 입게 했습니다. 5476

소녀는 이른 아침에 일어나 혼자서 고뱅 경이 묵고 있는 곳으로 갔습니다. 그러나 그렇게 일찍 갔는데도 그들은 이미 모두 일어나 교회에 가서 미사를 드리고 있었습니다. 그들이 기도하고 설교를 듣는 동안 내내 아가씨는 배신의 집에서 기다렸습니다. 그들이 교회에서 돌아오자 고뱅 경 앞으로 소녀는 달려 나가 말했습니다.

"하느님께서 오늘 기사님을 지켜 주시고 영광을 주시기 바랍니다! 그런데 저를 위해 제가 여기 가져온 소매를 달아 주세요."

"기꺼이 그렇게 하지요. 고맙습니다, 아가씨."

고뱅 경이 말합니다.

기사들은 지체 없이 무장을 갖추었습니다. 무장을 한 기사들이 성 밖에 모이는 동안, 성안의 모든 귀부인들과 아가씨들은 성벽 위로 올라가, 강하고 대담한 기사들의 무리가 모여드는 것을 보았습니다. 누구보다 앞장서서 멜리앙 드 리스가 제일선에서 전속력으로 달려 나오며, 동료들을 두 아르팡 반*쯤 뒤에 남겨 두었습니다. 큰딸은 자기 애인을 보자 또다시 혀를 절제하지 못하고 말했습니다.

"여러분, 저기 다른 누구보다도 이름 높은 기사가 오는 걸 좀 보세요!"

그러자 고뱅 경이 있는 힘껏 말을 달려 나아갑니다. 고뱅의 일격에, 그를 전혀 두려워하지 않았던 멜리앙 드 리스의 창이 산산조각이 나 버립니다. 고뱅 경이 다시 그에게 일격을 가하자, 그는 그만 땅바닥에 널브러지고 맙니다. 고뱅은 멜리앙의 말을 향해 손을 뻗어 고삐를 잡아서 한 사동에게 건네주며, 반드시 성주의 작은딸에게* 가서, 자기가 오늘 거둔 최초의 전리품을 그녀에게 보내니 받아 달라고 전하라고 명합니다. 사동은 안장이 갖추어진 말을 소녀에게로 끌고 갑니다.

소녀는 탑의 창가에서, 멜리앙 드 리스가 쓰러지는 것을 똑똑히 보았습니다.

"언니, 언니가 그렇게 자랑하던 멜리앙 드 리스 님이 쓰러지신 것이 보이지! 제대로 아는 자만이 칭찬을 할 권리가 있다더니! 어제 내가 말했던 것이 이제 명백해졌어. 하느님이 보우하사, 훨씬 더 나은 기사가 있다는 걸 이제 누구나 알 수 있겠지."

그녀는 일부러 그렇게 언니의 약을 올립니다. 그러자 언니는 자제심을 잃고 말했습니다.

"계집애, 닥치지 못해! 한마디라도 더하면, 휘청할 만큼 때려주겠어!"

"저런, 언니, 하느님을 기억해야지!" 작은 아가씨가 말합니다.

"내가 사실대로 말했다고 해서 날 때릴 수는 없잖아. 맹세코, 난 멜리앙 님이 쓰러지는 걸 봤고, 언니도 나처럼 똑똑히 봤잖아. 그는 도저히 다시 일어날 힘도 없어 보이던데. 언니가 성이 나서 길길이 뛴다 해도 난 다시 말하겠어. 여기 있는 부인들 중에 그가 사지가 번쩍 들려 납작하게 뻗는 걸 못 본 이가 없다고."

사방에서 말리지 않았더라면 언니는 동생의 뺨을 그대로 후려치고 말았을 것입니다. 하지만 주위에 있던 부인들이 그녀가 손찌검하는 것을 막았습니다. 그때 그녀들은 한 종사가 말의 고삐를 끌고 오는 것을 봅니다. 그는 창가에 앉아 있는 소녀를 발견하고는 그녀에게 말을 줍니다. 그녀는 그에게 예순 번도 더 감사하고 말을 받아 두게 합니다. 그는 고뱅에게 감사의 말을 가지고 갑니다. 이제 고뱅은 무술 시합의 승자요 주인이 된 것 같습니다. 아무리 용맹한 기사라 해도 그와 창을 겨루었다가는 등자에서 떨어지지 않을 수가 없기 때문입니다. 그는 말을 전리품으로 거두는 데 그렇게 열심이었던 적이 없었습니다. 그날 그는 자기 손으로 얻은 네 필의 말을 선물했습니다. 첫 번째 말은 영주의 작은딸에게 선물했고, 두 번째 말은 배신의 아내에게 선물하여 그녀를 아주 기쁘게 했으며, 배신의 두 딸 중 한 명은 세 번째 말을, 다른 한 명은 네 번째 말을 얻었습니다.

무술 시합이 끝나자 고뱅 경은 성문을 지나 돌아오는데, 이편에서도 저편에서도 그가 승자입니다. 그가 싸움터를 떠났을 때는 아직 정오도 되지 않았습니다. 고뱅 경이 돌아오는 길에는 기사들의 큰 무리가 뒤따라 와 온 도시가 가득 찼습니다. 그를 따르는 모든 이는 그가 누구이며 대체 어디서 왔는지 알려 하고 물으려 했습니다.

그는 자기 숙소 문 앞에 서 있는 작은 아가씨와 마주쳤습니다. 그녀는 대뜸 그의 등자를 잡고 그에게 절하며 이렇게 말할 수 있을 뿐이었습니다.

"천 번 만 번 고맙습니다, 기사님!"

그는 그녀가 하려는 말을 다 알아들었고, 그래서 너그럽게 이렇게 대답했습니다.

"저는 백발의 노인이 된다 해도 아가씨를 섬기겠습니다. 어디에 있든지 말입니다. 아무리 먼 곳에 있다 해도, 아가씨가 저를 필요로 하시는 것을 알게 되는 즉시, 어떤 장애물도 제가 달려오는 것을 막지는 못할 것입니다."

"참으로 고맙습니다." 아가씨가 말합니다.

두 사람이 그렇게 말하는 동안, 그녀의 아버지가 나타났습니다. 그는 고뱅 경이 오늘 밤 자기 집에 와서 묵어가게 하려고 성의를 다합니다. 그러면서 그러기에 앞서, 부디 그의 이름을 말해 달라고 청합니다.

고뱅 경은 유숙하기를 거절하며 이렇게 말합니다.

"영주님, 저는 고뱅이라고 합니다. 어디서든 이름을 물으면 저는 제 이름을 감춰 본 적이 없고, 또 묻기 전에는 말해 본 적도 없습니다."

영주는 그가 고뱅 경이라는 것을 알고는 기쁨으로 넘칩니다.

"고뱅 경," 하고 그는 말합니다. "부디 묵어가십시오. 오늘 저녁

제 대접을 받아 주십시오. 어제는 아무것도 대접하지 못했으니 말입니다. 맹세코 제 평생 더 기꺼이 환대하고 싶은 기사를 만나 본 적이 없습니다."

그는 그렇게 유하기를 권했지만, 고뱅 경은 그의 모든 청을 사양했습니다. 그러자 바보도 심술쟁이도 아닌 작은 아가씨가 그의 발을 붙잡고 입 맞추며 하느님께서 그를 지켜 주시기를 기원합니다.

고뱅 경은 그녀에게 무슨 뜻으로 그렇게 했느냐고 묻습니다. 그러자 그녀는 그의 발에 입 맞춘 것은 그가 어디를 가든 자기를 기억해 주기 바라서였다고 대답합니다.

"염려 마십시오, 아가씨!" 그가 그녀에게 말했습니다. "하느님이 보우하사, 저는 이곳을 떠나도 당신을 잊지 않을 것입니다."

그러고는 그녀와 헤어지고 영주와 그 밖의 사람들에게 작별을 고합니다. 모두 그에게 작별을 고합니다.   5655

그날 밤 고뱅 경은 한 수도원에서 잤습니다. 그곳에서 그는 필요한 모든 것을 얻었습니다. 이튿날 아침 일찍 그는 말을 타고 가던 길을 계속 갔습니다. 그러던 중 어느 숲 가에서 풀을 뜯고 있는 암사슴들을 보았습니다. 그는 자기 말 중 가장 좋은 말을 데리고 단단한 창을 들고 있던 사동 이보네에게* 멈추라 명령합니다. 그는 사동에게 고삐를 끌고 오던 말에 배띠를 매고 창을 가져오라고, 자기 의장마는 데려가라고 이릅니다.* 이보네는 지체 없이 그에게 말과 창을 가져다주었고, 이제 그는 암사슴들을 뒤쫓기 시작합니다. 여러 차례 꾀와 속임수를 쓴 끝에, 그는 마침내 가시덤불 근처에서 흰 암사슴 한 마리를 바짝 추격하여 그 목에 창을 겨누었습니다. 그러나 암사슴은 마치 수사슴처럼 펄쩍 뛰어 달아났고, 그는 다시 그 뒤를 쫓습니다. 그는 추격을 계속했고 거의 사슴을 잡으려 했는데, 하필 그때 그의 말 앞발의 편자가 빠지고 말았습니다.

고뱅 경은 자기가 탄 말이 힘을 잃는 것을 느끼고는 걱정이 되어, 일행에게로 돌아옵니다. 하지만 그는 말이 나무뿌리에라도 발이 걸리지 않은 다음에야 왜 발을 저는지 알지 못합니다. 그는 즉시 이보네를 불렀고, 그에게 말에서 내려 가까이 와서 심하게 절름대는 자기 말을 살펴보라고 명합니다. 이보네는 시킨 대로 말의 발을 들어 올려 살펴보고는 편자가 하나 빠진 것을 발견합니다.

"나으리," 하고 그가 말했습니다. "편자를 박아야겠습니다. 편자를 박을 줄 아는 대장장이를 만날 때까지는 천천히 가야겠습니다."

그들은 계속 가다가, 어느 성에서 나온 사람들이 길을 따라 오는 것을 보게 되었습니다. 선두에는 짧은 옷을 입은 사람들, 개를 끌며 걸어오는 소년들, 그 뒤에는 날카로운 수렵 창을 든 사냥꾼들, 그 뒤에는 궁수들과 활과 화살을 든 하인들이 있었습니다.* 그 뒤에는 기사들이 오고, 기사들 뒤에는 다른 두 사람이 전투마를 타고 있는데, 그중 한 사람은 젊은이로 다른 모든 사람들보다 준수해 보였습니다.

그만이 고뱅 경에게 인사를 하며 손을* 잡았습니다.

"기사님, 제가 당신을 붙듭니다. 제가 온 곳으로 가서서 제 집에 묵으시지요. 이제 묵을 곳을 찾으실 때가 되었으니, 딱히 불편하시지 않다면 말입니다. 제게는 누이가 있는데, 아주 세련된 아가씨랍니다. 그녀는 당신을 보면 기뻐할 겁니다. 여기 제 곁에 있는 사람이 기사님을 모셔다 드릴 것입니다."

그러고는 자기 동행을 향해 이렇게 말했습니다.

"자, 이보게, 내 자네를 이 기사님과 함께 보내니, 내 누이에게 모셔다 드리게. 우선 인사를 하고 내 말을 전하게나. 우리 남매간의 우애와 신의를 걸고, 만일 그녀가 기사를 경애한다면, 그를 경애하고 소중히 하여 오라비인 나를 대하듯 극진히 대해 달라고 말일세! 우리가 돌아가기까지 그가 서운하지 않게끔 벗이 되어 주라고 하게. 그녀가 그를 친절히 맞아들이거든 지체 없이 돌아오게나. 나도 가능한 한 속히 돌아가서 그와 함께 있고 싶으니 말일세."

기사는 고뱅 경을 데리고 길을 떠납니다. 모두가 그를 죽도록 미워하는 곳으로 말입니다. 하지만 그들은 그를 본 적이 없으므로, 아직 그는 그곳에서 알려져 있지 않습니다. 그 자신도 전혀 경계하지 않습니다.

그는 바다를 향해 뻗은 곶 위에 자리한 궁성을 바라봅니다. 그 벽과 탑은 아주 든든하여 전혀 두려울 것이 없어 보입니다. 도시 전체가 눈에 들어오는데, 선남선녀들이 오가고, 환전상의 탁자는 금은 주화로 뒤덮여 있었습니다. 광장과 길은 여러 직종에 종사하는 훌륭한 직인(職人)들로 붐빕니다. 어떤 이는 투구를, 어떤 이는 사슬 갑옷을 만들고, 어떤 이는 안장을, 어떤 이는 문장(紋章)을 만드는가 하면, 또 어떤 이는 가죽으로 된 마구(馬具)를, 어떤 이는 박차를 만듭니다. 검을 벼리는 이도 있고, 직물을 짜거나 축융하는 이, 소모(梳毛)나 전모(剪毛)를 하는 이도 있습니다. 어떤 이는 금과 은을 녹이고, 또 어떤 이는 그것으로 잔이나 굽 달린 큰 잔, 사발, 흑금으로 상감한 단지, 반지, 허리띠, 잠금쇠 같은 것을 만듭니다. 이 도시에서는 항상 장이 열린다고 여겨질 만큼, 밀랍과 후추와 곡물, 회색 다람쥐의 모피, 그 밖에도 각종 상품이 넘쳐 났습니다. 이 모든 것을 보고 여기저기서 걸음을 지체한 끝에, 마침내 그들은 탑 앞에 이릅니다.

사동들이 달려 나와 그들에게서 말과 그 밖의 장비를 받아 갑니다. 기사는 고뱅 경만을 대동하고 탑 안으로 들어갑니다. 그는 경의 손을 잡고 아가씨의 방까지 데려갑니다.

"아씨," 하고 그는 말했습니다. "오라버니께서 인사를 전하시면서 여기 이 기사님을 잘 대접해 드리라고 하셨습니다. 그를 야박하게 대하지 마시고, 당신이 이분의 누이이고 이분이 당신의 오라버니인 것만큼이나, 좋은 마음으로 대해 주십시오. 이분이 원하시는 것이라면 무엇이든 아끼지 마시고, 아씨의 너그럽고 트인 마음씨를 보여 주십시오. 명심하세요. 이제 저는 갑니다. 숲 속으로 일행을 뒤따라가야 하니까요."

그녀는 크게 기뻐하며 이렇게 말했습니다.

"내게 이런 분을 벗으로 보내 주신 이에게 복이 있기를! 내게 이처럼 아름다운 벗을 보내 주는 이는 나를 위함이니,* 감사 받기를! 자, 기사님, 이리로 와서 제 곁에 앉으세요." 아가씨는 말합니다.

"당신은 준수하고 기품 있는 분이기도 하고, 또 제 오라버니의 청도 있으니, 제 손님이 되어 주세요."

기사는 더 이상 그들과 함께 머물지 않고 돌아갑니다. 고뱅 경은 남았지만, 전혀 서운할 것이 없습니다. 그는 그토록 아름답고 고상한 아가씨와 단 둘이 남게 되었으니까요. 그녀는 얼마나 완벽한 교육을 받았던지, 그와 단 둘이 있게 되어도 감독을 받을 필요가 있다고 생각하지 않습니다. 두 사람은 사랑의 말을 나눕니다. 다른 말을 한다면 시간을 허송할 뿐이니까요! 고뱅 경은 그녀에게 사랑을 구하며 평생 그녀의 기사가 되겠다고 약속합니다. 그녀는 그에게 거절하지 않고 기꺼이 동의합니다.   5831

그러는 동안 한 배신이 방에 들어왔고, 그들에게는 불행한 사태가 벌어졌습니다. 그는 고뱅 경을 알아보았고, 그들이 입맞춤을 주고받으며 서로 기뻐하는 것을 보았습니다. 그는 이처럼 다정한 모습을 보자, 입을 다물지 못하고 큰 소리로 외쳐 댔습니다.

"여자여, 수치를 당할지어다! 하느님께서 네게 벌을 내리시기를! 세상에서 가장 미워해야 마땅할 남자를 이처럼 환대하고 포옹과 입맞춤을 받아들이다니! 어리석고 불행한 여자여, 네가 할 일을 잘도 하는구나! 네 손으로 그의 가슴에서 심장을 꺼내야 마땅하거늘 입으로 그렇게 하는구나! 네 입맞춤이 그의 심장에 이르면, 그의 속에서 심장이 빠져나가기는 하겠지! 하지만 너는 손으로 심장을 파내는 편이 나았을 터이고, 마땅히 그렇게 해야 했고말고. 하지만 만일 여자가 선을 행한다면, 악을 미워하고 선을 사랑한다면, 그 여자는 더 이상 여자가 아니겠지. 그녀를 여전히 여자라고 부른다면 잘못이겠지. 여자가 오로지 선을 사랑한다면, 여자라 부를 수 없으니까. 그러니 너는 여자인 것이 분명하구나. 거기 네 곁에 앉은 남자는 네 아버지를 죽인 바로 그놈인데, 너는 그에게 입을 맞추는구나! 여자가 원하는 걸 갖게 되면 가리는 게 없어지는구나!"

그는 이렇게 말하고는, 고뱅 경이 미처 무어라 대답도 하기 전에 단숨에 뛰쳐나갑니다. 그녀는 바닥에 쓰러져 오랫동안 혼절해 있었습니다. 고뱅 경은 그녀를 붙잡아 일으킵니다. 그녀는 아직도 두려움 때문에 슬픔과 혼란에 빠져* 있습니다.

제정신이 돌아오자 그녀는 이렇게 말했습니다.

"아, 우린 이제 죽었어요! 당신 때문에 난 오늘 억울하게 죽을 거예요. 제 생각에는 당신도 저 때문에 죽을 테고요. 시내에서 사람들이* 곧 이리로 몰려올 게 뻔해요. 만 명* 이상이 이 탑 주위를 빽빽이 둘러쌀걸요. 하지만 여기 안에도 무기는 충분히 있으니, 제가 금방 무장을 갖추어 드릴게요. 용감한 사람이라면 부대 전체에 맞서서도 이 탑을 지킬 수 있을 거예요."

그녀는 불안한 심정으로 무기를 가지러 달려갑니다.* 그녀가 그를 갑옷으로 무장시키고 나자, 그녀도 고뱅 경도 두려움이 덜해졌습니다. 그러나 불운하게도 방패라고는 찾을 수가 없었으므로, 그는 장기판으로 방패를 삼고서 이렇게 말했습니다.

"아가씨, 내게 다른 방패를 찾아다 주러 갈 필요는 없어요."

그는 장기 말들을 땅바닥에 쏟아 버렸습니다. 말들은 상아로 만들어졌고, 보통 것보다 열 배*나 더 굵으며, 아주 단단한 뼈로 만들어졌습니다.

이제부터는 누가 오든 간에 탑의 문과 입구를 지킬 수 있으리라고 그는 생각합니다. 그는 일찍이 존재했던 가장 좋은 검인 에스 칼리부르를 차고 있었기 때문입니다. 이 검은 쇠도 마치 나무처럼 잘라 버립니다.

밖으로 뛰쳐나간 배신은 이웃 사람들이 옹기종기 앉아 있는 것을 보았습니다. 시장과 행정관, 그리고 그 밖에도 여러 도시민들, 뒤룩뒤룩 살이 찐, 생선이라고는 먹지 않는* 도시민들입니다. 그는 그들에게 달려가서 외쳤습니다.

"자, 모두 무기를 듭시다! 우리 주군을 죽인 배신자 고뱅을 잡으러 갑시다!"

"그자가 어디 있습니까? 어디 있어요?" 그들은 이구동성으로 말합니다.

"정녕코" 하고 그가 대답합니다. "고뱅, 그 영락없는 배신자가 저기 탑에서 노닥거리고 있는 걸 내 눈으로 봤다오. 우리 아씨와 끌어안고 입을 맞추는데, 아씨는 저항도 하지 않고, 오히려 기꺼운 듯 동조하고 있더이다. 하여간 어서 갑시다. 가서 그자를 끌어냅시다. 그자를 잡아 우리 영주님 앞에 내놓는 것이 우리의 도리요. 배신자는 수치를 당해 마땅하니 산 채로 잡아야 하오. 우리 영주님도 그를 죽이기보다는 산 채로 잡는 편을 원하실 테니까. 의당 그래야 할 것이, 죽은 자들은 더 이상 두려워할 것이 없으니 말이오. 자! 온 시내에 알리고, 모두 할 일을 하시오!"

시장은 즉시 일어났고, 행정관들도 모두 그 뒤를 따랐습니다. 아! 이 모든 상민들이 흥분하여 도끼며 갈고리 창을 들고 나서는 것을 보았어야 하는데요! 어떤 이는 끈 없는 방패를, 어떤 이는 문짝을, 어떤 이는 곡식 까부르는 키를 가지고 나왔습니다! 소리꾼은 온 도시에 소집령을 외쳐 대고, 모든 사람이 모여듭니다. 한 사람도 남아 있지 않도록, 시내의 종들이 울려 퍼집니다. 아무리 겁쟁이라도 낫이나 도리깨, 곡괭이나 몽치를 들지 않는 이가 없습니다. 벼룩 한 마리를 잡자고 그 난리가 난 꼴은 일찍이 롬바르디아에서도 없었을 것입니다!* 아무리 비겁한 자*라도 뭔가 무기를 들고 달려 나옵니다. 하느님께서 도와주시지 않는다면, 이제 고뱅경은 죽은 목숨입니다! 아가씨는 용감무쌍하게 그를 도울 채비를 하고서, 무리를 향해 외칩니다.

"이봐요!" 하고 그녀는 빈정댑니다. "이런 너절한 자들, 미친개들, 한심한 노예들 같으니! 대체 누가 여러분을 오라고 했나요? 대체 뭘 어쩌자는 건가요? 천벌을 받을 일이지! 하느님이 보우하사, 당신들은 여기 이 기사를 데려가지 못해요. 섣불리 나섰다간, 대체 몇 명이 될지 모르지만, 목숨이 성치 못할 걸요! 그는 공중을 날아서 여기 온 것도 아니고 비밀 통로로 들어온 것도 아니니까요. 그는 오라버니가 내게 보낸 손님이에요. 오라버니께서 날더러 자신을 대하듯 친히 대접하라 했단 말이에요. 그런데 오라버니 부탁대로 내가 그를 기쁘게 맞이했다고 해서 날 공격하다니요? 듣고 싶은 사람은 들을 일이지만, 내가 그를 기쁘게 한 데는 다른 이유가 없어요. 어리석은 짓은 생각하지도 않았다고요. 그러니 여러분이 제대로 이유도 알지 못하면서 감히 내 방문 앞에서 칼을 빼들고 모욕하는 데 대해 심히 유감이에요! 설령 여러분이 그럴 만한 이유가 있다 하더라도, 나와 따져 보지도 않았으니 정말이지 화가 납니다!"

142

그녀가 자기 생각을 말하는 동안, 그들은 자루 긴 도끼로 있는 힘을 다해 문을 박살 냈습니다. 그들은 문을 둘로 쪼갰지만, 문 안에 있던 문지기*가 그들의 진입을 잘 막아 냈습니다. 그는 들고 있던 검으로 맨 처음 나타난 자를 멋지게 무찔렀고, 그러자 다른 사람들은 당황해서 아무도 감히 나서지 못합니다. 각자 자기 목숨을 부지하려 몸을 사립니다. 문지기가 두려워서 아무도 용감하게 나서는 이가 없습니다. 아무도 감히 그에게 손을 대거나 한 걸음 앞으로 나서는 이가 없습니다.

아가씨는 성이 나서 바닥에 떨어져 있던 장기 말을 그들에게 던집니다. 그녀는 허리띠를 조이고 옷소매를 걷고서, 성이 나서, 할 수만 있다면 자기가 죽기 전에 모두 몰살시켜 버리겠다고 맹세합니다. 그러나 상민들은 일단 뒤로 물러서기는 했지만* 항복을 하느니 탑을 자기들 위로 쓰러뜨리겠다고 공언합니다. 탑 안의 두 사람은 굵은 장기 말을 그들에게 던지며 자신들을 방어합니다. 대부분이 그 공격을 이기지 못해 흩어지지만, 그러면서도 탑을 무너뜨리려는 듯 강철 곡괭이로 내리찍기 시작합니다. 문에는 감히 접근할 수 없어서, 거기서 공격하거나 싸울 엄두를 내지 못하기 때문입니다. 이 문은 아주 낮고 좁아서, 두 사람이 나란히 들어가기도 어려웠습니다. 그러므로 용감한 사람*이라면 혼자서도 능히 버티며 문을 방어할 수 있었습니다. 무장을 하지 않은 도시민들을 내리쳐 이빨까지 가르고 뇌수가 튀어나오게 하기 위해, 더 나은 문지기를 부를 수도 없었습니다!*

6027

그에게 유숙을 권했던 젊은 주인은* 이 모든 일에 대해 전혀 알지 못한 채, 사냥하러 갔던 숲으로부터 가능한 한 서둘러 돌아옵니다. 그러나 그들은 강철 곡괭이로 탑 둘레를 돌아가며 팠습니다. 그때 사정 모르는 갱강브레질이 말을 달려 성에 들어왔습니다. 그는 상민들의 그 모든 소란에 깜짝 놀랐습니다. 고뱅 경이 탑 안에 있다는 것도 전혀 알지 못했습니다. 그러나 그는 사태를 깨닫자마자, 누구든 목숨이 아깝거든 돌맹이 하나 던지지 말라고 금지했습니다. 그러나 그들은 그 때문에 이 싸움을 포기할 생각은 없으며, 설령 그가 고뱅과 함께 탑 안에 있다 해도 탑을 그의 몸 위로 무너뜨리기를 그만두지 않겠다고 말합니다. 그는 자신의 설득이 아무 소용도 없는 것을 보고는 왕을 만나러 가서, 도시민들이 일으킨 이 난장판으로 데려오기로* 결심합니다.

왕은 이미 숲에서 돌아오고 있었습니다. 그는 왕을 맞이하러 나가 이렇게 고합니다.

"전하, 전하의 시장과 행정관들이 전하께 수치를 끼치고 있습니다. 그들은 오늘 아침부터 전하의 탑을 공격하여 무너뜨리는 중입니다. 그들로 하여금 그 값을 톡톡히 치르게 하시지 않는다면, 저는 유감일 것입니다. 전하께서도 아시듯이 저는 고뱅을 배역죄로 고발한 바 있습니다. 그렇지만 전하께서 그에게 유숙을 권하셨으니, 그를 손님으로 맞아들이신 다음에야 그가 수치도 모욕도 당하지 않는 것이 옳습니다."

그러자 왕이 갱강브레질에게 대답합니다.

"우리가 당도하는 즉시 그는 더 이상 욕을 당하지 않을 것이오.

그에게 일어난 일은 내게도 심히 유감이오. 내 백성들이 그를 죽도록 미워한다고 해도 내가 놀랄* 이유는 없소. 그러나 내가 그를 손님으로 맞아들인 이상 그가 포로가 되거나 부상을 입지 않도록, 가능한 한 보호하겠소."

이윽고 그들은 탑에 당도합니다. 그들은 탑을 둘러싼 사람들이 일대 소란을 일으키는 것을 봅니다. 왕은 시장에게 이 모든 사람들을 중지시키고 썩 물러가라고 명했습니다. 사람들은 시장의 명대로 한 사람도 남김없이 떠납니다. 그 도시 출신인 배신만이 남았습니다. 그는 온 나라의 고문이며 그만큼 명철한 사람이었습니다.

"전하, 전하께 선하고 충직한 권고를 드릴 때입니다. 전하의 선대인을 죽이는 배역을 저지른 자가 이곳에서 공격을 받았다는 것은 전혀 놀랄 일이 아닙니다. 왜냐하면 아시다시피 그는 이곳에서 죽도록 미움을 받고 있으며, 그러는 것이 마땅하지요. 그러나 전하께서 손님으로 맞이하신 이상, 그가 감옥에 갇히거나 죽임을 당하는 일은 막으시는 것이 옳습니다. 그러니 진실을 말하고자 한다면, 마땅히 그의 안전과 보호를 확보해야 할 사람은 여기 있는 갱강브레질입니다. 이 사람이 왕의 궁정으로 그자의 배역을 고발하러 갔으니 말입니다. 그래서 그자가 자신의 입장을 방어하기 위해 전하의 궁정에 왔다는 것도 숨길 수 없는 사실입니다. 그러나 저는 이 결투를 지금부터 일 년 뒤로 연기할 것을 제안합니다. 그 대신 그자는 날에서 항상 피가 흐르는 창을 찾으러 가야 합니다. 아무리 닦아도 날 끝에 항상 핏방울이 맺혀 있는 창 말입니다. 그는 전하께 이 창을 갖다 드리든지, 아니면 지금처럼 전하의 포로로 있든지 해야 할 것입니다. 그러면 전하께서 그를 포로로 가둬 두실, 지금보다 더 좋은 구실이 생길 것입니다. 제 생각에 그는 아무리 힘든 일을 시켜도 능히 해내고야 말리라고 생각합니다. 미워하는 자는 가능한 한 모든 수단으로 고생을 시켜야 합니다. 저는 전하의 적을 벌하기 위해 이보다 나은 권고를 드릴 수 없을 것입니다."

왕은 그 권고를 따릅니다. 그가 탑에 들어가 누이에게 가 보니, 그녀는 몹시 성이 나 있었습니다. 그녀는 그를 보자 일어났고, 고뱅 경도 동시에 일어납니다. 아무리 두려운 일이 있어도 그는 떨지도 않고 안색도 변하지 않습니다.

갱강브레질이 앞으로 나서서, 사색이 된 아가씨에게 인사합니다. 그러고는 이런 빈말을 합니다.

"고뱅 경, 고뱅 경, 나는 당신을 내 보호 아래 두었지만, 그 조건으로 감히 내 주군께 속한 성이나 도시에 들어올 만큼 겁 없이 굴지 말라고 분명히 당부했소. 그러니 이곳 사람들이 당신에게 한 일에 대해 불평할 여지가 없을 거요."

현명한 배신이 뒤이어 말합니다.

"기사여, 하느님이 보우하사, 사태를 잘 해결할 방도가 있소. 도시민들의 공격에 대해 누가 보상을 요구할 수 있겠소? 그 논란은 최후의 심판 날까지라도 끝나지 않을 거요! 그러나 여기 계신 전하의 뜻대로 합시다. 전하께서는 내 입을 통해 당신 두 사람이 서로 괜찮다면 결투를 일 년 뒤로 미룰 것을 명하시오. 고뱅 경은 자유로이 떠나도 좋소. 단, 그는 전하께 지금부터 일 년 뒤에는 그

끝에 눈물처럼 영롱한 핏방울이 맺히는 창을 갖다 바칠 것을 맹세해야 하오. 때가 되면 지난날 오그르들의 땅이었던 로그르 왕국* 전체가 그것으로 멸망하리라는 예언이 있는 창 말이오. 전하께서는 이 점에 대해 당신의 맹세를 받기 원하시오."

"단언컨대," 하고 고뱅이 말합니다. "나는 그런 맹세를 하여 그 일에 내 신의를 걸기보다는 차라리 이 자리에서 죽든지 칠 년을 죽치는 편이 낫소. 나는 죽음이 두렵지 않으며, 맹세를 어겨 치욕 속에 살기보다는 영예롭게 죽음을 받아들이는 편을 택하겠소."

"기사여," 하고 배신이 말합니다. "당신은 내가 말한 대로만 한다면 어떤 불명예도 당하지 않을 것이고, 당신의 명성도 흐려지지 않을 것이오. 당신은 힘이 닿는 한 이 창을 찾아보겠다고 맹세를 하시오. 만일 창을 가지고 오지 못한다 해도, 당신은 이 탑으로 돌아오기만 하시오. 그러면 맹세에서 자유로워질 것이오."

"그런 조건이라면 나도 맹세를 하겠소." 그는 말합니다.

즉시 아주 귀중한 성물함이 꺼내져 왔고, 그는 힘이 닿는 한 피 흘리는 창을 찾아보겠다고 맹세했습니다. 그렇게 해서 그와 갱강 브레질의 싸움은 일 년 뒤로 미루어졌습니다. 이제 그는 큰 위험에서 벗어났습니다. 탑에서 나오기 전에 그는 아가씨에게 작별을 고하고, 자기 사동들에게 그랭갈레*만을 제외한 다른 모든 말을 데리고 자기 나라로 돌아가라고 명합니다. 사동들은* 주군과 작별을 하고 떠났습니다. 그들에 대해서도 그들이 보인 슬픔에 대해서도, 나는 더 이상 말하지 않겠습니다. 고뱅 경에 대해 입을 다물고, 이 제부터는 페르스발에 대한 이야기를 시작합니다.

6216

이야기가 전한 바에 따르면,* 페르스발은 기억을 잃은 나머지 하느님조차 망각했다고 합니다. 4월과 5월이 다섯 번이나 지나갔으니, 꼬박 다섯 해가 지나간 다음에야 그는 한 교회에 들어가게 되었습니다. 그는 하느님께도 하느님의 십자가에도 경배드리지 않은 채, 그렇게 다섯 해를 보냈던 것입니다. 그러나 그렇다고 해서 기사로서의 수훈 쌓기마저 포기한 것은 아니어서, 항상 낯설고 무시무시하고 고된 모험을 찾아다녔습니다. 그는 그런 모험을 무수히 만났고, 자신의 용맹함을 입증했습니다. 아무리 힘든 일이라도 그는 이겨 냈습니다. 다섯 해 동안, 그는 아더 왕의 궁정으로 훌륭한 기사를 예순 명이나 포로로 보냈습니다. 그는 하느님을 한 번도 기억하지 못한 다섯 해를 그렇게 지냈습니다.

그 다섯 해가 지난 어느 날, 그는 늘 하던 대로 전신 갑주로 무장한 채 어느 황량한 땅을 지나가다가, 기사 세 명과 귀부인 열 명을 만나게 되었습니다. 그녀들은 머리를 두건 밑에 감춘 채 거친 털옷*을 입고 맨발로 걷고 있었습니다. 그가 그렇게 무장을 하고 창과 방패를 들고 오는 것을 보자, 영혼의 구원을 위해 맨발로 걸으며 자신들의 죄를 참회하던 여인들은 무척 놀랐습니다. 세 기사 중 한 사람이 그를 불러 세우고 말했습니다.

"친애하는 기사여, 당신은 예수 그리스도를 믿지 않습니까? 새로운 법을 정하사 그것을 자기를 믿는 자들에게 주신 그분을? 예수 그리스도께서 죽으신 날에 무기를 드는 것은 의롭지도 선하지도 못한 일이며, 실로 중대한 과오입니다."

시간이 가고 날이 가고 계절이 가는 것도 아랑곳하지 않을 만큼 그토록 마음이 혼란스러웠던 그는 대답합니다.

"오늘이 무슨 날입니까?"

"무슨 날이냐고요? 정말로 모른다는 말입니까? 오늘은 성금요일, 십자가에 경배하고 자신의 죄를 뉘우쳐야 하는 날이지요. 은화 서른 개에 팔리신 이가 십자가에 달리신 날이 바로 오늘입니다. 아무 죄도 없이 깨끗하신 이가 온 세상을 얽어매고 더럽히던 죄를 지시고, 우리 죄를 위하여 인간이 되셨지요. 참으로 그는 하느님이시요 사람이셨으니, 동정녀께서는 성령으로 잉태하사 아들을 낳으셨습니다. 하느님께서는 그녀에게서 피와 살을 얻으심으로 그의 신성 위에 우리 육신의 인성을 입으셨음이 확실합니다. 그렇게 믿지 않는 자는 결코 그를 마주 보지 못할 것입니다. 그는 동정 성모에게서 태어나셨고, 그의 거룩한 신성을 간직하시면서도 인간의 형태와 심령을 취하셨지요. 그리고 실로 그가 십자가에 달리신 오늘과 같은 날, 그는 자신의 모든 벗들을 지옥에서 건지셨습니다. 그 지극히 거룩한 죽음으로 모든 산 자를 구원하셨고, 죽은 자들을 죽음에서 생명으로 부활시키셨습니다. 시기심에 가득 찬 거짓말쟁이 유대 인들은 개처럼 죽어 마땅하거니와, 그분을 십자가에 매달아 자신들의 불행과 우리의 큰 복락을 초래했지요. 그들은 망하고 우리는 구원받았으니까요. 그분을 믿는 모든 자는 오늘 참회를 해야 합니다. 오늘은 하느님을 믿는 어떤 사람도 길에서나 들판에서나 무기를 들어서는 안 됩니다."

"여러분은 어디서 오시는 길입니까?" 페르스발이 묻습니다.

"이곳의 한 대인, 한 거룩한 은자의 집에서이지요. 그는 이 숲 속에 사는데, 어�찌나 거룩한지 하느님의* 영광만으로 산답니다."

"대체 그곳에는 무엇을 하러 가셨습니까? 무엇을 청하셨습니까? 무엇을 찾으셨습니까?"

"뭐라고요, 기사님?" 하고 한 부인이 말합니다. "그야 저희 죄때문에 그분께 조언을 구하고 고해를 한 거지요. 그것이야말로 하느님께 돌아가고자 하는 그리스도교도가 해야 할 가장 시급한 일이니까요."

이제 들은 말이 페르스발을 울게 합니다. 그는 자기도 은자*에게 가서 말을 해 봐야겠다고 결심했습니다.

"저도 그곳에 가 보고 싶습니다." 그는 말합니다. "어느 길로 가야 할지 알기만 하면요."

"기사여, 그곳에 가고자 한다면 우리가 지나온 이 길을 똑바로 따라가기만 하면 됩니다. 울창한 숲을 지나서, 우리가 지나올 때 손수 매듭지어 놓은 나뭇가지를 눈여겨보면서 가십시오. 은자에게 가는 이들이 길을 잃을 염려가 없도록 그런 표식을 만들어 둔 거지요."

6330

그러고는 서로 더 이상 묻지 않고 작별을 했습니다. 그는 영혼 깊은 곳에서부터 한숨지으며 자기 길로 접어듭니다. 왜냐하면 그는 하느님께 죄를 지었다고 느꼈고, 몹시 뉘우쳤기 때문입니다. 그는 울면서 숲을 지나갑니다. 은자의 암자에 도착한 그는 말에서 내려 갑주를 벗고 말을 소사나무에 매어 둔 다음 은자의 집으로 들어갑니다. 작은 예배당 안에서 그는 사제와 복사를 데리고 있는 은자를 발견했습니다. 그들은 거룩한 교회에서 거행될 수 있는 가장 고귀하고 가장 복된 예배를 막 시작하려던 참이었습니다.

페르스발은 예배당에 들어서자마자 무릎을 꿇습니다. 그러나 은자는 그를 자기 쪽으로 부릅니다. 그의 순박함과 눈물을 보았기 때문입니다. 눈물은 눈에서 방울방울 흘러 턱까지 흘러내렸습니다. 페르스발은 하느님을 노엽게 했을까 두려워하며 은자의 발을 붙들고 그 앞에 절했습니다. 그러고는 양손을 모아 잡고 그에게 조언을 구합니다. 그에게는 조언이 절실히 필요했던 것입니다.

은자는 그에게 고해를 하라고 권합니다. 왜냐하면 만일 그가 고해도 회개도 하지 않는다면 사면을 얻을 수 없을 것이기 때문입니다.

"어르신," 하고 그는 말합니다. "제가 어디 있는지도 모르게 된 지가 벌써 다섯 해나 되었습니다. 저는 하느님을 믿지도 사랑하지도 않게 되었고, 그 후로 행한 일은 악하지 않은 것이 없습니다."

"아! 형제여," 하고 은자가 말했습니다. "어쩌다 그렇게 되었는지 내게 말해 보게나. 그리고 하느님께 죄인의 영혼을 불쌍히 여겨 주십사 기도하게."

"어르신, 저는 어부왕의 집에 갔다가 창날에서 분명 피가 흐르는 창을 보았습니다. 새하얀 창날 끝에 매달린 그 핏방울에 대해 저는 아무것도 묻지 않았고, 그 뒤에도 그 실수를 만회하지 못했습니다. 저는 또 그라알을 보면서도 그것으로 누구에게 음식을 가져가는지 몰랐는데, 그 뒤로 그 일에 대해 너무나 상심한 나머지 그저 죽고 싶을 따름이었습니다. 그래서 우리 주 하느님을 잊었고, 그 뒤로는 그의 긍휼을 구하지도 않았고 긍휼히 여김을 받을 만한 일도 전혀 하지 못했습니다."

"아! 형제여," 하고 은자는 말했습니다. "이름이 어찌 되는지 말해 보게나."

"페르스발입니다, 어르신." 그는 대답했습니다.

이 말에 은자는 한숨을 짓습니다. 그는 그 이름을 기억했고, 그래서 이렇게 말했습니다.

"형제여, 이 큰 불행이 자네에게 닥친 것은 자네가 전혀 알지 못하는 죄 때문일세. 자네가 모친을 두고 떠날 때 그분께서는 자네로 인한 슬픔 때문에 문 앞 다리목에서 혼절해 쓰러지셨고, 결국 그 슬픔 때문에 돌아가셨다네. 그 일에서 지은 죄 때문에 자네는 창에 대해서도 그라알에 대해서도 아무것도 묻지 못하게 되었고, 그로 인해 자네에게 숱한 불행이 닥친 거지. 만일 그분께서 자네를 위해 우리 주 하느님께 기도하시지 않았더라면, 자네는 지금까지 살아 있지도 못했으리라는 걸 알아 두게! 그러나 그분의 기도는 그처럼 힘이 있어, 하느님께서 그분을 위해 자네를 돌아보시고 죽지도 포로가 되지도 않게 지켜 주신 거라네. 자네는 죄 때문에 혀가 굳어진 나머지 피가 멎지 않는 창이 눈앞에 지나가는 것을 보면서도 그 이유를 묻지 못한 게야. 그라알로 말하자면, 자네는 그것으로 누구를 공궤하는지 알아보지 않았다니, 제정신이 아니었던 게지. 그라알로 공궤하는 이는 내 형님이시라네. 자네 모친은 그 형님과 나의 누이일세. 부유한 어부왕으로 말할 것 같으면, 그는 바로 그라알로 공궤하는 왕의 아들이지. 거기에 곤들매기나 칠성장어나 연어가 들었다고는 생각하지 말게! 이 그라알에는 성체 하나만을 담아 그분을 공궤하는 것이라네. 그라알은 아주 거룩한 것이라, 그의 생명을 보전하고 강건하게 하지. 또한 그분도 신령하셔서, 그분의 생명을 유지하는 데는 그라알에 담겨 오는 성체 말고는 다른 것이 필요하지 않거든.* 그분은 그렇게 방에서 나오지 않으신 지가 열두 해나 되었다네. 자네가 그라알이 들어가는 것을 본 그 방 말일세. 이제 내 자네에게 자네 죄에 대한 보속을 정해 주겠네."

"존경하는 숙부님, 기꺼이 전심으로 명에 따르겠습니다." 페르스발이 말합니다. "제 어머니가 당신의 누이이시니, 당신은 저를 조카라 부르시고 저는 당신을 숙부님이라 부르고 한층 더 경애해야겠지요."

"그렇다네, 친애하는 조카여, 그러나 이제 잘 듣게! 만일 자네가 자네 영혼을 귀히 여기거들랑, 진심으로 회개하게나. 그리고 참회하기 위해서는 매일 아침 다른 어떤 곳보다도 먼저 교회에 가야 하네. 그러면 유익을 얻을 걸세. 절대로 어떤 핑계로도 그 일을 포기하지 말게! 만일 수도원이나 예배당이나 교구 교회가 있는 곳을 지나게 되거들랑, 종소리가 울리는 즉시 그리로 가게나. 아니면 자네가 일어나기만 한다면 그보다 더 일찍 가도 좋네. 이 일은 결코 짐이 되지 않을 테고, 자네 영혼은 그로 인해 더 나은 길에 들어서게 될 걸세. 그리고 만일 미사가 시작되었다면 거기 있는 것이 한층 더 좋은 일이지. 사제님이 미사를 다 드리기까지 그곳에 머물게나. 만일 자네가 굳은 의지로 그렇게 하면, 자네의 장

점은 한층 더 커질 테고, 명예와 복락을 얻게 될 걸세. 하느님을 믿고 하느님을 사랑하고 하느님을 경외하며, 선한 남녀를* 명예롭게 하게나. 사제들 앞에서는 일어서게. 이것은 별로 힘들지도 않은 일이지만, 겸손한 마음에서 우러나는 것이므로, 하느님께서 실로 기뻐하신다네. 만일 젊은 아가씨가 자네 도움을 요청하거든 도와주게. 과부나 고아를 도와주면 자네 명예는 한층 높아질 걸세. 그건 순전한 자비의 행동이 될 테니까. 그들을 도와주게, 그게 잘하는 일일세. 세상에 무슨 일이 있어도 그 일을 잊지 말게나! 자네가 자네 죄를 위해 했으면 하는 건 이런 일일세. 만일 자네가 타고난 모든 은총을 되찾기 바란다면 말일세. 이제 자네가 그럴 용의가 있는지 말해 보게."

"물론이지요, 기꺼이 그렇게 하겠습니다."

"그렇다면 자네는 이틀 동안 여기서 나와 함께 지내면서, 참회 삼아 나와 똑같은 식사를 하세나."

페르스발이 이에 동의하자 은자는 그의 귀에 기도문을 읊어 주었고, 그는 외울 때까지 그것을 반복합니다. 이 기도에는 우리 주님의 많은 이름들이 담겨 있었습니다. 죽음을 각오하지 않고는 인간의 어떤 입으로도 발설할 수 없는, 지극히 거룩한 이름들이었습니다. 이 기도를 가르쳐 준 다음, 은자는 그에게 아주 위급할 때가 아니면 어떤 일이 있어도 그 이름들을 말하지 않도록 당부했습니다.

"그러지 않겠습니다, 숙부님." 그는 대답합니다.

그러고는 계속 머물러 하느님께 드리는 예배에 참례했고 기쁨으로 가득 찼습니다. 예배 후에 그는 십자가를 경배하며 자신의 죄에 대해 눈물을 흘렸습니다.

그날 저녁 식사 때 그는 은자가 먹는 것을 먹었습니다. 그저 하찮은 무, 파슬리와 상추와 물냉이, 거친 곡물, 보리와 귀리로 만든 빵, 그리고 차가운 샘물이 전부였습니다. 그의 말은 여물과 보리 한 통을 받았습니다.

그렇게 해서 페르스발은 우리 주님께서 금요일에 죽임을 당하셨고 십자가에 못 박히셨다는 것을 기억하게 되었습니다. 부활절에 페르스발은 정식으로 성체를 받았습니다. 여기서 페르스발에 대해 더 길게 이야기하지 않습니다. 그에 대해 더 이야기하는 것을 늘으시기 전에, 여러분은 제가 고뱅 경에 대해 한참 이야기하는 것을 듣게 되실 것입니다.

6518

고뱅 경은 군중으로부터 공격받던 성탑에서 빠져나온 뒤 길을 가다가 제3시*와 정오 사이에 어느 언덕배기에 이르렀습니다. 그곳에는 녹음이 무성하여 그늘을 드리운 아름드리 떡갈나무가 서 있었습니다. 그는 나무에 방패가 하나 걸려 있고 그 곁에 창이 똑바로 세워져 있는 것을 보았습니다. 서둘러 다가가 보니 나무 근처에는 작은 노르드 의장마가 있었습니다. 그는 기이하게 여겼습니다. 왜냐하면 그 무기와 의장마는 전혀 어울리지 않았기 때문입니다. 만일 의장마가 아니라 큰 말이었다면, 그는 명예와 영광을 찾아 이 고장을 지나는 어느 기사가 이 언덕에 올라왔으리라고 생각했을 것입니다. 떡갈나무 밑을 보니 한 아가씨가 앉아 있는데,

그가 보기에 만일 그녀가 행복한 상태라면 분명 매우 아름다우리라 여겨졌습니다. 그러나 그녀는 머리칼을 잡아 뽑기라도 하려는 듯 손가락으로 들쑤셔 놓았고 몹시 애통해하고 있었습니다. 한 기사에 대해 애통해하며, 그의 눈과 이마와 입에 거듭 입을 맞추는 것이었습니다. 고뱅 경이 다가가 보니,* 그 기사는 부상을 당한 터였습니다. 그의 얼굴은 곳곳에 상처가 나 있었고, 두개골 한복판은 검으로 심한 타격을 입었습니다. 그런가 하면 양쪽* 옆구리에서는 피가 줄기차게 솟아나고 있었습니다. 기사는 고통 때문에 여러 차례 혼절했지만, 결국 조용해졌습니다.

고뱅 경은 가까이 가 보았지만, 그가 죽었는지 살았는지 알 수가 없습니다.

"아가씨," 그가 말했습니다. "당신은 품에 안고 있는 이 기사의 상태를 어떻게 생각하십니까?"

"보면 아실 텐데요." 그녀가 대답했습니다. "이렇게 온통 상처를 입어서 아주 위태로운 상태랍니다. 이 중에서 제일 작은 상처만으로도 죽을 수 있을 거예요!"

"아가씨," 그가 또 말했습니다. "괜찮다면, 그를 좀 깨워 보십시오. 이 고장 사정에 대해 그에게 물어 보고 싶은 소식이 있습니다."

"기사님, 저는 그를 깨우지 않으렵니다." 아가씨가 말합니다. "차라리 산 채로 찢기는 편이 낫지요. 제 평생 이렇게 사랑한 이도, 사랑할 이도 없으니까요. 그가 이렇게 잠들어 쉬고 있는데, 그의 원망을 들을 일을 조금이라도 한다면 저는 얼마나 정신 나간 한심한 여자이겠어요!"

"그렇다면 제가 깨우겠습니다." 고뱅 경이 말합니다.

그래서 그는 창을 돌려 잡고 손잡이 쪽으로 그의 박차를 살짝 건드립니다. 하지만, 아주 살짝 건드렸을 뿐이므로 그를 전혀 아프게 하지 않고 깨웠습니다. 오히려 기사는 그에게 감사하며 말했습니다.

"기사여, 저를 그토록 부드럽게 건드려 전혀 아프지 않게 깨워주시다니 대단히 고맙습니다. 그러나 당신도 여기서 더 멀리는 가지 말라는 당부를 드립니다. 그것은 어리석은 짓이 될 겁니다. 제말을 믿고 더 가지 마십시오."

"더 가지 말라고요? 대체 왜요?"

"알고자 하시니, 말씀드리리다." 그는 말합니다. "오솔길로든 들판으로든 여기서 더 나아간 기사는 이기고 돌아온 일이 없습니다. 왜냐하면 여기는 갈부아*의 경계니까요. 어떤 기사도 이 경계를 넘어서는 살아 돌아올 희망을 가질 수 없답니다. 오늘날까지 저 말고는 아무도 돌아온 일이 없지요. 하지만 저는 몹시 다쳐서 오늘 저녁까지도 살 수 없을 것만 같습니다. 저는 씩씩하고 대담하고 막강하고 당당한 기사를 만났는데, 그렇게 용맹하고 힘센 기사와는 일찍이 겨루어 본 적이 없습니다.* 그러니 이 언덕을 내려가지 말고 그냥 돌아가는 것이 나을 겁니다. 더 갔다가는 돌아오기가 아주 힘듭니다."

"맹세코," 하고 고뱅 경이 말합니다. "저는 되돌아가려고 예까지 온 게 아닙니다. 일단 이 길로 들어선 다음에야 되돌아간다면 비겁한 짓이 될 겁니다. 저는 왜 아무도 돌아올 수 없는지 알아내기까지 계속 가 보렵니다."

"그렇다면 어쩔 수 없겠습니다." 부상당한 기사가 말합니다. "그토록 명예를 높이기를 원하시니, 가 보십시오. 그러나 폐가 되지 않는다면, 청을 하나 드리고 싶습니다. 만일 하느님께서 당신께, 일찍이 어떤 기사도 거둔 일이 없는, 그리고 내 생각에는 당신도 다른 누구도 어떤 식으로든 거둘 수 없을 명예를 허락하신다면, 만일 그렇게 된다면 당신은 부디 은혜를 베풀어 이 길로 되돌아와서 내가 살았는지 죽었는지, 내 상태가 좋아졌는지 나빠졌는지 보아 주시오. 만일 내가 죽었다면 자비와 성삼위의 이름으로 이 아가씨를 위해 청컨대 그녀를 지켜 주시고, 그녀가 수치나 불편을 당하지 않도록 해 주시기 바라오. 하느님께서 이보다 더 고귀하고 더 너그러운 아가씨를 만들지 않았고 만들려 하지도 않으신 만큼 부디 그렇게 해 주시오."

고뱅 경은 피치 못할 사정이 생기지 않는 한, 포로가 되든지 다른 무슨 불행한 일이 일어나지 않는 한, 그가 있는 곳으로 반드시 돌아와, 아가씨에게 가능한 한 최선의 도움을 주겠다고 약속합니다.

그렇게 그들과 헤어져서 그는 들판과 숲을 지나 계속 나아간 끝에 아주 견고한 성이 보이는 곳에 이르렀습니다. 이 성의 한쪽은 바다에 면한 아주 크고 배가 많은 항구입니다. 이 성은 어찌나 훌륭한지 파비아* 못지않습니다! 다른 한편에는 포도원이 있고, 그 아래는 넓은 강이 있어 성벽 전체를 한 바퀴 돌아 흘러서 바다로 들어갑니다. 그렇듯 그 성은 온 둘레가 방비되어 있었습니다.*

고뱅 경은 다리를 지나 성으로 들어갔습니다. 위쪽으로, 성에서 가장 견고한* 곳으로 올라가 보니 느릅나무 아래 작은 풀밭에 눈보다 더 흰 아리따운 아가씨가 혼자서 얼굴과 입*을 거울에 비추어 보고 있었습니다. 머리에는 좁다란 세공 띠를 관(冠)처럼 두르고 있었습니다.

고뱅 경은 말을 측대보로 걷게 하고 아가씨 쪽으로 박차를 가했습니다.

"조용히!" 그녀는 그에게 외칩니다. "조용히 해요! 정신 나간 사람처럼 들이닥치는군요. 측대보를 제대로 하려면 그렇게 서두르면 안 되지요. 공연히 설치다니 정신 나간 사람이군요!"

"하느님의 축복이 있으시길 빕니다, 아가씨!" 고뱅 경이 말합니다. "그런데, 아가씨, 대체 무슨 생각을 그리 깊이 하시기에 날더러 대뜸 조용히 하라는 겁니까? 영문도 모르면서?"

"알고말고요. 맹세코 당신 생각을 잘 안답니다."

"그게 뭐지요?" 그가 말합니다.

"당신은 날 사로잡아 말에 태워서 저 아래로 끌고 가려는 일념밖에 없지요."

"말씀 잘하셨습니다, 아가씨!"

"알고 있었다니까요." 그녀가 말합니다. "그 따위 생각을 하는 자에게 천벌이 내리길! 나를 말에 태울 생각일랑 집어치워요! 난 기사들이 무훈을 찾아다닐 때 재미 삼아 말에 태워 데리고 다니는 어수룩한 여자가 아니랍니다. 하여간 날 끌고 갈 수는 없어요! 감히 그러자고 한다면 날 데려갈 수는 있겠지요. 만일 저 정원에 가서 내 의장마를 가져다주는 수고를 하기만 한다면, 나와 함께 길 가는 동안 당신에게 불행과 고통이, 애통과 수치와 불운이 닥치기까지 어디 함께 가 보지요."

"용기 이외에 다른 것이 필요합니까?"

"내가 알기로는 없어요."

"그런데 만일 내가 저기로 가겠다면, 내 말은 어디에 둘까요? 말은 저기 보이는 널판 위로 지나갈 수 없을 테니까요."

"그야 물론 못 지나가지요. 내게 맡기세요. 그리고 걸어서 저쪽으로 가세요. 내가 당신의 말을 할 수 있는 한 지켜보지요. 하지만 서둘러 돌아와야 합니다. 말이 조용히 있지 않는다거나 당신이 돌아오기 전에 누가 내게서 빼앗아 간다거나 하면, 더는 지킬 수 없을 테니까요."

"당신 말이 옳군요." 그는 말합니다. "만일 누가 당신에게서 말을 빼앗아 간다면, 나와의 약속은 없었던 걸로 해 드리리다. 말이 도망간다 해도 마찬가지입니다. 나는 딴소리는 하지 않습니다."

그러고서 그는 그녀에게 말을 맡기고 가지만, 그래도 무장을 갖춘 채 가기로 합니다. 만일 정원에서 누가 나타나 그가 의장마를 가지러 가는 것을 막거나 방해한다면, 말을 데리고 오기 전에 다툼이 일어나 싸우게 될 것이기 때문입니다.

그는 널판 위를 지나, 사람들이 모여 있는 것을 봅니다. 그들은 놀라서 그를 쳐다보고는, 이렇게 말합니다. "나쁜 계집아, 그토록 악행을 저질렀으니, 지옥 불에라도 들어가거라! 기사*를 전혀 존중하지 않으니 네 일신에 불행이 닥치기를! 너 때문에 그토록 많은 기사들이 목이 베였으니 참담한 일이다. 거기 의장마를 가져가려 하는 기사여, 거기 손을 댔다가 당신에게 닥칠 온갖 불행을 아직 모르는가 보군요. 아! 기사여, 왜 그 말에 가까이 갑니까? 정말이지 그 말을 데려갈 경우 어떤 큰 치욕이, 어떤 큰 불행이, 어떤 큰 고통이 닥칠지 안다면 그 근처에도 가지 않을 텐데요."

그들은 고뱅 경이 의장마에 다가가지 않고 돌아서게 하려고, 남녀 할 것 없이 이구동성으로 떠들어 댑니다. 그는 그들이 하는 말을 듣고 또 무슨 말인지도 이해하지만, 그렇다고 해서 포기할 뜻은 없습니다. 그는 무리에게 인사를 하며 계속 나아갑니다. 남녀모두 그에게 답례 인사를 하는데, 모두 크게 근심하는 듯했습니다. 고뱅 경은 의장마에 다가가 손을 내밉니다. 고삐도 안장도 없었으므로 그는 말고삐를 잡으려 하는데, 그때 녹음이 짙은 올리브나무 아래 앉아 있던 거구의 기사가 그에게 말했습니다.

"기사여, 당신이 이 말을 찾으러 온 것은 순전히 헛수고라오. 손가락도 내밀지 마오. 만일 그런다면 큰 교만의 징표가 될 거요. 그래도 꼭 가져가겠다면, 나는 당신을 금하지도 방해하지도 않겠소. 그래도 그냥 돌아가기를 권하는 것은, 만일 당신이 말을 데려간다면, 여기 아닌 다른 데서 더 큰 장애를 만나게 될 것이기 때문이오."

"그렇다고 포기할 수는 없소." 고뱅 경이 말합니다. "저기 느릅나무 아래 거울을 보는 아가씨가 날 이리로 보냈으니, 만일 그녀에게 말을 가져다주지 못할 거라면 내가 여기를 왜 왔겠소? 나는 어디를 가나 명예를 저버리고 실패한 기사가 되고 말 거요."

"그렇다면 쓴맛을 좀 봐야겠구려." 거구의 기사가 말합니다. "우리 주 아버지 하느님, 내가 내 영혼을 돌려 드릴 그분 앞에서 일찍이 어떤 기사도 당신이 지금 하려는 것처럼 이 말을 가져갈 만큼 대담하지는 못했다오. 목이 잘리는 처량한 운명을 겪지 않고 는 말이오. 그리고 당신에게도 그런 불행이 닥칠 것만 같구려. 내 가 당신에게 이 일을 만류하는 것은 나쁜 의도에서가 아니오. 만 일 원한다면 가져가도 좋소. 나나 다른 어떤 사람이 여기 있다고 해도 당신은 포기하지 않겠지만, 이 말을 여기서 끌고 나갔다가는 치명적인 길에 들어서게 될 거요. 나는 당신에게 이 일에 끼어들 지 말라고 권하오. 목을 내놓아야 할 수도 있으니까."

고뱅 경은 그런 말을 듣고도 아랑곳하지 않습니다. 그는 머리가 반은 희고 반은 검은* 의장마를 앞세우고 널판 위를 지나갑니다. 말은 그 다리 위를 종종 지나가 보았기 때문에 익숙해서 아주 잘 6827 건너갑니다.

고뱅 경은 비단으로 된 말고삐를 잡고 곧장 아가씨가 거울을 보 고 있던 느릅나무 쪽으로 왔습니다. 그녀는 자신의 얼굴과 몸이 잘 보이게끔 망토와 베일을 벗어 버린 채였습니다. 고뱅 경은 안 장이 얹혀 있는 의장마를 그녀에게 건네주며 말했습니다.

"자, 이제 갑시다, 아가씨! 말 타는 것을 도와 드리리다."

"천만의 말씀!" 그녀는 말합니다. "당신이 나를 데려가는 어떤 궁정에서든,* 당신이 나를 품에 안았다고 말하게 두지는 않겠어요! 만일 그 맨손으로 내가 걸친 무엇 하나라도 건드린다면, 만지거나 쓰다듬는다면, 난 모욕을 당한 걸로 여길 거예요. 당신이 내 몸을 건드렸다는 사실이 알려지고 그런 말이 돌게 되면, 내게는 큰 불행이 될 거예요. 차라리 여기서 내 살가죽과 살을 찢어발겨 뼈가 드러나게 하는 편이 낫겠지요! 자, 어서 내 말을 이리 내요. 난 혼자서도 얼마든지 탈 수 있고, 당신의 도움 같은 건 필요 없어요. 하느님께 비옵나니 당신에 대해 내가 생각하는 것을 내 눈으로 보게 해 주시기를! 날이 저물기 전에 당신이 큰 수치를 당하게 되기를! 자, 어디든 마음대로 가 봐요. 내 몸도 내 옷도 조금도 더 가까이 만지지 말아요. 하지만 난 계속 당신 뒤를 따라가겠어요. 나로 인해서 당신에게 무엇인가 불명예스러운 일이 일어나 치욕과 불행을 당하기까지 말이에요. 나는 당신을 곤란하게 만들 자신이 있어요. 당신은 그 일을 죽음만큼이나 피해 갈 수 없을걸요."

고뱅 경은 이 오만한 아가씨가 하는 말을 들으며, 한마디도 대꾸하지 않습니다. 그는 그녀에게 의장마를 건네주고, 그녀는 그에게 말을 돌려줍니다. 그런 다음 고뱅 경은 땅바닥에 떨어져 있는 그녀의 망토를 주워 입혀 주려고 몸을 굽힙니다. 아가씨는 여전히 날카로운 눈길로 그를 쳐다보며, 기사에게 모욕 주기를 서슴지 않습니다.

"이봐요, 내 망토며 베일을 어쩌려는 거예요? 맹세코 나는 당신이 생각하는 것처럼 그렇게 어수룩하지 않아요. 나는 당신이 날 도와주는 걸 조금도 원치 않는다고요. 당신은 내가 입거나 머리에 쓰는 물건을 만질 만큼 그렇게 손이 깨끗하지 않으니까요. 내 눈과 내 입에, 내 이마와 내 얼굴에 닿은 물건을 꼭 건드려야겠어요? 내가 당신의 봉사를 청하게 되느니, 차라리 하느님께서 내게 명예를 베풀지 마시기를!"

아가씨는 안장 위에 올라, 베일을 쓰고 망토를 여몄습니다.* 그러고는 말했습니다.

"자, 기사님, 가요, 어디든 가고 싶은 데로 가 봐요! 하지만 난 당신이 나 때문에 치욕을 당하는 꼴을 보게 되기까지 줄곧 따라다닐 거예요. 부디 오늘 안에 그렇게 되기를!"

고뱅 경은 잠자코 한마디도 대꾸하지 않습니다. 모욕감을 느끼며 그는 말에 올랐고, 그들은 길을 떠납니다. 그는 고개를 숙인 채, 아까 부상을 입어 의사를 몹시 필요로 했던 기사와 아가씨를 만났던 떡갈나무 쪽으로 말 머리를 돌립니다. 사실 고뱅 경은 그 누구보다도 상처를 잘 고칠 줄 압니다. 그는 산울타리에서 상처의 고통을 가라앉히는 데 아주 효력이 있는 약초를 발견하고는 그것을 꺾으러 갑니다. 그러고는 가던 길을 계속 가, 떡갈나무 아래서 여전히 애통해하고 있는 아가씨를 발견했습니다. 그녀는 그를 보자 말했습니다.

"기사님. 그런데 제 생각에 여기 이 기사는 죽은 것만 같아요. 더는 아무 말도 들리지 않는가 봐요."

고뱅 경은 말에서 내려 그 기사의 맥을 짚어 보고는, 맥이 빠르고 뺨도 입술도 아직 차갑지 않은 것을 발견합니다.

"아가씨," 하고 그는 말합니다. "이 기사는 살아 있어요. 믿어도 좋습니다. 맥박도 좋고 숨도 잘 쉬고 있습니다. 치명상을 입지만 않았다면 제가 약초를 가져왔으니, 이 풀이 그에게 큰 도움이 될 겁니다. 상처에 올려놓는 즉시 아픔이 조금이나마 덜어질 겁니다. 상처에 붙일 풀로는 이보다 나은 것이 없지요. 책을 보면 이 풀에는 큰 효능이 있어서, 병이 들었지만 완전히 말라죽지는 않은 나무의 껍질에 싸매 두면 뿌리가 되살아나 나무에도 다시 잎이 나고 꽃이 핀답니다. 아가씨, 당신의 기사도 이 풀을 상처에 잘 붙이고 싸매 두기만 하면 죽을 염려는 없습니다. 하지만, 그러자면 얇은 천이 필요한데요."

"지금 제가 머리에 쓰고 있는 이것을 드리지요." 그녀는 주저 없이 말합니다. "다른 베일은 가져오지 않았으니까요."

그녀는 머리에서 희고 고운 베일을 벗었습니다. 고뱅 경은 그것을 소용되는 대로 잘라, 자기가 가져온 약초로 모든 상처를 싸매 줍니다. 아가씨는 자기가 할 수 있는 대로 그를 돕습니다.

고뱅 경은 한참 동안 꼼짝 않고 기다립니다. 그러자 기사가 한숨을 내쉬며 이렇게 말했습니다.

"제가 다시 말을 할 수 있게 해 준 이에게 하느님께서 보답해 주시기를! 저는 고해도 하지 못한 채 죽을까 봐 두려웠답니다.* 악마들이 벌써부터 내 영혼을 끌고 가려고 줄을 서 있었지요. 제가 땅에 묻히기 전에 반드시 고해를 하고 싶습니다. 저는 여기서 가까운 곳에 있는 한 신부님을 알고 있으니, 탈 것만 있다면 가서 내 죄를 고해하고 성체를 받을 수 있을 텐데요. 성체를 받고 고해를 한 다음이라면 더 이상 죽음이 두렵지 않겠지요. 괜찮으시다면 부디 한 가지 부탁을 들어주십시오. 저기 잔걸음으로 오는 종사의 짐바리 말을 제게 주십시오."

고뱅 경이 그 말을 듣고 돌아보니 인상이 좋지 않은 한 종사가 오는 것이 보였습니다. 그가 어떻게 생겼느냐고요? 사실대로 말씀드리면 이렇습니다. 그의 머리칼은 붉고 부숭부숭한 것이 두개골 위에 빳빳이 곤두서서 마치 성난 멧돼지 털 같았고, 눈썹도 마찬가지인데 온 얼굴과 코를 덮어 콧수염까지 이르렀으며, 콧수염은 길고 꼬불꼬불했습니다. 입은 크게 찢어지고 텁수룩한 수염은 활처럼 휘어 올랐습니다. 목은 짧고 가슴은 툭 튀어나왔습니다.

고뱅 경은 그에게 다가가 말을 가져가도 되겠느냐고 물어보려다가, 먼저 기사에게 말했습니다.

"하느님이 보우하사, 기사여, 나는 저 종사가 누구인지 모르지만 지금 내 손에 있기만 하다면, 저런 짐바리 말이 아니라 큰 말을 일곱 마리라도 기꺼이 드렸을 거요."

"기사여, 명심하십시오. 저자는 할 수만 있다면 당신에게 해를 입히려는 생각밖에 없답니다."

고뱅 경은 다가오는 종사를 향해 돌아서서 어디를 가느냐고 묻습니다. 그러자 태도가 곱지 않은 종사는 말했습니다.

"내가 어디를 가든 어디서 오든 알아서 뭐 하려고? 내가 무슨 길로 가든, 네놈에게는 불행이 닥치기를!"

고뱅 경은 그에게 받아 마땅한 대접을 합니다. 크게 편 손바닥으로 후려친 것입니다. 그는 팔에도 무장을 하고 있는 데다가 힘껏 후려쳤으므로, 상대방은 안장에서 떨어져 나동그라지고 맙니다. 간신히 도로 일어나려는 순간, 그는 또다시 비틀거리며 쓰러집니다. 농담이 아니라 정말로, 전나무 창을 잡기에도 걸리지 않을 시간 동안, 그는 일곱 번, 아니 그 이상 여러 번 쓰러졌습니다. 간신히 일어난 그는 이렇게 말했습니다.

"날 쳤겠다!"

"그렇다네. 내가 쳤다네. 하지만 그리 해는 입히지 않았나 보군. 자네를 친 것은 유감이지만, 그렇게 어리석게 혀를 놀리다니!"

"나는 당신이 당할 보응을 말하지 않을 수 없소. 당신은 나를 후려친 그 손과 팔을 잃게 될 거요. 절대 용서받지 못할 거요."*

이런 일이 일어나는 동안, 부상을 입고 심장이 약해져 있던 기사는 힘을 되찾았습니다. 그는 고뱅 경에게 말했습니다.

"그 종사는 내버려 두십시오. 당신은 그에게서 당신을 영예롭게 할 말을 결코 들을 수 없을 겁니다. 내버려 두는 것이 현명한 일이지요. 하여간 제게 그의 짐바리 말을 가져다주시고, 여기 제 곁에 있는 아가씨를 데려다가 그녀의 말에도 마구를 채워 그녀가 안장에 앉게 도와주십시오. 저는 더 이상 여기 머물고 싶지 않습니다. 저는 할 수만 있다면 저 짐바리 말을 타고, 고해를 할 수 있는 곳을 찾아보겠습니다. 고해를 하고 성체를 받은 뒤 임종 도유를 받기 전에는 주저앉지 않으렵니다."

고뱅 경은 즉시 짐바리 말을 끌어다 기사에게 줍니다. 순간 그는 눈이 밝아져 다시 보게 되었고, 고뱅 경을 보자마자 누구인지 알아보았습니다.

그 사이에 고뱅 경은 점잖고 선량한 사람답게 아가씨를 그 노르드 의장마에 앉혔습니다. 그러는 동안 기사는 그의 말을 붙잡아 타고 이리저리 내닫기 시작했습니다. 고뱅 경은 그가 언덕을 달려가는 것을 보고는 어이가 없어서 웃기 시작합니다. 웃으면서 그는 기사를 불러 이렇게 말했습니다.

"기사여, 내 말을 타고 날뛰다니 정말이지 어이가 없구려! 어서 내려와 내게 말을 돌려주시오. 안 그러면 상처가 도로 터져 크게 후회하게 될 거요."

"닥쳐라, 고뱅!" 상대방은 대답합니다. "넌 그 짐바리 말이나 타면 될 게다. 네놈은 더 이상 네 말을 타지 못할 게야. 내가 내 것처럼 타고 갈 작정이니까."

"이럴 수가! 난 당신에게 잘해 주려고 여기까지 돌아왔는데 내게 이런 짓을 하다니? 내 말을 가져가지 마시오. 그건 배신이오."

"고뱅, 내게 무슨 일이 일어나는 한이 있더라도, 난 이런 식의 모욕으로 네놈의 심장을 가슴에서 후벼 파서 내 손에 쥐고 말 테다!"

"정말이지 속담 그대로군." 고뱅 경이 대답합니다. "좋은 일을 하려다가 목이 부러진다더니! 하지만 대관절 당신이 왜 내 심장을 후벼 파려 하며 왜 내게서 말을 빼앗아 가는지, 이유나 알고 싶구려. 나는 당신에게 아무 잘못도 하지 않았고, 내 평생 그럴 생각도 없었으니 말이오. 나는 진정 당신에게 이런 대접을 받을 이유가 없다고 생각하오. 나는 당신을 도무지 만난 적도 없으니 말이오!"

"있고말고, 고뱅! 네놈은 나를 만난 적이 있고말고! 그때 네놈은 나를 크게 모욕했지. 등 뒤에 손을 묶고 한 달 동안이나 개들과 함께 먹이를 먹게끔 만든 사람을 잊었다는 말인가? 잘 알아 두게. 네놈은 어리석은 짓을 했으니, 이제 수치를 당하게 됐네!"

"그렇다면 자네는 그레오레아스인가! 자네는 아가씨를 강제로 붙잡아다가 자네 멋대로 하지 않았나? 하지만 아더 왕의 땅에서는 아가씨들을 보호해야 한다는 걸 자네도 알고 있었겠지. 왕은 아가씨들을 위해 평화를 수립하고 아가씨들의 통행을 안전하게 지키게 했다네. 나는 자네가 그때 엄한 벌을 받은 일로 나를 그토록 미워한다거나 그 때문에 내게 나쁜 짓을 하리라고는 믿을 수 없네. 나는 왕의 영토에서 법이 정한 정의대로 행했을 뿐이니까."

"고뱅, 정의라고! 내게 정의를 행사한 건 바로 네놈이고, 난 그걸 잊을 수 없다. 그러니 이제 네놈도 내가 하려는 일을 참을 수밖에. 나는 지금 당장은 원수를 갚을 형편이 못 되니, 일단 그랭갈레를 뺏어 가겠다. 네놈은 그 대신 네놈이 쓰러뜨린 종사의 짐바리 말을 타야 하겠지. 달리 어쩔 수가 없을 테니까."

그레오레아스는 그렇게 그를 버려두고 측대보로 날렵하게 가고 있던 자기 애인을 뒤따라갑니다. 7144

심술궂은 아가씨는 소리 내어 웃으며 고뱅에게 이렇게 말했습니다.

"자, 기사님, 이제 어쩌실 건가요? 얼간이병은 죽어도 낫지 않는다더니, 바로 당신을 두고 하는 말이로군요. 하느님이 보우하사, 당신을 따라다니는 건 꽤 재미있군요. 당신이 어딜 가든 난 즐겁게 당신을 따르겠어요. 종사에게서 뺏은 짐바리 말이 암말이라면 더할 나위 없을 텐데! 알다시피 그러면 당신의 수치가 한결 더해질 테니 말이에요."

고뱅 경은 어쩔 수 없이, 종종걸음밖에 칠 줄 모르는 한심한 짐 바리 말에 탑니다. 이 말은 정말이지 못생긴 짐승으로, 목은 가늘고 머리는 큼직하며, 귀는 길게 늘어졌으며, 늙어서 이빨이 다 빠진 데다가, 입술은 항상 헤 벌어져 있고, 눈은 유리알처럼 생기가 없으며, 발은 흠집투성이이고, 옆구리는 박차에 하도 차여 다 해져 있었습니다. 길고 말랐으며, 엉덩이는 앙상하고 등뼈는 기다란 데다가, 고삐와 멍에줄은 가느다란 밧줄로 만든 것이었습니다. 안장에는 덮개도 없고, 안장도 오래된 것이었습니다. 등자는 어찌나 짧고 약한지 그 위에 올라설 수도 없었습니다.

"아! 정말 잘됐어요." 빈정대는 아가씨는 말합니다. "당신이 가고자 하는 데라면 어디든 따라가는 것이 기쁘고 즐겁겠어요. 일주일이든 보름이든 아니면 석 주나 한 달쯤 따라다닐 만한데요. 왜냐하면 당신은 이제 장비를 갖추었고, 멋진 전투마를 타고 있으니 말이에요. 당신은 정말이지 젊은 아가씨의 통행을 지키는 의무를 맡은 기사처럼 보여요. 나는 무엇보다도 당신이 불행을 당하는 꼴을 보고 싶어요! 말에 박차를 좀 가해 보실까요. 어디 해 봐요. 그리고 걱정 말아요. 놈은 아주 튼튼하고 잘 달리는 걸요. 난 약속대로 당신을 따라갈 거예요. 수치가 당신에게 닥치기 전에는 당신을 놓아 주지 않을 거예요. 분명 그런 일이 닥치고말고요."

그는 그녀에게 대답합니다. "아가씨, 당신이 뭐라 말해도 좋습니다만, 열 살*이 넘어서도 그렇게 말버릇이 나쁘다니 아가씨에게 어울리지 않는군요. 제대로 배울 만큼 똑똑하다면, 교양 있고 점잖게, 상냥하게 처신해야지요."

"뭐라고요? 날 가르칠 셈인가요? 불운한 기사님? 난 당신 훈계 같은 거 필요 없어요! 그러니 잠자코 어서 갈 길이나 가요. 그만하면 나쁠 거 없잖아요. 당신 형편이 딱 내가 바라던 대로인데요."*

그들은 저녁때까지 그렇게 말을 타고 가면서 둘 다 아무 말이 없습니다.* 그가 앞장서고 그녀가 그 뒤를 따라갑니다. 하지만 그는 도무지 말을 다룰 수가 없습니다. 그가 아무리 애를 써도, 말은 속보(速步)로도 구보로도 나아갈 줄을 모르기 때문입니다. 좋든 싫든 평보로 가는 수밖에 없습니다. 말에 박차를 가하면 속보로 가게 할 수는 있지만, 그랬다가는 오장육부가 요동칠 정도로 거친 길이 되고 말기 때문에, 결국 평보 이상으로는 빨리 갈 수가 없습니다.

7224

그렇게 그는 짐바리 말을 타고 황량하고 가없는 숲을 지난 끝에 마침내 깊은 강가의 들판에 다다릅니다. 강은 폭도 어찌나 넓은지, 석궁으로도 투석기로도 건너편까지 돌을 던질 수 없을 것이고, 쇠뇌의 화살도 건너편까지 닿지 않을 것입니다. 건너편 물가에는 아주 잘 자리 잡은 성이 있었습니다. 아주 견고하고 화려한 성이었습니다. 거짓말하지 않고 말씀드리지만, 성은 절벽 위에 서 있어서 방비가 아주 잘 되어 있었으며, 세상 어떤 사람도 그렇게 호사스러운 성을 직접 본 적이 없었을 것입니다. 암반 위에 직접 그렇게 큰 성이 자리 잡고 있는데, 온통 잿빛 대리석으로 되어 있었으니 말입니다. 이 성에는 열린 창문이 자그마치 오백 개나 있었는데, 창문마다 귀부인과 아가씨들이 모여서 꽃 핀 정원과 풀밭을 내다보고 있었습니다. 아가씨들은 대개 비단 옷을 입었는데, 윗옷은 갖가지 빛깔이었고, 또 금실로 수를 넣어 짠 비단 옷을 입은 아가씨들도 여럿 있었습니다. 아가씨들은 그렇게 창가에 앉아서 윤나는 머리칼과 우아한 몸매를 드러내고 있었으므로, 밖에서도 허리 위쪽은 다 보였습니다.

고뱅 경을 이끌고 가던, 세상에서 가장 심술궂은 아가씨는 곧장 강가에 당도하여 발길을 멈추더니 작은 점박이 의장마에서 내려, 강가의 바위에 닻을 내리고 자물쇠를 채워 놓은 작은 배를 찾아냅니다. 배 안에는 노가 하나 있었고, 바위 위에는 자물쇠에 맞는 열쇠가 놓여 있었습니다. 심술궂은 아가씨는 말을 끌고 배에 오릅니다. 말도 이미 여러 차례 그렇게 해 본 듯했습니다.

"이봐요, 그만 말에서 내려 그 닭보다도 비쩍 마른 짐바리 말을 끌고 여기 뒤따라 타요. 그리고 이 배의 닻을 올려요. 이 물을 건너지 못하거나 달아나지 못하면* 당신에게 큰 화가 닥칠 테니."

"뭐라고요! 아가씨, 대체 무엇 때문에요?"

"내게는 보이는 것이 당신에게는 보이지 않나요? 당신도 보인다면 서둘러 피할 텐데요."

고뱅 경이 고개를 돌리자 완전 무장을 갖춘 한 기사가 황야를 가로질러 다가오는 것이 보입니다.

"괜찮다면 말해 주시오. 저기 내 말을 타고 오는 게 대체 누구요? 보아하니 오늘 아침에 내가 상처를 고쳐 준 그 배신자가 빼앗아 간 말 같은데."

그러자 아가씨는 신이 나서 대답합니다.

"그야 알려 드리지요. 하지만 당신에게 조금이라도 득이 된다면 세상에 무슨 일이 있어도 알려 드리지 않으리라는 걸 명심하세요. 저기 저 사람은 당신에게 불행을 가져오는 게 분명하니, 숨기지 않겠어요. 저 사람은 그레오레아스의 조카지요. 그가 당신을 뒤쫓아 이리로 보낸 거예요. 이유를 물으시니 그야 말씀드리지요. 그의 숙부가 그에게 당신을 뒤쫓아 가 죽이고 자기한테 당신 모가지를 가져오라고 했답니다. 그러니 우두커니 서서 죽음을 기다리고 싶지 않다면 어서 배에 타요. 배를 타고 달아나요!"

"아니, 아가씨, 난 도망치지 않아요. 여기서 그를 기다리겠습니다."

"내가 말릴 일도 아니지요." 아가씨가 말합니다. "그럼 난 잠자코 있겠어요. 박차를 가해 말을 내닫게 하면 저 아가씨들에게는 얼마나 멋지게 보일까요! 저기 창가에 기대 있는 아름답고 우아한 아가씨들 말이에요! 그녀들은 당신을 위해 저기 와서 서 있는 것이니까요! 그러니 어서 공격을 해 보세요. 당신은 그 굉장한 전투마까지 탔으니,* 그녀들은 아주 기뻐하겠군요. 당신은 다른 기사와 대결할 준비가 되어 있는 기사처럼 보이니까요."

"무슨 일이 있어도 난 피하지 않고 그를 맞아 싸우겠소. 그래야 내 말을 되찾을 수 있을 테니까요. 그렇게 되면 아주 기쁘겠소."

그는 즉시 황야를 향해 짐바리 말의 머리를 돌려, 황야를 가로질러 질주해 오는 자를 마주합니다. 고뱅 경은 그를 기다리며 등자를 힘차게 디뎠지만, 그 결과 왼쪽 등자가 끊어져 나가고 맙니다. 그러자 그는 오른쪽 등자도 풀어 버린 채 기사를 기다립니다.

도저히 이 짐바리 말은 움직이게 할 도리가 없기 때문입니다. 아무리 박차를 가해도 꿈쩍도 하지 않으니 말입니다!

"이런 참!" 하고 그는 중얼거립니다. "한바탕 무기를 휘두르고 싶을 때 짐바리 말이란 기사에게* 도무지 어울리지 않는구먼!"

하지만 기사는 전혀 절름대지 않는 말을 타고서 그를 향해 질주해 와서는, 어찌나 힘차게 창을 내질렀던지 한중간이 부러져 버리고 창날은 방패에 박혀 버립니다. 반면 고뱅 경은 방패의 바로 위쪽을 겨냥했는데, 어찌나 세게 맞부딪쳤던지 방패와 사슬 갑옷을 꿰뚫어 상대를 모래밭에 내동댕이칩니다. 그는 손을 뻗쳐 말을 잡아채고 안장 위로 뛰어오릅니다. 멋진 모험이었고, 그는 어찌나 기뻤던지, 평생 그런 일로 그렇게 기쁘기는 처음이었습니다. 그는 이미 배에 타고 있던 아가씨 쪽으로 되돌아왔지만, 배도 아가씨도 보이지 않았습니다. 그는 그녀가 어떻게 되었는지도 알 수 없는 채 그렇게 헤어지게 되어 유감이었습니다.

7370

그가 아가씨를 생각하는 동안, 한 뱃사공이 성 쪽에서 작은 배 한 척을 저어 오는 것이 보였습니다. 사공은 나루터에 닿자마자 말했습니다.

"기사님, 아가씨들의 인사를 전해 드립니다. 아가씨들은 또한 기사님께서 제가 마땅히 받을 몫을 거부하지 마시기를 부탁하셨습니다. 동의하신다면 제게 그것을 돌려주십시오."

그는 사공에게 대답합니다.

"하느님께서 당신들 모두, 아가씨들과 당신을 축복해 주시기를 바라오. 당신이 정당한 권리를 주장할 수 있는 일이라면, 나 때문에 잃게 되지는 않을 거요. 난 당신에게 해를 끼칠 생각은 전혀 없으니까. 그런데 대관절 당신이 내게 무슨 받을 몫이 있다는 거요?"

"기사님, 당신은 여기 제가 보는 앞에서 한 기사를 쓰러뜨리셨는데, 저는 그 말을 가질 권리가 있습니다. 제게 부당한 일을 하실 뜻이 없으시다면, 그 말을 넘겨주셔야 합니다."

"아니, 이보오." 그가 대답합니다. "당신에게 그런 몫을 주기는 어렵소. 그러자면 나는 걸어가야 할 테니 말이오."

"뭐라고요! 그렇다면 저기 보이는 아가씨들은 당신을 아주 불충하다고 여길 것입니다. 제게 제 몫을 주시지 않는 것은 중대한 잘못이라고 생각할 것입니다. 왜냐하면, 여기 나루터에서 싸움에 패한 기사의 말을 제가 갖지 못한 적은 한 번도 없었으니까요. 말을 가질 수 없을 때는, 기사라도 가지게 되어 있습니다."

그러자 고뱅 경이 그에게 말했습니다.

"그렇다면 내가 막지 않을 터이니, 와서 기사를 데려가오. 그를 당신에게 주겠소!"

"하지만 그건 별로 반갑지 않군요!"* 사공이 말합니다. "제가 보기에는, 그가 마음먹고 방어 태세를 취한다면 당신도 그를 잡는 데 꽤 애를 먹을 것 같은데요. 하지만 당신이 정말 그렇게 용감하다면, 가서 그를 잡아다 주십시오. 그러면 제 몫은 그걸로 됐습니다."

"이보오, 만일 내가 말에서 내리면, 당신이 내 말을 충실히 지켜주겠다고 믿어도 좋겠소?"

"그야 물론이지요. 걱정 마십시오. 제가 충실히 지키고 있다가 기꺼이 돌려 드리겠습니다. 제 평생 어떤 일에서든 당신에게 해를 끼치지는 않겠습니다. 제 약속을 믿으셔도 됩니다."

"좋소, 그렇다면 당신의 맹세를 믿겠소."

그는 즉시 말에서 내려 사공에게 말을 맡깁니다. 사공은 성실히 지키겠노라고 하며 말을 건네받았습니다.

고뱅 경은 검을 뽑아 들고 상대방 기사에게 다가갑니다. 하지만 그는 옆구리에 심한 상처를 입어 피를 많이 흘렸으므로 더 이상 싸울 만한 형편이 아니었습니다.

그래도 고뱅 경은 한발 내디디며 검을 뻗칩니다.

"기사님," 하고 상대는 겁에 질려 말합니다. "숨김없이 말씀드리자면, 저는 너무나 심하게 다쳐서 더 이상 나빠질 수 없을 지경입니다. 피를 한 되는 흘렸어요! 그러니 선처를 바랍니다."

"일어나 갑시다." 고뱅이 말합니다.

상대는 어렵사리 몸을 일으켰고, 고뱅은 그를 사공에게 데려다 주었습니다. 사공이 그에게 치하합니다. 고뱅 경은 그에게 자기가 데려왔던 아가씨가 어디로 갔는지 묻습니다. 그러자 사공이 말했습니다.

"기사님, 그 아가씨가 어디로 갔든지, 신경 쓰지 마십시오. 아가씨가 아니라 사탄보다 더 못됐다니까요. 이 나루터에서 허다한 기사들이 그녀 때문에 목이 베였어요. 하지만 제 말을 믿으신다면, 당신은 오늘 제 집 같은 숙소에 묵으셔야 할 겁니다. 왜냐하면 이 물가에 더 있어 봤자 당신에게 득 될 게 없거든요. 사실 여기는 이상한 일이 많이 일어나는 험한 땅이니까요."

"당신이 그렇게 권하니, 기꺼이 그 말을 따르겠소."

그러고는 사공의 충고를 따라, 말을 끌고서 배에 오릅니다. 그들은 출발합니다.

이제 그들은 건너편 물가에 도착했습니다. 물가에는 사공의 집이 있었습니다. 그 집은 백작이라도 유숙할 만큼 아늑했습니다. 사공은 자기 손님과 포로를 데리고 들어가 할 수 있는 한 잘 대접합니다. 고뱅 경은 그만한 귀인에게 어울리는 모든 것을 대접받았습니다. 저녁 식사로는 물떼새, 꿩, 자고새, 그 밖에도 사냥한 각종 고기들이 차려졌습니다. 강한 포도주도 약한 포도주도 있고, 적포도주와 백포도주, 새 포도주와 묵은 포도주도 있었습니다. 사공은 손님뿐 아니라 포로까지 갖게 되어 즐거워합니다. 식사는 식탁이 치워지고 다시 손을 씻기까지 한참이나 계속되었습니다.

그날 저녁 고뱅 경은 자신에게 걸맞은 집과 집주인을 만났습니다. 그는 뱃사공의 대접이 아주 흡족했고 마음에 들었습니다. 　7494

이튿날 동이 트는 것을 보자마자, 그는 평소처럼 자리에서 일어났습니다. 그리고 사공도 그에게 예를 갖추어 일찍 일어났습니다. 두 사람은 작은 탑의 창가에 서 있었습니다. 고뱅 경은 아름다운 경치를 바라보았습니다. 숲과 들판과 절벽 위의 성을 보았습니다.

"주인장," 하고 그가 말합니다. "폐가 되지 않는다면, 이 고장과 저기 저 성의 주인이 누구인지 묻고 싶소."

그러자 주인이 즉시 대답합니다.

"기사님, 저는 모릅니다."

"모르다니? 이상한 대답이구려. 당신은 저 성을 위해 일하고 후한 보수를 받으면서, 누가 주인인지 모른다는 말이오?"

"정말입니다." 그가 말합니다. "정말로 모릅니다. 지금도 모르고 전에도 몰랐습니다."

"이보오, 주인장. 그렇다면 누가 저 성을 지키고 방어하는 거요?"

"기사님, 성은 방비가 아주 잘 되어 있답니다. 오백 개의 활과 쇠뇌가 항상 쏠 준비를 하고 있지요. 누가 해를 끼치려 하면, 화살이 빗발치듯 쏟아질 거예요. 아주 정교하게 장치가 되어 있거든요. 성의 상황에 대해 한 말씀 더 드리자면, 저 성에는 여왕님이 한 분 계십니다. 아주 고귀한 혈통의 지체 높은 분으로 대단히 부유하고 현명하시지요. 이 여왕님은 엄청난 금은보화를 가지고 이 고장에 와서 정착하셨고, 저기 보이는 저 막강한 장원도 그분이 만들게 하신 겁니다. 그분은 매우 아끼시며 딸이라 여왕이라 부르시는 다른 귀부인을 데리고 오셨고, 이 부인에게도 따님이 계신데, 이분 역시 혈통에 어울리는 분이시지요. 하늘 아래 그보다 더 아름답고 교양 있는 분은 안 계실 겁니다.

저 성의 대청으로 말할 것 같으면, 제 말을 들으신다면 이제 곧 아시게 되겠지만, 마술과 마법으로 수비되고 있어요. 여왕님께서 이곳에 데리고 오신, 점성술에 통달한 현명한 성직자가 저 큰 궁성 안에 어찌나 놀라운 것들을 마련해 놓았는지, 아마 그런 것은 들어 본 적도 없으실 겁니다. 어떤 기사도 탐심이나 무슨 수치스러운 악덕이나 욕심이나 거짓을 품고는 저 안에 들어가서 십 리길 가는 동안만큼도 무사히 살아남지 못한답니다. 비겁한 자나 배역자, 불충한 자나 배신자도 마찬가지로, 도저히 살아남지 못하고 즉사합니다. 하지만 이 성에는 여러 나라에서 온 수많은 사동들이 있는데, 이들은 이곳에서 섬기며 무술을 배우고 있어요. 그 수가 거의 오백 명은 되는데, 어떤 이는 수염이 났고 어떤 이는 수염도 턱수염도 나기 전이지요. 백 명 정도는 수염을 기르고, 또 백 명 정도는 매주 면도를 하여 수염을 깎고요. 머리가 양털보다 더 새하얀 이도 백 명은 되고, 희끗희끗 세기 시작한 이도 백 명쯤 됩니다. 남편도 주인도 없는, 남편이 죽은 후 부당하게 땅과 영지를 빼앗긴 노부인들도 계십니다. 그리고 앞서 말씀드린 두 분 여왕님과 함께 사는 고아 아가씨들도 있는데, 여왕님들께서는 이 아가씨들을 후히 대접해 주시지요. 이상이 궁성 안에 오가는 분들입니다. 이들은 모두 이룰 수 없는 기대를 하고 계십니다. 언젠가 이곳에 한 기사가 나타나 자신들을 자기 보호 아래 두고 부인들께는 영지를 되찾아 주고, 아가씨들께는 신랑을 구해 주고, 사동들은 기사로 만들어 주리라는 거지요. 하지만 바다가 온통 얼음이 된다 해도, 이 궁성에 머물 수 있을 만한 기사는 찾을 수 없을 겁니다. 왜냐하면 그는 현명하고 너그럽고 탐심이 없으며, 아름답고 용감하고 고귀하고 충성스러우며, 비열함도 다른 어떤 악덕도 없는 기사라야 하니까요. 만일 그런 사람이 이곳에 올 수만 있다면 그는 이 성을* 다스리며 부인들에게 땅을 되찾아 주고, 치명적인 전쟁을 평화로 이끌며, 아가씨들을 결혼시키고, 사동들은 기사로 서임할 것이며, 궁성의 마법을 대번에 종식시킬 텐데요."

이런 이야기는 고뱅 경의 마음에 들었고 아주 멋지게 들렸습니다.

"갑시다, 주인장." 그는 말합니다. "지금 당장 내게 갑옷과 말을 가져와요. 더 이상 여기서 지체하고 싶지 않으니까. 가야겠소."

"하지만 어디로 가시게요, 기사님? 하느님이 보우하사, 부디 오늘과 내일, 그리고 그 이상이라도 여기 머물며 쉬십시오."

"주인장, 당신의 집은 앞으로도 언제까지나 축복받기 바랍니다! 난 이 길로 가서 저기 성안의 아가씨들*과 그곳에 있다는 놀라운 일들을 만나 볼 작정이오."

"그런 말씀 마십시오, 기사님! 부디 그런 미친 짓은 하지 마시기를! 부디 제 말을 믿고 여기 그냥 계세요."

"입 다무시오, 주인장! 당신은 나를 겁쟁이요 게으름뱅이로 여기는구려! 내 영혼을 걸고, 나는 그런 충고는 받아들일 수 없소!"

"그렇다면 더 말해 봐야 소용없으니, 전 그만 입을 다물지요. 그토록 저곳에 가고 싶으시다면 가십시오. 저로서는 유감입니다만. 그런데, 저도 데려가셔야 합니다. 저보다 더 쓸 만한 안내자는 없을 테니까요. 하지만 제 청을 한 가지 들어 주십시오."

"무슨 소원 말이오, 주인장? 어디 알아나 봅시다."

"먼저 약속을 해 주셔야지요."

"그렇다면, 무엇이든 당신이 원하는 일을 하리다. 단, 수치스러운 일이 아니라면 말이오."

그러고는 마구간에서, 이제 달릴 준비가 되어 있는 말을 꺼내오라 명하고, 갑옷도 가져오라 명했습니다. 그는 무장을 하고 안장에 올라 길을 떠났으며, 그러는 동안 사공은 마지못해 안내하려

는 곳까지 충실히 수행할 작정으로 의장마에 오를 준비를 합니다. 7647

그들은 마침내 궁전 입구의 계단 밑에 도착합니다. 그곳에는 골 풀 다발 위에 다리가 한쪽뿐인 사람이 혼자 앉아 있습니다. 그는 은으로 된 의족을 달고 있었는데, 의족은 은을 입혔고,* 곳곳에 금 테와 보석으로 장식이 되어 있었습니다. 그러나 그의 손도 우두커 니 있지는 않았으니, 그는 작은 칼을 가지고서 물푸레나무 막대를 다듬느라 바빴습니다. 외다리쟁이는 자기 앞을 지나는 자들에게 아무 말도 건네지 않고, 그들도 그에게 한마디도 하지 않습니다.

사공은 고뱅 경을 자기 쪽으로 잡아끌며 말했습니다.

"기사님, 저 의족을 한 사람이 어떻게 보이십니까?"

"저 의족은 흔한 사시나무로 만든 게 아닌가 보오." 고뱅 경이 말합니다. "아주 보기 좋구려."

"그야 물론입지요." 사공이 말합니다. "저 외다리쟁이는 아주 부자니까요. 그는 아주 후한 은급을 받고 있답니다.* 만일 제가 동 행하여 기사님을 지켜 드리지 않았다면, 이미 유쾌하지 않은 소리 를 들으셨을 겁니다."

그렇게 그들은 나란히 궁전으로 들어섭니다. 궁전 입구는 장대 하며, 드높고 아름다운 문들이 있는데, 돌쩌귀와 빗장고리는 순금 으로 된 것이었다고 이야기는 전합니다. 문짝 중 하나는 정교하게 세공한 상아로 되었고, 다른 하나는 역시 같은 방식으로 다듬은 흑단이었는데,* 각기 금과 보석으로 화려하게 장식되어 있었습니 다. 궁전의 바닥은 녹색과 자주색, 보라색과 암청색으로, 모든 색깔이 아름답게 어우러져 윤나게 닦여 있었습니다.

　궁전 한복판에는 침대가 하나 있는데, 어느 한군데도 목재를 쓴 데가 없고 금 아닌 데가 없었습니다. 끈만이 은으로 되어 있었지요. 이것은 제가 지어 낸 말이 아닙니다! 그리고 끈들이 교차하는 곳마다 작은 종이 달려 있었습니다. 침대 위에는 커다란 비단 이불이 펼쳐져 있고, 침대 다리에는 각기 적광석*이 박혀 있어 네 개의 촛불을 밝혀 놓은 만큼이나 밝은 빛을 내고 있었습니다. 침대는 쓴웃음을 짓고 있는 그로테스크한 조각상으로 받쳐져 있고, 이 조각상들은 네 개의 바퀴로 받쳐져 있었는데, 이 바퀴들은 아주 가볍고 움직이기 쉬워서 손가락으로 밀기만 하면 침대는 어느 방향으로든 굴러서 방의 이 끝에서 저 끝까지 움직일 것입니다. 사실을 말하자면, 이것은 왕을 위해서든 백작을 위해서든 일찍이 만들어진 적이 없고 앞으로도 결코 만들어지지 않을 침대였습니다. 그런 침대가 궁전 한복판에 있었습니다.*

　이 궁전은 어느 한군데도 석회암을 쓰지 않았으며, 벽은 온통 대리석이었습니다. 높직한 곳에는 채색 유리창이 있는데, 어쩌나 환한지, 그 채색 유리창을 통해 유심히 보면 궁전에 들어오는 사람들이 훤히 보였습니다. 벽은* 말로 묘사할 수 있는 이상으로 아름답고 훌륭한 빛깔로 채색되어 있었지만, 저는 여기서 그 모든 것을 보고하지도 묘사하지도 않겠습니다. 궁전의 창문들 중 사백 개는 닫혀 있고, 백 개만 열려 있었습니다.

　고뱅 경은 궁전 상하좌우를 구석구석 살펴보았습니다. 모두 구경하고 난 그는 사공을 불러 말했습니다.

"주인장, 보아하니 이 궁전에 들어오기를 겁낼 만한 것이라고는 없는 것 같소. 그러니 당신이 내가 여기 오는 것을 그토록 만류한 이유가 무엇이었는지 말해 보시오. 나는 저 침대에 앉아 잠시 쉬고 싶소. 저렇게 호화로운 침대는 본 적이 없으니 말이오."

"아, 기사님, 부디 그러지 마소서! 그 침대에 가까이 가지 마소서! 만일 그랬다가는 일찍이 어떤 기사보다도 처참한 죽음을 당하실 겁니다."

"자, 그렇다면 주인장, 내가 어쩌면 좋겠소?"

"어쩌면 좋으냐고요, 기사님? 당신도 목숨을 내버릴 심산은 아닌 것 같으니, 말씀드리지요. 당신이 이곳에 오려 했을 때 저는 제 집에서 당신께 한 가지 청을 드렸지요. 그 청이 무엇인지는 말씀드리지 않은 채로요. 그런데 이제 제가 드리는 청은, 그만 고향으로 돌아가시라는 것입니다. 돌아가셔서 친구들이나 고향 분들에게, 아주 아름다운 궁전을 하나 보았으며, 당신도 다른 누구도 그처럼 화려한 성은 본 적이 없다고 들려 주십시오."

"그건 하느님께서 날 미워하시고 나는 치욕을 당했다고 말하는 것이나 마찬가지요! 주인장, 내가 보기에 당신은 날 위해 그런 말을 하는 것 같지만, 난 세상에 무슨 일이 있어도 저 침대 위에 앉는 것이나 어제 이곳 창가에 기대고 있는 것을 본 아가씨들을 만나는 것을 포기하지 않겠소."

그러자 뱃사공은 한발 물러났다가 더 힘껏 내지르듯이 대답합니다.

"지금 말씀하신 아가씨들은 단 한 명도 만나지 못할 걸요. 오신 그대로 돌아가시는 편이 낫지요. 당신은 그분들을 만나시려 해도 아무 소용없어요. 여왕님의 시녀들, 귀부인과 아가씨들은 반대편 방들에서 유리창을 통해 당신을 볼 수 있답니다."

"맹세코" 하고 고뱅 경이 말합니다. "만일 그 아가씨들을 볼 수 없다면, 적어도 이 침대에 앉아 보기는 해야겠소. 지체 높은 영주나 귀부인이 와서 눕게 하기 위해서가 아니라면 이런 침대를 만들었을 리가 없으니 말이오. 내게 무슨 일이 닥치든 간에, 일단 앉아 보아야겠소."

상대는 도저히 그를 만류할 수 없는 것을 보고는 더 말하지 않습니다. 하지만 그가 침대에 앉는 것을 보기 전에 궁전을 떠나려 합니다. 그는 발길을 돌리며 이렇게 말했습니다.

"기사님, 당신이 죽으리라 생각하니 마음이 무겁고 슬픕니다. 이 침대에 앉았던 기사치고 살아서 나온 이가 없으니까요. 마법의 침대*라 불리는 이 침대에서는 누구도 잠들거나 졸거나 쉬거나 앉았다가는 무사히 다시 일어날 수가 없답니다. 여기서 아무 대책 없이 목숨을 내기에 걸다니 당신이 안됐군요. 난 좋은 말로도 나쁜 말로도* 당신을 여기서 끌고 나갈 수 없으니, 하느님께서 당신 영혼을 불쌍히 여겨 주시기를 빕니다. 저로서는 당신이 여기서 죽는 것을 차마 바라볼 수가 없군요."

그래서 그는 궁전에서 나갔고, 고뱅 경은 무장한 채로, 방패를 목에 건 채로 침대 위에 앉았습니다. 그가 앉는 순간, 침대 끈들이 우지끈거리더니 종들이 땡땡거리며 온 궁전을 뒤흔듭니다. 그러자 창문들이 모조리 열리고 신기한 일들이* 드러나고 마법이 나타납니다. 창문으로는 화살과 쇠뇌의 굵은 화살들이 빗발쳐 들어오기 시작하여, 고뱅 경의 방패에 박힌 것만도 칠백 개가 넘었습니다.* 대체 누가 그를 공격하는지도 알 수 없는 채 말입니다! 마법이 마법이니만큼, 아무도 그 화살들이 어디서 오는지, 어떤 궁수들이 쏘는 것인지 알 수 없게 되어 있었습니다. 여러분도 쇠뇌며 활의 시위가 당겨졌다 풀릴 때의 요란한 소리를 가히 상상할 수 있을 것입니다.

순간, 고뱅 경은 세상 보물을 다 준다 해도 그곳에 머물지 말았더라면 싶었습니다. 그러나 창문들은 어느새 도로 닫혔습니다. 아무도 건드리지 않았는데도 말입니다. 고뱅 경은 방패에 박힌 굵은 화살들을 뽑기 시작했는데, 사실 그 화살들 때문에 몸 곳곳에 상처를 입은 터라 피가 솟구치고 있었습니다. 화살을 다 뽑기도 전에, 새로운 시험이 들이닥쳤습니다. 한 상민이 몽치로 문을 내리쳤고, 그러자 문이 열리더니 굶주린 사자, 놀랄 만큼 크고 사나운 사자가 어느 방의 문 밖으로 뛰쳐나와 고뱅 경을 맹렬히 공격합니다. 사자는 그의 방패가 마치 밀랍이라도 되는 양 발톱을 들이박고, 그를 무릎 꿇어 주저앉게 만듭니다. 그러나 경은 재빨리 뛰어 일어나, 칼집에서 검을 꺼내 사자를 내리쳤고, 머리와 두 앞발을 베었습니다. 고뱅 경은 기뻤습니다. 두 개의 앞발은 그의 방패에 발톱을 박은 채로 매달려 있었습니다. 한쪽은 안으로 튀어나오고, 다른 쪽은 바깥에 매달린 채로 말입니다.

그는 사자를 죽인 다음 되돌아와 침대 위에 앉았습니다. 그러자 사공이 환한 얼굴로 궁전으로 되돌아와 그가 침대에 앉아 있는 것을 보고 말했습니다.

"기사님, 장담하지만 기사님은 더 이상 두려워할 것이 없습니다. 그러니 갑옷을 다 벗으세요. 당신 덕분에 이 궁전의 마법은 영원히 풀렸으니까요. 당신은 여기서 노소를 막론하고 모든 이들의 섬김과 명예를 받을 겁니다. 하느님께서 영광 받으시기를!"

그러자 사동들이 떼 지어 몰려왔는데, 모두 아름다운 윗옷을 입고 있었습니다. 그들은 모두 무릎을 꿇고 이렇게 말합니다.

"존경하는 기사님, 저희의 봉사를 받아 주소서. 당신이 오시기를 저희는 얼마나 기다리고 바랐는지요."

"제가 여러분을 위해 너무 늦게 왔나 봅니다."*

이윽고 그들 중 한 사동이 다가가 그의 무장을 벗기기 시작합니다. 또 다른 사동들은 바깥에 서 있는 그의 말을 마구간에 넣으러 갑니다. 그가 무장을 벗는 동안, 한 아가씨가 들어옵니다. 대단히 아름답고 상냥한 아가씨로서, 순금만큼이나 아니 어쩌면 그보다 더 금빛 나는 머리칼에 금관을 쓰고 있었습니다. 그녀의 얼굴은 희고, 그 위에 자연은 순수한 붉은빛을 더해 놓았습니다. 그녀는 더할 나위 없이 아름답고 잘 생긴 아가씨로 키가 크고 훤칠했습니다. 그녀의 뒤를 따라 다른 아가씨들이 들어왔는데, 모두 아름답고 우아했습니다. 이윽고 한 사동이 나타났는데, 목에 웃옷과 겉옷, 외투 등 의복 일습을 걸고 있었습니다. 외투는 담비와 오디처럼 검은 담비로 안을 댄 것이었고, 겉은 진홍 빛깔이었습니다. 고뱅 경은 다가오는 아가씨들을 보고 감탄합니다. 그는 그녀들을 맞이하기 위해 자리에서 일어났습니다.

"아가씨들, 환영합니다!"

맨 앞의 아가씨가 그에게 절하고 이렇게 말했습니다.

"여왕님께서 인사를 전하십니다. 존경하는 기사님. 여왕님께서는 여기 있는 모든 사람들에게 당신을 자신의 정당한 주군으로 여기고 당신을 섬기라 말씀하셨습니다. 저는 맨 먼저 당신에게 제 충심 어린 봉사를 약속드립니다. 여기 있는 아가씨들도 당신을 자신의 주군으로 여깁니다. 그녀들도 당신이 오시기를 고대했으니까요! 그런데 당신이 더없이 훌륭한 기사님인 것을 보게 되어 행복하답니다. 자, 기사님, 더는 드릴 말씀이 없습니다. 저희는 기사님을 섬길 준비가 되어 있습니다."

이 말에, 그녀들은 그를 섬기고 명예롭게 하겠다고 약속한 여자들답게 모두 무릎을 꿇고서 그 앞에 절을 합니다. 하지만 그는 그녀들을 즉시 다시 일어나 자리에 앉게 합니다. 그는 그녀들을 바라보는 것이 즐겁습니다. 우선은 그녀들이 아름답기 때문이지만, 그보다는 그녀들이 그를 자신들의 왕자요 주군으로 삼았기 때문입니다. 하느님께서 그에게 부여하신 명예는 그를 기쁨으로 채웠고, 이보다 더 큰 기쁨은 누려 본 적이 없었습니다.

아가씨는 앞으로 나아와 말했습니다.

"마마께서 당신을 만나시기에 앞서 이 의복을 입으라고 보내셨습니다. 마마께서는 예모와 지혜를 갖추신 분답게, 당신이 겪으신 모든 고생과 수고와 더위를 생각하셨기 때문입니다. 그러니 옷을 입고 당신 치수에 잘 맞는지 보십시오. 더위를 겪은 다음에는 추위를 조심하시는 것이 현명하지요. 그러지 않으면 피가 식어 굳어지니까요. 당신이 감기 드시지 않도록 여왕 마마께서 이 담비 망토를 보내셨습니다. 더위를 겪은 뒤에 오한이 나면, 물이 얼음으로 변하듯 피가 식어 굳어지니까요."

고뱅 경은 세상에서 가장 예모 있는 사람답게 대답합니다.

"모든 좋은 것에 부족함이 없으신 내 주님께서 여왕 마마를 지켜 주시기를! 그리고 당신의 아름다운 언변과 예모와 우아함을 인하여, 당신을 지켜 주시기를! 이처럼 예모 있는 전령을 보내시다니, 그분은 대단히 현명한 부인이십니다. 고맙게도 제게 이렇게 입을 옷을 보내 주시다니, 그분은 기사에게 무엇이 필요한지, 무엇이 있어야 하는지 잘 아시는군요. 대단히 감사합니다. 그분께 제 감사를 전해 주십시오."

"예, 기꺼이 그렇게 하겠습니다." 아가씨가 말합니다. "그러는 동안 당신은 옷을 입고 이 창문들을 통해 주변 경치를 구경하십시오. 제가 돌아오기까지, 원하신다면 탑에 올라가셔서 숲과 들판과 강을 구경하셔도 좋습니다."

아가씨는 돌아가고, 고뱅 경은 호화로운 의복을 입고 목둘레에 달린 잠금쇠로 망토를 여밉니다. 이제 그는 탑에서 주변을 둘러보고 싶은 생각이 들었습니다. 그는 사공과 함께 그곳으로 갑니다. 두 사람은 천장이 둥근 대청 곁에 나 있는 나선 계단을 통해 올라갑니다. 탑 꼭대기에 이르러, 그들은 주위를 둘러봅니다. 경치는 말로 표현할 수 있는 것보다 훨씬 더 아름다웠습니다.

고뱅 경은 흐르는 물과 드넓은 들판과 사냥감이 풍부한 숲을 감탄하며 바라봅니다. 그는 사공을 향해 돌아서서 말했습니다.

"주인장, 저기 앞에 보이는 숲에서 사냥을 하고 활을 쏘면서 산다면 무척 즐겁겠구려!"

"기사님," 하고 사공이 대답합니다. "그런 말씀은 안 하시는 편이 낫습니다. 저는 하느님께서 그토록 사랑하사 이 고장의 주인이자 진정한 보호자로 불릴 그이에 대해 수없이 들었지요. 그는 이 궁성에서 결코 나가지 못하리라는 것이 옳건 그르건 확정된 일이라고요. 그러니 당신이 사냥을 하고 활을 쏠 생각을 품는 것은 온당하지 않습니다. 당신의 집은 바로 이곳이고, 결코 여기서 나갈 수 없을 테니까요."

"더는 말하지 마오, 주인장. 당신이 말하는 걸 더 듣다 보면 나는 미치고 말 거요. 잘 알아 두시오. 만일 내가 원하는 대로 나다닐 수 없다면 나는 스무 해를 일곱 번*이 아니라 단 이레 동안도 이곳에 살 수가 없을 거요."

8032

그는 탑에서 내려와 대청으로 돌아왔습니다. 슬픈 생각에 잠긴 채 침대에 앉은 그는 처량하고 암담한 얼굴이었습니다. 그때 아까 왔던 아가씨가 돌아왔습니다. 고뱅 경은 그녀를 보자 일어나 맞이했고, 비록 마음은 괴로웠지만 인사를 했습니다. 그녀는 그의 어조와 태도가 달라진 것을 보았습니다. 무엇인가 그의 마음에 걸리는 일이 있는 것이 분명했습니다. 그러나 그녀는 감히 그에게 내색하지 못한 채, 이렇게 말합니다.

"기사님, 언제든 편하실 때, 마마께서 찾아오시겠답니다. 하지만 식사가 준비되었으니, 언제든 원하실 때 드실 수 있습니다. 아래층으로 내려가셔도 좋고 여기서 드셔도 좋습니다."

그러자 고뱅 경이 대답합니다.

"아가씨, 난 먹고 싶은 생각이 없습니다. 만일 내가 기뻐할 수 있는, 내가 꼭 듣고 싶은 다른 소식을 듣기 전에 식탁에 앉든지 즐거움을 누린다면 내게 불행이 떨어지기를!"

아가씨는 무척 당황하여 돌아갔고, 여왕은 그녀를 불러 소식을 묻습니다.

"아가, 하느님께서 우리에게 허락하신 그 기사님은 어떤 상태, 어떤 기분이시더냐?"

"아, 여왕 마마, 저는 고귀하고 너그러운 기사에게서 분노와 회한의 말밖에 듣지 못하게 되어 가슴이 찢어지는 것만 같습니다. 대체 무슨 일인지는 모르겠습니다. 그분이 제게 말씀하지 않으셨고, 저도 감히 묻지 못했으니까요. 하지만 오늘 처음 그분을 보았을 때는 교양이 뛰어나신 데다가 워낙 언변이 유창하고 쾌활하셔서 아무리 들어도 싫증 나지 않았고, 명랑한 얼굴은 아무리 보아도 싫증 나지 않았습니다. 그런데 갑자기 변하셔서, 무슨 말씀을 드려도 다 귀찮으신 것만 같았습니다."

"아가, 걱정 말아라. 날 만나면 곧 평정을 되찾을 게다. 마음에 아무리 괴로운 일이 있더라도 내가 금방 쫓아 버리고 슬픔 대신 기쁨을 드릴 테니까."

그래서 여왕은 더 기다리지 않고 대청으로 갔고, 다른 여왕도 기꺼이 함께 동행했습니다. 그리고 이백오십 명의 시녀와 적어도 그만한 수의 사동들이 그 뒤를 따랐습니다.

고뱅 경은 여왕이 다른 여왕과 손에 손을 잡고 오는 것을 보자, 그녀가 사람들이 말하던 그 여왕임을 짐작으로 금방 알 수 있었습니다. 그럴 만도 했던 것이, 여왕은 하얗게 센 머리칼을 땋아 허리까지 늘이고 있었습니다. 그녀는 새하얀 수단(繡緞)에 고운 금실로 꽃을 수놓은 옷을 입고 있었습니다.

고뱅 경은 그녀를 보고 서둘러 맞이하러 나갑니다. 그는 그녀에게, 그녀는 그에게 절을 합니다.

"기사님," 하고 그녀가 말했습니다. "저는 이 궁전에서 당신 다음가는 주인이지요. 최고의 지위는 당신께 드리겠습니다. 당신은 그럴 자격이 있으니까요. 그런데 당신은 아더 왕의 궁정에서 오셨나요?"

"그렇습니다, 마마."

"그렇다면 당신은 그렇게 많은 수훈을 세웠다는 호위 기사들 중한 사람인가요?"

"아닙니다, 마마."

"당신이 진실을 말하는 것을 압니다. 그러면 당신은 세상에서가장 명성 높은 원탁의 기사들 중 한 사람입니까?"

"마마, 저는 감히 가장 명성 높은 자들 중에 든다고는 못하겠습니다. 하지만 가장 뛰어난 축은 아니라 해도, 가장 못한 축도 아니라고 생각합니다."

"기사님," 하고 그녀가 대답합니다. "당신은 정말이지 예모 있는 분답게 대답하시는군요. 최고의 영예도 최하의 비난도 자처하지 않으시니 말입니다. 하지만 로트 왕에 대해 말해 보세요. 그는 아내에게서 아들을 몇이나 얻었지요?"

"넷입니다, 마마."

"이름을 말해 보세요!"

"마마, 고뱅이 맏이이고, 둘째는 오만하고 손이 억센 아그라뱅, 그리고 가에리에스와 게르에스가 나머지 둘의 이름입니다."

그러자 여왕이 또 그에게 말합니다.

"하느님이 보우하사, 기사님, 정녕 그들의 이름이로군요. 그들이 모두 여기 당신과 함께 있다면 좋을 텐데요! 이제 말해 보세요. 당신은 위리엥 왕을 아십니까?"

"그렇습니다, 마마."

"그도 궁정에 아들이 있나요?"

"그렇습니다, 마마. 둘 다 이름 높지요. 한 사람은 이뱅 경으로 예모와 교양을 갖춘 사람입니다. 저는 아침에 그를 볼 수 있는 날은 온종일 마음이 기쁘답니다. 그 정도로 그에게는 지혜와 예모가 풍부하지요. 다른 한 사람 역시 이뱅이라는 이름인데, 그들은 부모가 다른 형제이기 때문에 서자(庶子) 이뱅이라고들 하지요. 그는 자신에게 도전하는 이들을 모두 이긴 기사랍니다. 둘 다 궁정에서는 아주 용감하고 지혜롭고 예모 있는 기사들입니다."

"기사님," 하고 그녀가 말합니다. "아더 왕은 요즘 어떻게 지내시나요?"

"이전 어느 때보다도 잘 지내시지요. 건강하고 생기와 힘에 넘치십니다."

"정녕 그렇겠지요. 아더 왕은 아직 아이일 뿐이니까요. 백 살쯤 되었을지 모르지만, 그 이상은 아니지요. 그보다 더 나이가 들었을 리는 없어요. 하지만 당신한테서 듣고 싶군요. 괜찮으시다면 한 가지만 더 말씀해 주시겠어요? 왕비님은 어떤 분이고 어떻게 사시는지."

"정말이지 아주 예모 있는 분입니다. 어찌나 아름답고 지혜로우신지, 그보다 더 아름다운 귀부인을 찾을 수 있는 나라는* 세상에 없을 것입니다. 하느님께서 아담의 갈빗대로 최초의 여자를 만드신 이래로 그토록 명성이 자자한 부인은 없었으니, 실로 그럴 만합니다. 지혜로운 스승이 어린 아이들에게 학문을 가르치듯이, 우리 왕비님께서는 모든 사람을 가르치고 지도하신답니다. 모든 선은 그분에게서 나오니, 그분이야말로 선의 원천이시고 영감이시지요.* 아무도 우리 왕비님에게서 위로를 얻지 못하고 떠나는 일은 없습니다. 그분은 각 사람의 가치를 아시니까요. 그리고 각 사람의 마음을 흡족하게 하기 위해 해야 할 일을 아시니까요. 아무도 우리 왕비님에게서 배우지 않고는 선이나 명예에 따라 행동할 수 없습니다. 아무리 불행한 자라도 우리 왕비님을 뵙고 나올 때는 마음이 위로를 얻지요."

"그런데 저를 만난 기사님은 그렇지 못하신가 보군요."

"마마, 저도 그렇다고 할 수 있습니다. 마마를 뵙기 전에는 저도 슬프고 낙심해 있었건만, 지금은 더할 나위 없이 기쁘고 명랑해졌으니까요."

"기사님, 저를 태어나게 하신 하느님의 이름으로," 하고 백발의 여왕이 말합니다. "당신의 기쁨은 두 배가 될 것이고, 당신의 행복은 계속 커져서 결코 당신을 떠나지 않을 것입니다. 당신은 이제 다시 명랑하고 행복해졌고, 식사 준비가 되었으니, 이제 당신만 괜찮다면 원하는 곳에서 식사를 하십시오. 당신 원하는 대로 여기 위에서 먹을 수도 있고, 아래층에 있는 방에서도 먹을 수도 있습니다."*

"마마, 저는 이 방을 다른 어떤 방과도 바꾸고 싶지 않습니다. 왜냐하면, 듣자 하니 어떤 기사도 여기에 앉아 먹은 일이 없다고 하니 말입니다."

"그렇답니다, 기사님. 어떤 기사도 이 방에서 살아 나가지도 못했고, 단 한 시간도 머물지 못했답니다."

"마마, 그러니 허락하신다면 저는 여기서 식사를 하겠습니다."

"기꺼이 허락하고말고요, 기사님. 당신은 이곳에서 식사를 하는 최초의 기사가 되겠군요."

여왕은 그렇게 말하고는 백오십 명의 가장 아름다운 시녀를 그의 곁에 남겨 두고 갔습니다. 그의 시중을 들고 말벗이 되어 주도록, 그의 사소한 희망에도 세심하게 배려하도록 말입니다. 사동들도 즐겁게* 식사 시중을 들었는데, 그중에는 머리가 하얗게 센 이도 있고, 세기 시작한 이도 전혀 세지 않은 이도 있었습니다. 또어떤 이는 수염도 콧수염도 없었는데, 그중 두 명은 그의 앞에 무릎을 꿇고서, 한 명은 고기를 자르고 다른 한 명은 포도주를 따랐습니다.

고뱅 경은 뱃사공을 자기 곁에 나란히 앉혔고, 식사는 금방 끝나지 않았습니다. 적어도 성탄절 무렵의 낮 시간이 지속되는 만큼은 걸렸습니다. 어느새 짙고 검은 밤이 되었고, 커다란 횃불을 많이 켰는데도 아직 식사는 끝나지 않았습니다. 식사 중에는 많은 이야기가 오갔고, 식사 뒤에는 자러 가기 전에 춤도 추었습니다. 모두 경애하는 주군을 위해 기뻐했습니다. 졸음이 오자 그는 마법의 침대에 누워 잠을 청했습니다. 아가씨 중 한 사람이 그의 머리 밑에 베개를 넣어 주어 그는 스르르 잠이 들었습니다. 8262

이튿날 잠이 깨자 담비와 비단으로 된 옷이 그를 위해 준비되어 있었습니다. 뱃사공은 아침에 그의 침대 발치에 와서 그를 깨우고 옷을 입고 손을 씻게 했습니다.

클라리상 역시 일어나 있었습니다. 착하고 현명한 말을 하는, 용감하고 아름답고 기품 있는* 아가씨 말입니다. 그녀는 자신의 할머니인 여왕이 있는 방으로 들어갔습니다. 여왕은 그녀에게 말을 건네* 묻습니다.

"아가, 사실대로 말해 다오. 주군께서는 이제 일어나셨느냐?"

"예, 마마. 벌써부터 일어나 계십니다."

"어디 계시지?"

"마마, 그분은 탑에 올라가셨는데, 다시 내려오셨는지는 아직 모르겠습니다."

"아가, 그에게 가 보아야겠다. 하느님이 보우하사, 오늘도 행복과 기쁨과 명랑함밖에는 맛보지 못할 것이다."

여왕은 어서 그에게 가고 싶어서, 서둘러 자리에서 일어납니다.

위층으로 올라가 보니, 그는 탑의 창가에서 한 아가씨가 무장을 갖춘 기사와 함께 초원을 가로질러 오는 것을 내다보고 있었습니다. 그가 그렇게 그녀를 바라보는 동안, 반대편에서는 두 명의 여왕이 나란히 다가옵니다. 그녀들은 고뱅 경과 뱃사공*이 창가에 있는 것을 보았습니다.

"기사님, 편히 주무셨습니까."* 두 여왕은 이구동성으로 말합니다. "오늘 하루가 당신에게 즐겁고 유쾌한 날이 되기 바랍니다. 자기 따님을 친히 모친으로 삼으신 성부께서 당신에게 그런 날을 허락하시기를!"

"그 아들을 이 땅에 보내사 그리스도교를 높이신 그분께서 여왕님들께도 기쁨으로 넘치게 하시기 바랍니다! 그런데, 괜찮으시다면 여기 이 창가로 오셔서, 저기 보이는 아가씨와 사분할 방패*를 든 기사가 누구인지 말해 주시겠습니까?"

"기꺼이 말씀드리지요." 여왕은 그들을 바라보며 말합니다. "엊저녁에 당신과 함께 왔던 저 여자는 지옥 불에나 들어가는 것이 딱 알맞습니다! 그러니 더 이상 신경 쓰지 마세요. 너무나 오만하고 못된 여자니까요. 그녀가 데리고 오는 저 기사에 대해서도, 더 이상 생각하지 마시기를 부탁드립니다. 분명히 알아 두세요. 그는 누구 못지않게 용감한 기사이고, 그와 상대하는 것은 장난이 아니에요. 그는 여기 나루터에서, 제가 보는 앞에서, 수많은 기사들과 싸워 이기고 목을 베었답니다."

"마마, 저는 저 아가씨에게 가서 말할 것이 있습니다. 허락해 주십시오."

"기사님, 제가 당신에게 불행이 될 일을 허락하지 않게 되기 바랍니다. 저 가증스러운 여자는 그저 제 갈 길로 가게 내버려 두시지요. 하느님이 보우하사, 당신은 그렇게 쓸데없는 일 때문에 궁밖으로 나가시지 않기 바랍니다. 게다가, 저희에게 해를 끼치지 않고서는 나갈 수도 없답니다."

"그게 무슨 말씀이십니까! 너그러우신 여왕님, 저를 낙심케 하시는군요. 만일 제가 이 궁전에서 나갈 수 없다면, 저는 아주 불운하다고 느끼게 될 것입니다. 제가 그렇게 오랫동안 포로가 되지 않기를 바랍니다!"

"아, 마마" 하고 사공이 말합니다. "이분이 원하는 대로 하게 해주십시오. 억지로 붙잡아 두려 하지 마세요. 만일 그랬다가는 이분은 슬픔으로 죽어 버릴지도 모르니까요."

"그렇다면 나가시는 것을 허락하지요. 하지만 하느님께서 그를 죽음에서 지켜 주시는 한, 오늘 저녁 안에 돌아오겠다고 약속하셔야 합니다."

"마마," 그가 말합니다. "염려 마소서. 저는 할 수만 있다면 돌아오겠습니다. 하지만 한 가지 청이 있으니 들어주소서. 마마께 폐가 되지 않는다면, 앞으로 칠 일 안에는 제 이름을 묻지 말아 주십시오."

"원하신다면 그렇게 하지요, 기사님." 여왕이 말합니다. "굳이 당신을 언짢게 할 생각은 없으니까요. 하지만 이렇게 금하지 않으셨다면 가장 먼저 묻고 싶었던 것이 당신의 이름이랍니다."

그들은 탑에서 내려옵니다. 사동들이 그의 무장을 가지고 달려와 그가 무장을 갖추는 것을 돕고, 그의 말을 데려왔습니다. 그는 무장한 채 말에 올라, 뱃사공과 함께 나루터까지 갔습니다. 두 사람은 배에 올랐고, 노잡이들은 노를 저어 물가를 떠납니다.* 이윽고 건너편에 이르러 고뱅 경은 배에서 내립니다.

8371

상대 기사는 심술궂은 아가씨에게 이렇게 말했습니다.

"낭자, 저기 무장한 기사가 우리를 향해 오는구려. 저 기사를 아시오?"

"아니요." 아가씨가 대답합니다. "하지만 어제 나를 이곳으로 데려온 것이 저 사람인 것은 분명해요."

그러자 그가 대답합니다. "하느님이 보우하사, 내가 찾던 것이 바로 저 사람이오. 내게서 도망쳤을까 봐 염려했다오. 지금껏 어미의 태에서 난 기사 치고 갈부아 경계를 건넌 자는 아무도 없었으니 말이오. 내 눈에 뜨이는 한, 그곳에서 돌아왔다고 자랑할 수 있는 자는 일찍이 없었다오. 이제 그가 내게 오도록* 하느님께서 내버려 두셨으니, 그는 내 포로가 되는 수밖에 없겠소이다."

한마디 도전도 위협의 말도 없이, 기사는 대뜸 방패를 들고 말에 박차를 가하며 달려듭니다. 고뱅 경도 그를 향해 나아가 힘껏 창을 찔러 그의 팔과 옆구리에 심한 상처를 입힙니다. 그러나 치명상은 아니었습니다. 사슬 갑옷이 잘 버텨 주어 창이 아주 뚫지는 못했고, 창날에 몸이* 손가락 한마디쯤 깊이로 찔려 땅바닥에 내동댕이쳐졌습니다. 상대방은 일어나 팔과 옆구리에서 피가 솟구쳐 하얀 갑옷에 흐르는 것을 보고는 겁을 먹습니다. 그래도 손에 검을

198

들고 달려들지만, 얼마 못 가 지쳐서 항복하는 수밖에 없습니다.

고뱅 경은 그에게서 항복의 서약을 받고, 기다리고 있던 사공에게 그를 넘겨줍니다. 심술궂은 아가씨도 자기 말에서 내려 있었습니다. 고뱅은 그녀에게 다가가 인사를 하고는 이렇게 말했습니다.

"자, 어서 타시오, 아가씨. 난 당신을 여기 두고 갈 수 없습니다. 난 물을 건너 돌아가야 하니, 함께 갑시다."

"이봐요, 기사님. 제법 잘난 척을 하는군요! 하지만 제 기사가 예전에 입은 상처 때문에 지치지만 않았다면, 당신도 꽤 고생을 했을 걸요. 당신 허세는 금방 무너졌을 테고, 지금처럼 그렇게 떠벌리기는커녕 외통수에 몰려 옴짝달싹 못 했겠지요! 하여간 사실대로 말해 봐요. 당신은 그를 쓰러뜨렸다고 해서 그보다 더 낫다고 생각하나요? 알다시피 가끔은 약자가 강자를 이기기도 하지요! 그런데도 날 데리고 이 나루터를 떠나 저기 나무 밑으로 가서, 당신이 나룻배에 태운 내 기사가 내 뜻대로 하던 일을 하고 싶다면, 좋아요, 그렇다면 나도 더 이상 당신을 얕보지 않고, 당신이 그 못지않게 훌륭한 기사인 것을 인정하지요."

"그저 저기까지 가는 것만이 문제라면, 아가씨, 당신이 요청하는 것을 마다하지 않겠소."

"부디 당신이 저기서 돌아오는 것을 못 보게 되기 바랍니다!"

그래서 그들은 길을 떠납니다. 그녀가 앞장서고 그가 그 뒤를 따릅니다. 한편 궁성의 아가씨들과 귀부인들은 머리칼을 쥐어뜯고 옷을 찢고 몸에 상처를 내며 탄식합니다.

"아, 우리 신세가 불쌍하도다! 어쩌자고 우리는 아직 살아 있는

고! 우리의 주군이 되셔야 할 분이 저렇게 사지를 향해 가는 것을 보면서도! 저 못된 여자가 그의 오른쪽에서 안내하여 어떤 기사도 벗어날 수 없는 곳으로 데려가는구나. 아, 우리 가슴이 찢어지는구나! 하느님께서 우리에게 모든 면에서 완벽한 기사를, 용기도 다른 어떤 미덕도 부족함이 없는 기사를 우리에게 보내 주셨을 때는 우리의 행운을 믿었는데."

그녀들은 자신들의 주군이 심술궂은 아가씨와 함께 가는 것을 보고 그렇게 애통해합니다. 그와 그녀는 마침내 나무 밑에 다다랐습니다. 고뱅 경이 그녀를 불러 이렇게 말했습니다.

"아가씨, 말해 보시오. 이제 내가 할 일을 다 했는지, 더 할 일이 있는지. 당신의 호의를 잃기보다는, 내 힘이 닿는 한 기꺼이 할 일을 하리다."

아가씨는 그에게 대답했습니다.

"저기 높은 강둑 사이에 깊은 여울목이 보이나요? 내 애인은 저 여울목을 건너곤 했지요. 그래서 나는 이보다 더 얕은 곳은 알지 못해요."*

"아가씨, 그럴 수 있을 것 같지 않은데요. 강둑이 하도 높아서 아무도 내려갈 수 없을 겁니다."*

"그럴 줄 알았어요." 아가씨가 말합니다. "당신은 엄두가 나지 않는 거지요. 사실 당신이 저기를 건널 만큼 용감하리라고는 나도 생각하지 않았어요. 저건 마법이라도 쓰지 않고는* 아무도 건널 엄두를 못 내는 위험한 여울목이니까요."

고뱅 경은 말을 몰아 물가까지 가 봅니다. 아래쪽은 깊은 물이고, 위쪽은 깎아지른 절벽입니다. 하지만 강폭은 넓지 않았습니다. 그것을 본 고뱅 경은 자기 말이 그보다 더 넓은 구덩이도 숱하게 뛰어넘은 적이 있다고 생각했습니다. 그리고 그도 여러 곳에서 들은 적이 있었습니다. 위험한 여울목의 깊은 물을 건널 수 있는 자라면 세상의 모든 영광을 차지한 것이나 마찬가지라고 말입니다.

그래서 그는 강에서 멀찍이 물러났다가 말을 큰 구보로 달려 단숨에 건너려 했지만, 제대로 도약하지 못해서 여울목 한복판에 떨어지고 말았습니다. 하지만 그의 말은 힘껏 헤엄쳐서 네 발로 뭍에 올랐고, 자리를 잘 잡은 다음, 단숨에 솟구쳐 높은 강둑 위로 올라섰습니다. 그렇게 뭍에 오르기는 했지만, 말은 더 이상 움직이지 못하고 꼼짝없이 서 있었습니다. 고뱅 경이 말에서 내려야 할 만큼 말은 몹시 지쳐 있었습니다. 그는 곧 말에서 내려 안장을 벗겨 주었습니다. 안장을 뒤집어 잘 닦았습니다. 그는 안장깔개를 벗기고 등허리와 다리에 있던 물을 쓸어내린 다음, 다시 안장을 얹고 말을 타고 속보로 가다가, 한 기사가 혼자서 새매로 사냥을 하고 있는 것을 보았습니다.   8537

기사 앞쪽의 들판에는 새 사냥용의 작은 개 두 마리*가 있었습니다. 기사는 이루 말로 할 수 없이 아름다웠습니다. 고뱅 경은 그에게 다가가 인사하고 이렇게 말했습니다.

"기사님, 당신을 세상 어떤 피조물보다 더 아름답게 만드신 하느님께서 당신께 기쁨과 행운을 주시기를 빕니다!"

상대방도 즉시 대답했습니다.

"당신이야말로 선하고 현명하고 아름답소. 하지만 괜찮다면 말해 주시오. 어떻게 당신은 건너편에 심술궂은 아가씨를 혼자 두고 왔소? 그녀의 동반자는 어디로 갔소?"

"기사님," 하고 그가 대답합니다. "제가 아가씨를 만났을 때는 사분할 방패를 든 기사가 그녀를 호위하고 있었습니다."

"그런데 그를 어떻게 하셨소?"

"싸워서 이겼지요."

"그 기사는 어떻게 되었소?"

"뱃사공이 데려갔습니다. 그는 자기 몫이라고 하면서요."

"형제여, 진정 그의 말대로요. 그 아가씨는 한때 내 애인이었다오. 하지만 나를 사랑하려 하지도 않았고, 나를 자기 벗이라 부르지도 않았다는 점에서는 그렇다고 할 수 없을 거요. 억지로 한 것 말고는 키스도 해 보지 못했으니까. 그녀는 내가 원하는 것은 아무것도 하려 하지 않았다오. 사실 내가 그녀를 사랑한 것도 억지로였고, 나는 그녀를 그녀와 늘 함께 다니던 애인에게서 빼앗았으니까. 나는 그를 죽이고 그녀를 데려다가 온 힘을 기울여 그녀에게 봉사했소. 하지만 내 봉사도 아무 소용이 없더구려. 그녀는 가능한 한 속히 나를 떠날 기회를 찾았고, 오늘 당신이 싸워 이긴 그 기사를 애인으로 삼았다오. 그는 우습게 볼 기사가 아니오. 천만에, 그는 아주 용맹한 기사라오! 하지만 그는 나를 만날 수 있는 곳까지 올 만큼 그렇게 용감하지는 않았소. 그런데 오늘 당신은 어떤 기사도 감히 하려 하지 않는 일을 했고, 감히 그렇게 했기 때문에 세상의 영광과 명예를 얻은 거요. 당신은 큰 용기로 위험한 여울목을 뛰어넘었으니 일찍이 어떤 기사도 무사히 그 일을 해낸 적이 없소."

"하지만, 기사님, 그렇다면 그 아가씨는 제게 거짓말을 했군요. 그녀는 제게 자기 애인은 날마다 자기를 위해 여울목을 건넜다고 하더군요."

"그런 말을 했소? 못된 여자 같으니! 차라리 물에 빠져 죽기라도 해야지! 당신에게 그런 거짓말을 하다니 그녀는 악마에라도 씐 모양이오. 그녀가 당신을 싫어하는 것은 분명하구려. 당신을 저 깊고 세찬 물속에 빠뜨려 죽이려 하다니 말이오. 악마 같은 여자에게 천벌이 내리기를! 하지만, 당신은 내게, 나는 당신에게, 한 가지 약속을 합시다. 만일 내게 무엇이든 물으면, 내가 원하든 원하지 않든 간에, 세상에 무슨 일이 있어도 내가 아는 한 당신에게 진실을 숨기지 않으리다. 당신도 마찬가지로 내게 단 한마디도 거짓 없이 말해 주어야 하오. 내가 알고자 하는 것은 무엇이든지, 당신이 내게 진실을 말해 줄 수만 있다면 말이오."

두 사람은 그렇게 서로 약속을 했습니다. 고뱅 경이 먼저 묻기 시작합니다.

"기사님, 저기 보이는 도시는 누구의 것이며 이름이 무엇입니까?"

"벗이여, 저 도시에 대해서는 확실히 진실을 말할 수 있소. 저 도시는 온전히 내 것이라오. 다른 누구에게서도 받은 것이 아니고, 오로지 하느님에게서 받은 거지요. 그 이름은 오르크넬레스*라 하오."

"그렇다면 당신의 이름은?"

"기로믈랑이오."

"기사님, 저도 들은 적이 있습니다. 당신은 대단히 용맹하고 무술이 뛰어나시며 큰 영지의 주인이시라고 말입니다. 그러면 저기 저 아가씨의 이름은 무엇입니까? 당신도 말씀하셨듯이, 원근을 불문하고 어디서도 좋은 평판을 들을 수 없는 아가씨 말입니다."

"그렇다오. 나는 그녀를 멀리할 만한 이유가 있다고 봅니다. 너무나 악의와 경멸로 가득 차 있어요. 그래서 그녀의 이름도 로그르*의 오만한 여자랍니다. 그녀는 그곳에서 태어나 아주 어렸을 때 그곳을 떠났으니까요."

"그러면 그녀의 애인은요? 좋든 싫든 뱃사공에게 포로가 되어 간 그 기사의 이름은 무엇입니까?"

"기사여, 그 기사는 경이로운 기사*로, 좁은 길목*의 오만한 자라 하오. 그는 갈부아 경계를 지키지요."

"그러면 저기 건너편에 있는 높고 아름답고 훌륭한 성의 이름은 무엇입니까? 저는 엊저녁에 저기서 먹고 마셨고, 오늘 아침 떠나왔습니다."

이 말에 기로믈랑은 문득 슬픈 빛이 되더니 돌아서서 가 버리려 했습니다. 그래서 고뱅은 그를 부릅니다.

"기사님, 기사님, 대답해 주십시오. 약속을 기억하십시오!"

그러자 기로믈랑은 걸음을 멈추고 고개를 돌리더니 그에게 말했습니다.

"내가 당신을 만나 당신에게 약속의 말을 한 그 순간이 저주받기를! 썩 꺼지시오. 당신이 한 약속은 풀어 주겠으니, 내 약속도 이만 다한 것으로 여기시오. 나는 건너편 나라에 대해 무엇인가 소식을 들을 수 있을 줄 알았더니, 당신은 저 성에 대해 달나라에 대해서보다도 모르는구려."

"기사님, 저는 간밤에 저기서 잤습니다. 마법의 침대에서요. 다른 어떤 침대도 비길 수 없지요. 아무도 그런 것은 본 일이 없습니다."

"당신이 그런 이야기를 하는 것을 듣게 되다니 놀랍구려. 당신의 거짓말을 듣는 것만으로도 즐거움이고 위안이 되오. 내게는 당신 이야기가 그저 이야기꾼이 지어 낸 이야기로만 들리니 말이오. 당신은 이제 보니 풍각쟁이구려. 나는 당신이 기사인 줄 알았고, 당신이 온 곳에서 무엇인가 무훈을 세웠으리라 생각했는데. 하여간 당신이 거기서 무엇인가 무훈을 보였는지, 거기서 무엇을 볼 수 있었는지 어디 한번 들어나 봅시다."

그래서 고뱅 경은 그에게 말했습니다.

"기사님, 제가 침대 위에 앉으니 궁전에는 거대한 요동이 일어났습니다. 제가 거짓말을 한다고는 생각하지 마십시오. 침대에 달린 끈들이 우지끈거리기 시작하더니 끈에 달려 있던 종들이 한꺼번에 울리기 시작했습니다. 그리고 닫혀 있던 창문들이 저절로 열리더니, 쇠뇌의 굵은 살과 날카로운 화살들이 저를 향해 날아와 제 방패에 박혔지요. 제 방패에는 크고 사납고 갈기 뻗친 사자의 발톱들도 박혀 있답니다. 이 사자는 어느 방에서 오랫동안 갇혀 있었는데, 한 상민이 놈을 데려다 저를 향해 풀어 놓았고, 놈은 어찌나 사납게 덤벼들어 제 방패에 발톱을 박아 넣었던지, 도로 빼지 못해 그대로 남게 된 거지요. 제 말이 정말 같지 않거든, 여기 이렇게 남아 있는 발톱들을 보십시오. 하느님 감사하게도, 저는 놈의 머리와 두 앞발을 한꺼번에 베어 버렸거든요. 여기 그 증거를 어떻게 생각하십니까?"

이 말에 기로믈랑은 지체 없이 말에서 내려 무릎을 꿇고는, 양손을 모아 쥐고 자기가 어리석게 말했던 것을 용서해 달라고 빕니다.

"용서해 드리고 말고요. 어서 말에 오르십시오."

기로믈랑은 어리석게 말한 것을 부끄럽게 여기며 다시 안장에 올랐고, 이렇게 말했습니다.

"기사님, 하느님이 보우하사, 저는 원근을 불문하고 세상 어디에도 지금 당신이 얻은 것 같은 명예를 얻을 기사는* 나타나지 않을 줄로만 알았습니다. 한데, 백발의 여왕님에 대해서도 말해 주십시오. 그분을 만나 보셨습니까? 그분께 누구이시며 어디서 오셨는지 여쭤 보셨습니까?"

"그런 생각은 단 한순간도 해 보지 못했습니다. 하지만 만나 뵈었고 말씀도 나누었지요."

"그렇다면 제가 알려 드리지요. 그분은 아더 왕의 모친이십니다."

"전능하신 하느님께 바치는 믿음에 걸고, 아더 왕께서는 오래전에 모친을 여의셨습니다. 제가 알기에는 벌써 육십 년도 더 지났을 텐데요."

"하지만 정말로 그분의 모친이십니다. 그분의 부친이신 우터 펜드라곤이 땅에 묻히자, 이게른 왕비께서는 모든 보물을 가지고 이 고장에 오셔서 저 암벽 위에 요새를 지으신 거지요. 당신이 내게 묘사해 보인 그 화려한 성과 궁전도 그분이 지었지요. 당신은 또 다른 여왕님도 보셨겠지요. 키가 크고 아름다운 그분은 로트 왕의 왕비이시고, 제 철천지원수인 고뱅의 모친이십니다."

"고뱅이라고요, 기사님. 저는 그를 잘 압니다. 이 고뱅이라는 사람도 어머니를 여읜 지 적어도 이십 년이 넘었다는 것을 확실히 말씀드릴 수 있습니다."

"그분은 여전히 살아 계시지요. 틀림없습니다. 그분은 어머니를 따라 이곳에 오셨는데, 그때 태중에 아기를 가지고 계셨지요. 숨김없이 말씀드리자면, 그 아기가 바로 제 애인인 날씬하고 아름다운 아가씨입니다. 그의 오라비에게는 천벌이 내려 마땅하지만! 제가 당신을 만나듯이 그를 만나기만 한다면, 그는 정말이지 목숨을 부지하기 어려울 겁니다. 그가 내 손에 들어오기만 하면, 그 당장 모가지를 잘라 버릴 작정이니까요! 그의 누이도 제가 그의 가슴에서 심장을 파내는 것을 막지는 못할 겁니다. 그 정도로 그를 증오합니다!"

"당신의 사랑은 제 사랑과는 무척 다르군요." 고뱅 경이 말합니다. "만일 제가 어떤 아가씨나 귀부인을 사랑한다면, 저는 그녀에 대한 사랑 때문에 그녀의 가족을 모두 사랑하고 섬길 텐데요."

"지당하신 말씀이고, 저도 동의합니다. 하지만 고뱅을 생각할 때면, 그의 아버지가 제 아버지를 어떻게 죽였는지를 생각할 때면, 도저히 그를 좋게 생각할 수가 없어요. 게다가 그도 자기 손으로 제 친사촌 중 하나였던 용감하고 훌륭한 기사를 죽였답니다. 그런데 저는 이제껏 그에게 복수할 기회가 없었지요. 하여간 제

부탁을 한 가지 들어 주십시오. 저기 저 성에 다시 가게 되면, 여기 제가 보내는 반지를 제 애인에게 전해 주십시오. 저는 그녀의 사랑을 믿고 있으며, 제가 새끼발가락 하나라도 다치기보다는 자기 오라비인 고뱅이 죽는 것을 더욱 기꺼이 받아들이리라 믿는다고 말입니다. 제 대신 제 애인에게 인사하시고, 그녀의 애인으로부터 이 반지를 전해 주십시오."

고뱅 경은 반지를 받아 새끼손가락에 끼고는 이렇게 말합니다.

"기사님, 당신은 대단히 예모 있고 현명한 애인을 두셨습니다. 지체 높고 아름답고 우아하고 너그러운 여인이로군요. 만일 그녀가 당신이 제게 말한 대로라면 말입니다."

상대가 말했습니다.

"기사님, 저를 대신하여 제 소중한 애인에게 이 반지를 전해 주시겠다니 대단히 친절하십니다. 저는 그녀를 몹시 사랑하니 말입니다. 보답하는 뜻으로 당신이 물었던 저 성의 이름을 알려 드리지요. 저 성은 로슈 드 캉갱*이라 한답니다. 저기서는 녹색*이나 핏빛의 피륙과 고운 모직 천을 짜서* 내다 판답니다. 자, 원하시는 대로 거짓 없이 말했고, 당신도 제게 잘 대답해 주셨습니다. 내게 다른 것을 물으시렵니까?"

"아니오, 기사님. 이제 그만 가 보렵니다."

그러자 상대방이 한마디 더 했습니다.

"기사님, 폐가 되지 않는다면, 헤어지기 전에 당신의 이름도 내게 알려 주시오."

그러자 고뱅 경이 말했습니다.

"기사님, 하느님이 보우하사, 제 이름은 당신에게 숨겨지지 않을 것입니다. 저는 당신이 그토록 증오하는 바로 그 사람입니다. 제가 고뱅입니다."

"당신이 고뱅이라고?"

"그렇소. 아더 왕의 조카요."

"정말이지 당신은 겁이 없구려. 내가 당신을 죽도록 미워하는 것을 알면서 이름을 말하다니. 내 투구 끈을 조이고 목에 방패를 걸고 나오지 않은 것이 유감이오. 만일 당신처럼 제대로 무장만 갖추었다면 지금 당장이라도 사정없이 목을 베어 버릴 텐데. 하지만 감히 나를 기다리겠다면, 내 가서 무장을 하고 돌아와 당신과 싸우겠소. 그리고 내 부하를 서너 명 데리고 와 우리 결투를 참관하게 하겠소. 하지만 당신이 원한다면, 달리 해도 좋소. 칠일 동안 기다렸다가, 칠 일째 되는 날 정식으로 무장을 하고 다시 이 장소로 오는 거요. 당신은 왕과 왕비와 그의 모든 신하를 데려오고, 나도 여기에 내 왕국의 백성들을 불러 모으겠소. 그러면 우리 결투가 은밀히 행해지지 않고 여기 온 모든 사람이 보게 될 거요. 우리 같은 용자(勇者)들의 결투는 은밀히 행해질 것이 아니라, 기사와 귀부인들이 참관하는 것이 마땅하오.* 그래야 우리 중 누가 싸움에 패하면, 모든 사람이 알게 될 것이고, 승자는 자기 외의 아무도 모르는 것보다 훨씬 더 큰 영광을 누리게 될 것이오."

"기사님," 하고 고뱅이 말합니다. "저는 그렇게까지 하고 싶지 않습니다. 가능하면 이 싸움이 일어나지 않기를 바라고, 만일 제가 당신에게 무슨 잘못을 했다면 당신의 친구들과 제 친구들이 보기에 정당하고 공정한 보상을 해 드리겠습니다."

그러나 상대는 말했습니다. "당신이 감히 나와 싸울 엄두가 나지 않는다면, 달리 어떻게 정당한 보상을 하겠다는 건지 모르겠소. 나는 당신에게 두 가지 제안을 했소. 당신이 원하는 대로 선택하시오. 만일 그럴 용기가 있다면, 내가 무기를 가지고 올 동안 여기서 기다리든지, 아니면 지금부터 칠 일째 되는 날까지 당신 나라에서 힘닿는 데까지 사람들을 불러오든지 말이오. 성신 강림절에는 아더 왕의 궁정이 오르카니*에서 열린다는 소식을 들었소. 여기서 이틀 길밖에 안 되는 거리요. 당신의 전령은 거기서 왕과 그의 부하들이 이미 채비를 갖추고 있는 것을 보게 될 거요. 그러니 사람을 보내시오. 그러는 편이 현명할 거요. 속담에도 있듯이 '하루를 지체하면 백 냥을 번다' 하지 않소."

이제 그가 대답합니다. "하느님이 보우하사, 궁정은 분명 거기서 열릴 겁니다. 당신이 정확한 소식을 알고 있군요. 이 손으로 맹세컨대, 내일 당장, 아니면 오늘 자기 전에라도, 누군가를 그리로 보내겠습니다."

"고뱅, 나는 당신을 세상에서 가장 훌륭한 다리로 데려다 주겠소. 이 강은 물살이 빠르고 깊어서 아무도 지나갈 수도 건너뛸 수가 없으니 말이오."

그러나 고뱅 경은 대답합니다.

"저는 제게 무슨 일이 일어나든 다리도 얕은 물목도 굳이 찾지 않겠습니다. 심술궂은 아가씨가 나를 비겁하다고 비난하는 것을 듣게 되느니 애초에 그녀에게 약속했던 대로 곧장 그녀에게 돌아가겠습니다."

그러더니 말에 박차를 가했고, 말은 힘차게 물 위를 건너뛰었습니다.

8916

그에게 그토록 심한 말을 퍼부었던 아가씨는 그가 자기 쪽으로 오는 것을 보고는 나무에 매어 놓았던 말고삐를 풀고는 걸어서 그를 향해 옵니다. 그녀는 마음도 태도도 달라진 듯, 그에게 공손히 절하며, 자기 때문에 그가 심한 고생을 한 데 대해 용서를 구하러 왔다고 말합니다.

"기사님," 하고 그녀가 말합니다. "제가 저와 동행하려는 세상 모든 기사들에게 그처럼 못되게 굴었던 이유를 들어주세요. 귀찮게 여기지 않으신다면, 말씀드리고 싶어요. 천벌을 받을 그 기사, 강 건너편에서 당신과 이야기했던 그 기사는 자기 멋대로 저를 사랑의 표적으로 삼았답니다. 그는 저를 사랑했지만 저는 그를 증오했지요. 그는 제 애인이었던 사람을 죽였으니까요. 그러고는 제게 잘해 주면 저도 자기를 사랑하게 만들 수 있을 줄 알았겠지요. 하지만 헛수고였어요. 저는 기회가 생기자마자 그에게서 달아나, 오늘 당신이 제게서 떠나보내신 그 기사에게로 갔으니까요. 사실 그 기사는 제게 전혀 중요한 사람이 아니에요! 첫 애인 때문에, 죽음이 우리를 갈라놓은 뒤로, 저는 오랫동안 제 정신이 아니어서 험한 말만 골라 쓰면서 어리석게 굴었던 것이지요. 누구든 상관없이 괴롭혔지만, 일부러 그랬던 것이에요. 누군가를 몹시 성나게 해서 저를 갈가리 찢어 죽이게끔 말이에요. 저는 벌써 오래전부터 차라리 죽고 싶었거든요! 존경하는 기사님, 제게 벌을 내려 주세요. 제 얘기를 듣고 다시는 어떤 아가씨도 기사에게 욕되는 말을 하지 않게 말이에요!"

"아가씨" 하고 그는 말합니다. "제가 왜 당신에게 벌을 내리겠습니까? 우리 주님께 맹세코 제가 당신께 해를 끼칠 일은 없을 것입니다. 어서 안장에 오르세요. 저기 성까지 함께 갑시다. 나루에서 사공이 우리를 건네주려고 기다리고 있습니다."

"기사님," 하고 아가씨가 말했습니다. "당신의 뜻이라면 무엇이든 따르겠어요."

그녀가 다시금 갈기가 긴 작은 의장마에 올라타자, 그들은 뱃사공에게로 갔고, 그는 그들을 강 건너편까지 전혀 힘들지 않게 건네주었습니다.

8978

그로 인해 그토록 슬퍼하던 귀부인들과 아가씨들은 그가 오는 것을 봅니다. 성안의 모든 사동들이 슬픔으로 제정신이 아니었는데, 이제 다들 어찌나 기뻐하는지, 그런 모습은 일찍이 본 적이 없을 정도였습니다. 궁성 앞에는 여왕이 앉아서 그를 기다리고 있었습니다. 그녀는 모든 아가씨들이 서로서로 손을 잡고 춤추게 하는 것으로 잔치를 시작했습니다. 그를 맞이하기 위해, 그들은 노래와 원무와 춤으로 기쁜 잔치를 시작합니다. 그가 와서 그녀들의 한복판에서 말을 내립니다.

귀부인들과 아가씨들, 두 명의 여왕이 그의 목을 끌어안고 기쁜 말을 건넵니다. 그를 환영하며 팔과 다리에서, 머리끝에서부터 발끝까지, 무장을 풀어 줍니다. 그가 데려온 아가씨도 기쁘게 맞이했고, 남녀가 모두 그녀의 시중을 들었지만, 그것은 그를 위해서입니다. 그녀만을 위해서라면 그렇게 하지 않았을 것입니다.

모두 기뻐하며 궁전으로 가서, 함께 앉았습니다. 고뱅 경은 누이를 데려가 자기 옆, 마법의 침대 위에 앉게 합니다. 그는 그녀에게 나직이 귀엣말을 합니다.

"아가씨, 강 저편으로부터 당신께 진한 녹색 에메랄드가 박힌 금반지를 가져왔답니다. 한 기사가 당신께 이것을 정표로 보내며 인사를 전하더군요. 당신이 바로 자기가 사모하는 연인이라면서."

"기사님," 하고 그녀가 말합니다. "저는 그의 말을 믿지만, 설령 제가 그를 사랑한다 해도, 저는 그저 멀리서 그의 애인일 뿐이에요. 저 강물을 사이에 두고서밖에는 그도 저를 본 적이 없고 저도 그런 걸요. 그런데 감사하게도 그는 오래전부터 제게 자기 사랑을 주었어요. 그는 강 건너 이쪽으로는 온 적이 없지만, 사람들을 보내 너무나 간청하기 때문에 저도 그에게 제 사랑을 허락한 것이 사실이에요. 하지만 아직 그 이상으로는 그의 애인이 아니에요."

"아가씨, 그의 말로는 당신이 그가 발끝이라도 다치는 것보다는 차라리 친오라버니인 고뱅 경이 죽는 것이 낫다고 할 거라던데요."

"어머나, 기사님, 그가 그런 터무니없는 말을 하다니 정말 놀랐어요. 맹세코, 저는 그가 그렇게 무례하다고는 생각하지 않았는데요. 제게 그런 말을 전하다니 그는 정말 뻔뻔하군요. 하긴, 제 오라버니께서는 제가 태어난 줄도 모르신답니다. 그는 저를 보신 적이 없으니까요. 하지만 기로믈랑은 잘못 말한 거예요. 제 영혼을 걸고 말씀드리지만, 저는 제 불행을 바라지 않는 것만큼이나 오라버니의 불행을 바라지 않아요."

두 사람이 그렇게 이야기하는 것을 노부인들은 유심히 지켜봅니다. 연로한 여왕님은 자기 곁에 앉은 딸에게* 말했습니다.

"애야, 저기 네 딸, 그러니까 내 손녀딸 곁에 앉은 기사를 어떻게 생각하느냐? 그는 저 애에게 한참 동안이나 귀엣말을 하는데, 무슨 얘기인지 모르지만, 보기 좋구나. 우리가 슬퍼할 이유가 없지. 그가 이 궁전에서 가장 아름답고 가장 착한 아이 곁에 머무는 것은 그의 마음이 고상한 탓이 아니겠느냐. 라비니아가 아이네아스의 마음에 들었듯이* 저 애가 그의 마음에 든다면, 두 사람이 결혼해도 좋겠지!"

"마마," 하고 다른 여왕이 말합니다. "부디 그가 저 애에게 마음을 두어 그들이 오라비와 누이처럼 되었으면, 그가 저 애를 사랑하고 저 애가 그를 사랑하여 두 사람이 한 몸이 되었으면 좋겠습니다."

그녀가 이렇게 말한 뜻은 그가 자기 딸을 사랑하여 아내로 맞이했으면 하는 것이었습니다. 그녀는 자기 아들을 알아보지 못했던 것입니다. 하지만 그들은 그런 사랑이 아니더라도 오라비와 누이처럼 되겠지요. 그녀가 누이동생이고 그가 오라버니인 것을 알게 되면 말입니다. 그러면 어머니는 기대했던 것과는 전혀 다른 기쁨을 누리게 될 것입니다. 고뱅 경은 아름다운 누이동생과 여전히 누이와 한참 이야기하던 고뱅 경은 몸을 돌려* 자기 오른편에 보이는 사동을 부릅니다. 방 안에 있는 모든 사동 중에서 가장 활발하고 용감하고 지혜와 총기가 있어 일을 맡기기에 적당해 보이는 젊은이였습니다. 그는 그 젊은이만 데리고 아래층 방으로 내려갑니다. 그곳에서 단 둘이 있게 되자, 그는 젊은이에게 말했습니다.

"이보게, 보아하니 자네는 덕과 지혜와 수완을 갖춘 것 같네. 내가 자네에게 한 가지 비밀을 맡길 터이니, 자네 혼자만 알고 있게나. 내가 자네를 어디 좀 보내려 하는데, 그곳에서는 자네를 크게 반길 걸세."

"나으리, 비밀을 지키라 하신 말씀 중 단 한마디라도 제 입에서 새어 나가느니 차라리 혀를 뽑히는 것이 낫겠습니다."

"그렇다면 내 주군이신 아더 왕의 궁정에 좀 다녀오게. 나는 사실 그의 조카 고뱅일세. 길은 멀지도 험하지도 않다네. 전하께서는 성신 강림절에 오르카니 시에서 궁정을 열기로 하셨으니까. 거기까지 가는 데 드는 비용은 내게 맡기게나. 자네가 가 보면 전하께서는 아마 울적해 계실 걸세. 하지만 자네가 그분께 내 인사를 전해 드리면 그분은 크게 기뻐하실 테고, 그 소식을 듣고 기뻐하지 않는 이가 없을 걸세. 전하께 이렇게 말씀드리게. 그분은 내 주군이시고 나는 그분의 신하이니 나에 대한 그분의 신의를 보아, 축일의 다섯째 날에는 무슨 일이 있어도 이 탑 아래, 저 초원으로 오시라고 말일세. 그리고 큰 자든 작은 자든 궁정에 와 있는 모든 사람을 데리고 오시라 하게. 나는 전하와 나를 하찮게 여기는 한 기사와 결투를 하기로 했다네. 그는 바로 기로플랑이라는 자로, 그분을* 죽도록 미워한다네. 또 왕비님께도 가서, 그분과 나 사이의 신의를 걸고 역시 오시라고 하게나. 그분은 내 여주인이시고 벗이시니,* 소식을 들으면 반드시 오실 걸세. 그리고 나를 위해 그날 그분의 궁정에 모인 모든 귀부인과 아가씨들을 데리고 오시라 하게. 하지만 한 가지 걱정은 자네가 거기까지 속히 타고 갈 만큼 빠른 사냥말이 없다는 걸세."

그러자 사동은 크고 빠르고 튼튼한, 훌륭한 말이 한 마리 있는데 자기 말처럼 탈 수 있으리라고 대답합니다.*

"그거 잘됐군."* 그가 말합니다.

사동은 즉시 그를 마구간으로 데려가더니 충분히 휴식을 취한 튼튼한 사냥말 중에서 한 마리를 데리고 나옵니다. 새로 편자를 박아 먼 길을 갈 준비가 되어 있는 말이었습니다. 안장도 고삐도 모두 준비되었습니다.

"정말이지" 하고 고뱅 경이 말합니다. "자네는 장비를 잘 갖추었구먼. 자, 그럼 가 보게. 만왕의 주께서 자네에게 갈 때나 올 때나 평탄한 길을 주시고 바른 길로 인도해 주시기 바라네!"

그는 사동을 물가까지 배웅해 주고, 뱃사공에게 그를 강 건너편으로 데려다 주라고 이릅니다. 사공은 힘들이지 않고 그를 건네줍니다. 그에게는 노잡이들이 충분히 있었으니까요.

건너편에 이른 사동은 곧장 오르카니 시로 가는 길을 따라 갑니다. 온 세상 어디서도 묻기만 하면 길을 찾을 수 있는 법이니까요.

고뱅 경은 궁전으로 돌아와, 즐거운 놀이가 벌어지는 가운데 휴식을 취합니다. 모두 그를 사랑하고 섬깁니다. 여왕은 목욕실을 준비하고 오백 통의 물을 데워 모든 사동을 더운물에 목욕하게 합니다. 목욕을 하고 나온 그들을 위해 새 옷이 준비되어 있었습니다. 옷감은 금실로 짜였고, 모피는 담비였습니다. 교회에서 조과(朝課)를 마치기까지 사동들은 한 번도 무릎을 꿇지 않고 선 채로 밤샘을 했습니다. 아침이 되자 고뱅은 그들 한 사람 한 사람에게 오른쪽 박차를 손수 달아 주고 검을 채워준 뒤 입을 맞추고* 기사로 만들어 주었습니다. 그리하여 그는 적어도 오백 명의 새로 서임된 기사들과 함께 있게 되었습니다.

9198

사동은 마침내 오르카니 시에 이르렀습니다. 그곳에서 왕은 절기*에 걸맞은 성대한 궁정을 열고 있었습니다. 지나가던 절름발이와 병자들이 사동을 보자 말했습니다.

"저 친구는 급한 일로 왔구먼. 먼 데서부터 궁정에 소식을 가져온 것 같아. 무슨 소식인지는 모르지만, 가 봤자 왕은 시름에 잠겨 아무 말도 듣지도 하지도 않을 텐데. 게다가 전하는 말을 듣는다 해도 누가 왕에게 필요한 조언을 해 줄 수 있겠어?"

"집어치워!" 또 다른 사람들이 말합니다. "왕에게 조언을 하든 말든 너한테* 무슨 상관이야? 하느님의 이름으로 우리를 모두 지켜 주고 사랑*과 자선으로 우리에게 선을 베풀어 주던 이를 잃은 마당에, 낙심하고 슬퍼하는 것이 마땅하지!"

그렇게 온 도시에서는 고뱅 경을 사랑하던 가난한 이들이 그를 애도하고 있었습니다.

사동은 그 앞을 지나 계속 나아간 끝에 궁전에 있는 왕에게 이르렀습니다. 그곳에는 백 명의 궁정백(宮庭伯)*과 백 명의 왕과 백 명의 공작이 앉아 있었습니다. 왕은 자기 신하들이 모두 모였지만 조카가 보이지 않자 시름에 잠긴 나머지 혼절하여 쓰러졌습니다. 모두 급히 달려와서 그를 일으켰습니다.

로르 마님은 회랑 한쪽에 앉아서 온 궁정의 애도를 지켜봅니다. 그녀는 서둘러 회랑에서 내려와 황급히 왕비에게 달려갑니다. 왕비는 그녀를 보자, 무슨 일이냐고 묻습니다.

9234

7 "대인" : "preudome"이란 지혜와 덕망이 높은 사람을 뜻하는 말이므로 대인군자(大人君子)라 할 때의 "대인" 정도로 옮겨 보았다. 그러나 실제로 preudome라는 말은 상당히 폭넓게 쓰이는 것을 볼 수 있다. 경우에 따라서는 단순히 풍채가 점잖은 이를 가리키기도 하고 〔"담비 옷을 입은 한 대인이 다리 위를 한가로이 거닐면서 다가오는 객을 기다리고 있었습니다"(v.1352~1354); "그곳에서는 대인 두 사람과 한 소녀가 그를 맞이하러 나옵니다"(v.1788~1789)〕, 반대로 아주 적극적인 의미를 담아 쓰이기도 한다〔"그를 대인이라 하시니 옳으신 말씀이에요(……) 리시에 성인에 맹세코 그분이야말로 대인이시지요!"(v.1894~1900)〕. 여기서는 어의를 분명하게 하기 위해 "le plus preudome"를 "덕망 높은 대인"로 옮기되, 문맥에 따라 "덕망 있는 이", "대인", "점잖은 분", "귀인", "장자" 등으로 옮기기로 한다.

"백작 필리프" : 알자스 백작 필리프(Philippe d'Alsace, 1143~1191). 플랑드르 백작 티에리 달자스(Thierry d'Alsace)와 시빌 당주(Sibylle d'Anjou)의 아들. 시빌 당주는 예루살렘 왕 풀크의 딸이므로 필리프는 풀크 왕의 외손자, 곧 유명한 문둥이 왕 보두앵 4세와 친사촌간이다. 1157년 이후(아버지 티에리는 팔레스타인에 가 있을 때가 많았으므로) 사실상 플랑드르 백작이었고, 1167년 결혼한 뒤로는 베르망두아 백작을 겸했다. 1177년 그 자신도 성지에 다녀온 뒤에는 프랑스 왕 루이 7세의 아들인 장차의 존엄왕 필리프(필리프 오귀스트)의 후견인이 되어 세력을 잡았으나, 1180년대 초에는 바로 이 존엄왕과 플랑드르를 놓고 전쟁을 벌이게 되었다. 1183년 상처한 뒤에는 그 전해에 과부가 되었던 마리 드 샹파뉴(Marie de Champagne, 1145~1198, 루이 7세와 알리에노르 다키텐의 딸)에게 구혼하기 위해 트루아의 궁정에 자주 드나든 것으로 알려져 있다. 크레티앵은 아마도 이후 어느 시기에 필리프로부터 『그라알 이야기』의 원본이 되었다는 '책'을 받아이 작품을 쓰기 시작했을 것으로 추정된다. 그리고 그것은 1190년 필립이 제3차 십자군 원정에 출정하기 이전이었을 것이다.

"알렉상드르": 대체로 알렉산드로스 대왕을 가리키는 것으로 이해된다. 당시 알렉산드로스는 『알렉상드르 이야기(*Roman d'Alexandre*)』 같은 고대 소재 소설(roman antique)을 통해 널리 알려진 인물이었고, 크레티앵 자신도 전작인 『클리제스(*Cligès*)』에서 대왕을 칭송한 바 있다. 여기서 "알렉상드르 속에는 온갖 악덕과 죄악이 쌓여 있었다"라는 말은 필리프 백작의 고귀하고 관대한 품성에 비하면 유명한 알렉산드로스 대왕조차도 악하게 여겨진다는 정도로 이해하면 될 것이다. 일설에 따르면 남불의 카타리파 탄압으로 유명한 알렉산데르 교황을 가리킨다고도 하지만 널리 받아들여진 주장은 아니다.

8 "자비": 뒤에 나오는 "하느님은 자비이시며 자비 안에 사는 자는 하느님 안에, 하느님이 그 안에 거하는 것"(요한일서 4:16)이라는 성구는 "하느님은 사랑이시며······"라는 번역으로 더 잘 알려져 있다. "carité"를 '사랑'이 아니라 "자비"로 옮긴 것은 'amour'와 구별하기 위해서이다.

"바울 성인": 뒤에 나오는 성구는 사도 바울이 아니라 요한이 한 말이다. 단순한 실수인지 아니면 다른 뜻이 있는지는 확실하지 않다.

9 "나무들이 피어나는": A와 B 사본에는 "florissent(florir, 꽃이 피다)", T 사본에는 "foillissent(foillir, 잎이 피다)."

"들판과~푸르러집니다": A와 B 사본에는 "수풀은 잎이 피고, 풀밭은 푸르러집니다."

"거친 숲": "la gaste forest soutaine"에서 "gaste"라는 말은 'Terre Gaste(황무지)'에서처럼 '황량한'이라는 말로도 옮길 수 있겠지만, 봄이 되어 초목이 피어나는 숲을 '황량한 숲'이라 하는 것은 어폐가 있으므로 "거친 숲"으로 옮겼다.

"과부 마님": A와 B 사본에는 "과부 마님의 아들(li filz a la veve dame)", T 사본에는 "과부 여인의 아들(le fix a la veve fame)". 그러나 전자가 더 널리 알려진 호칭이므로 이를 택했다.

"귀리 밭을 가는 것이었습니다": A 사본에는 "qui ses aveinnes li herchoient", B 사본에는 "qui ses avaines li erchoient", T 사본에는 "qui ses avaines li semoient." 앞의 두 사본은 "귀리밭을 (쇠스랑으로) 고르고 있었다", T 사본은 "귀리를 씨 뿌리고 있었다"인데, "열두 마리 소와 쇠스랑 여섯 개"라는 말로 보아 '(씨를 뿌리기 위해) 밭을 갈고 있었다' 정도로 이해하면 될 것이다.

"기쁘게 했습니다": 사본에는 문단이 나누어져 있지 않으나, 뤼시앵 풀레(Lucien Foulet)의 역본에 준하여 문단을 나누었다.

"전속력으로": A 사본에는 "ces qui viennent plus que le pas", B 사본에는 "ces qui viennent plus que lo pas", T 사본에는 "ciax qui ver lui vienent le pas". 앞의 두 사본은 "전속력으로", T 사본은 "평보로" 즉 '말의 가장 느린 걸음으로'인데, 요란한 소리를 내며 다가온다는 것으로 보아 전자가 더 어울릴 것이다.

"소년": "vallet"라는 말을 풀레는 그대로 "valet", 멜라(Charles Méla)는 "jeune homme", 그리고 영역자 브라이언트(Nigel Bryant)는 "boy"로 옮겼다. 우리는 일단 "소년"으로 시작하여, 주인공이 기사로 성장한 다음에는 "젊은이"라는 말로 바꾸기로 한다. 호칭에서는 처음부터 "젊은이"로 옮겼다.

"세상에서 가장 무서운" : A 사본에는 "plus esfreé que rien del mont", B 사본에는 "plu esfraee chosse do mont", T 사본에는 "les plus laides choses del mont." 앞의 두 사본은 "세상에서 가장 무서운", T 사본은 "세상에서 가장 추한"인데, 아직 기사들의 모습이 보이기 전이므로 전자를 따르기로 한다.

10 "그에게 기도하고 영광 돌리라고" : A 사본에는 "qu'an doit Deu croire et aorer / et soploier et enorer", B 사본에는 "qu'an doit croirre et aorer / celui qui doit nos cors salver", T 사본에는 "qu'en doit Dieu sor toz aorer / et suppliier et honore." A 사본은 "하느님을 믿고 의지하며 기도하고 영광 돌리라고", B 사본은 "우리 몸을 구원하실 이를 믿고 경배하라고."

11 "기사님" : 등장인물들의 상호간 호칭으로 많이 나오는 "sire"라는 말은 상황에 따라 '기사님', '전하', '영주님', '대장님' 등 다양하게 옮길 것이다.

"던지는 거라는 말씀인가요" : "창(lance)"이라는 말에 그럼 그걸 **던지는 거냐**(c' on *la lance*)고 되물은 것.

12 "방패 가장자리를 잡아" : A 사본에는 "Li vaslez au pan de l'escu / le prant", B 사본에는 "Li vallez au pain de l'escu / Lo prant", T 사본에는 "Li vallés al pié de l'escu / Le prent." A와 B 사본은 방패 가장자리를, T 사본은 방패 아랫부분을 잡은 것으로 이야기한다. "가장자리"가 좀 더 자연스러울 듯하여 그쪽을 택했다.

"평보로" : A 사본에는 "trestot le pas", B 사본에는 "trestout le pas", T 사본에는 "plus que le pas." 앞의 두 사본은 "평보"이고, T 사본은 "전속력으로"인데, 이 기사들은 우두머리로부터 뒤에 남으라는 명령을 받았던 터이므로 이 대목에서는 "평보"가 더 어울릴 것이다.

"웨일스 놈" : '웨일스 인은 촌놈'이라는 통념은 웨일스, 스코틀랜드와의 전쟁을 겪은 앵글로-노르만 인들이 자신들보다 비교적 덜 문명

화된 이들에 대해 지난 날 로마 인들이 타민족에 대해 취하던 태도를 답습한 데서 비롯되었다. 특히 윌리엄 오브 맘즈버리의 『잉글랜드 왕들의 행적(*Deeds of the Kings of England*)』(1125) 이후로는 웨일스 인을 야만인으로 취급하는 태도가 널리 퍼졌다. 물론 아더 왕 자신도 웨일스 인들과 뿌리를 같이하는 브리튼 인이지만, 아더 왕의 궁정은 문명과 기사도의 중심으로 앵글로-노르만 궁정과 동일시되었기 때문에 웨일스 출신인 페르스발은 '촌놈'으로 묘사된 것이다.

13 "쇠로 된 것이니까": A 사본에는 "— De fer est il? — Ce voiz tu bien", B 사본에는 "Qu'il est de fer, ce voiz tu bien", T 사본에는 "Qu'il est de fer, ce vois tu bien." 이 대목에서는 사본 B와 T가 일치하고 A가 다른데, A처럼 읽으면 이렇게 된다; "쇠로 만들었나요?" "보는 대로일세."

14 "발본": A와 B 사본에서는 "발돈(Valdone)", T 사본에서는 "발본(Valbone)."

15 "카르두엘": A와 B 사본에서는 "카르두엘(Carduel)", T 사본에서는 "카르되일(Cardoeil)." 흔히 아더 왕의 궁정은 '카멜로트(Camelot)'에 있다고 알려져 있지만, 사실 크레티앵 드 트루아의 작품에서는 『랑슬로』의 서두를 제외하고는 대개 '카르두엘'로 되어 있으며, 카멜로트가 널리 언급되기 시작하는 것은 13세기에 들어서이다. 카멜로트이건 카르두엘이건 간에 정확한 위치는 알려지지 않았으나, 카르두엘은 대체로 잉글랜드 북서부의 칼라일(Carlisle)일 것으로 추정된다.

"가르쳐 줄 사람이 있을 걸세": A 사본에는 이다음에 17행이 더 있다. "그런데 자네 이름을 내게 가르쳐 주기 바라네. — 기사님, 그야말씀드리지요. 제 이름은 '귀한 아들'이에요. — 귀한 아들이라고? 내 생각에는 자네한테 다른 이름도 있을 텐데. — 기사님, 저는 '귀한 도련님'이라는 이름도 있어요. — 그렇군. 하지만 자네가 내게 정말을 말한다면 자네의 정식 이름을 알고 싶다네. — 기사님, 정말로 말씀드릴 수 있어요. 제 정식 이름은 '귀한 주인님'이에요. — 정말이지, 귀한 이름이로군. 다른 이름이 더 있나? — 아니요, 기사님. 다른 이름은 전혀 들어 보지 못했어요. — 정말이지 내가 들어 본 가장 신기한 얘기로군. 앞으로도 이런 얘기는 듣지 못할 걸세." Biax Filz, Biau Frere, Biau Sire 등은 직역하면 각기 아름다운 아들, 형제, 주인이 되는데, 이처럼 자신의 진짜 이름을 알지 못한 채 관계 속의 지칭으로만 알려진 주인공은 중세 설화에 흔히 등장한다. 처음에는 자기 이름도 모르다가 갖가지 모험을 겪으면서 자신의 정체성을 찾아가는 이른바 '미지의 가인(Bel Inconnu)'이 그 전형적인 인물로, 『그라알 이야기』 도입부의 페르스발은 많은 점에서 미지의 가인과 비슷하다.

16 "천사들과 우리 주 하느님이야말로" : A 사본에는 "que li enge Deu nostre sire", B 사본에는 "Que li ange Dé nostre sire", T 사본에는 "Que li angle et Diex, nostre Sire." 앞의 두 사본은 "우리 주 하느님의 천사들."

18 "세상을 떠났고" : B 사본에는 "맏이에게는"부터 여기까지 5행이 없다. "남겨 주지 않았거든" : B 사본에는 "하느님께서는"부터 여기까지 2행이 없다.

19 "각의(脚衣)" : "chausses"란 다리 전체를 덮는 긴 양말 비슷하게 생긴 옷인데〔무릎 아래를 감싸는 '각반(脚絆)', '행전(行纏)' 등과는 다르다〕, 달리 적절한 역어가 없어 "각의"라는 말을 써 보았다.

"하느님 뜻이라면, 그리고 난 그러리라 믿지만" : A 사본에는 "se Deu plest, et je le lo", B 사본에는 "Se Deu plaist, et je lo vos lo", T 사본에는 "se Dieu plaist, et le le croi." 앞의 두 사본은 "하느님 뜻이라면, 그리고 난 이미 허락했지만".

20 "남자들과 여자들을" : A와 B 사본에는 "et homes et bestes I mist", T 사본에는 "Et homes et femes I mist." 앞의 두 사본에 따르면 "사람들과 짐승들을".

21 "경배하라고 하는 거야" : A와 B 사본에는 이어 4행이 더 있다. "이제

부터는 저도 기꺼이 교회와 수도원에 가겠어요. 약속드릴게요(Donc irai ge mout volantiers / es iglises et es mostiers / fet livaslez, d'or en avant. / Ensi le vos met an covant)."

22 "일념으로 길을 가다가": A와 B 사본에는 "말을 달리다가".

"수도원이야말로 세상에서 가장 아름다운 곳이라고": B 사본에는 "수도원이야말로"로 시작되는 1행이 없다.

"동행은 숲에 가 있었고": A 사본에는 "동행이 없이 홀로(tote seule sanz conpaignie)", B 사본에는 "동행은 멀리 가 있었고(Mais loig estoit sa compaignie)."

23 "돌아오고 있었습니다": "거기서 멀지 않은 곳에……"라는 문장은 A 와 T 사본에는 없고 B 사본에만 있다.

"일곱 번이나": A와 B 사본에는 "스무 번이나."

24 "절대 안 돼요": B 사본에는 "강제로" 이하 2행이 없다.

26 "사혈": 고대와 중세 의학에서 사혈은 인체의 네 가지 체액의 균형을 맞추기 위해 사용된 방법인데, 중세에는 수의학도 이를 본떠 말에게 사혈을 실시했다고 한다.

27 "양반": A와 B 사본에는 이 부르는 말이 상민을 가리키는 "Vilains" 으로 되어 있다. T 사본에서는 "Preudom."

28 "자기 땅을 내게서 받고 싶지 않다면": 즉 "내 봉신이 되고 싶지 않다면."

"네모반듯한": 직역하면 "폭이 넓은 만큼이나 긴."

29 "이봐요": A와 B 사본에는 "젊은이(Vaslez /Vallez)", T 사본에는 "Vassal." 이 말은 가신(家臣), 봉신(封臣) 등의 뜻이지만, 호칭으로 쓰면 무례하게 불쑥 부르는 뉘앙스가 있다.

"예의 바른": "co(u)rtois"라는 말이 여기에서 처음 나오는데, 'co(u)rt(궁정)'이라는 말에서 파생된 이 말은 'amour courtois(궁정풍 사랑)'이라고 할 때처럼 '궁정풍'이라고 옮기기도 하지만, 단순히 '(궁정풍의) 예의를 아는, 예의 바른, 예모 있는, 고상한, 세련된'

정도로 옮기는 편이 나을 때도 있다.

"캥크루아": A와 T 사본에는 "Quinqueroi", B 사본에는 "Guingueroi."

30 "사동": 페르스발을 가리키는 "vallet"는 "소년"으로, 그 밖의 "vallet"
는 "사동"으로 옮겨 구분했다.

"유익이 되도록": A와 B 사본에는 "하느님께 맹세코 내게는 명예가
되고 그대에게는 유익이 되도록 이루어질 거요(Fet iert, a Damedeu
le veu, / a m'annor et a vostre preu)."

31 "집사장": "seneschal." 고대 프랑크 어로 '가장 나이 많은 하인'을
뜻하는 'siniskalk'에서 왔다. 아더 왕의 젖형제였던 집사장 쾨는 수
려한 외모에도 불구하고 입이 험하여 말썽을 일으키는 인물로 그려
지곤 한다.

"조롱하다니 잘못이오": A 사본에는 "Kex, fet li rois, por Deu
merci, / trop dites volantiers enui, / si ne vos chaut onques a cui",
B 사본에는 "Keux, fet li rois, por Dé merci, / Trop dites volantires
anui, / Si ne vos chaut onques a cui." "쾨, 제발 그만두오! 그대는
불쾌한 말을 너무 쉽게 하는구려. 가리지도 않고 아무한테나."

"대인답지 못하구려": 직역하면 "preudome으로서는 아주 나쁜 짓
이오."

"현명하고 용감해질 수도 있소": A 사본에는 "ancor puet preuz et
saiges estre", B 사본에는 "Encor puet preuz et saiges estre", T 사
본에는 "Encore puet preus vassaz estre." 이 대목은 앞의 사본들처
럼 읽는 것이 나을 듯하다. T 사본만 "그는 용감한 신하가 될 수도 있
소"로 다르다.

32 "여섯 해": A와 T 사본에는 "육 년", B 사본에는 "십 년."

"바보": 궁정의 어릿광대를 말한다. 바보와 예언자는 '어리석음, 광
기(folie)'라는 점에서 일맥상통한 것으로 여겨졌다.

33 "디딤돌": "perron." 대개 대청 밖에 놓여 있는 것으로, 기사들이 말
에서 오르내릴 때 디딤돌 역할을 하는 큼직한 돌이다.

34 "칼집을": A와 B 사본에는 칼집(fuerre, feurre)을, T 사본에는 칼(espee)을 잡아당기는 것으로 되어 있는데, 문맥상 전자가 나을 것이다.

"하나로 되어 있는걸": B 사본에는 "이것들은" 이하 여기까지 4행이 없음.

"각갑": "chausse"는 긴 양말처럼 생긴 옷으로 braie와 연결하여 입는다. 앞에서 이 두 가지를 각기 각의(脚衣)와 고의(袴衣)라는 말로 옮긴 바 있다. 그러나 여기서 chausse는 갑옷의 일부로 다리를 감싸는 것이므로 각갑(脚甲)이라는 역어를 시도해 보았다.

35 "달아 주었습니다": A 사본에는 "투박한" 이후 1행이 없음.

"가르쳐 줍니다": A 사본에는 "et de l'espee li anseigne / que laschet et pandant la ceigne", B 사본에는 "Et de l'espee li ensaigne / Que l'ait chiere et si la ceigne", T 사본에는 "Et de l'espee li ensaigne / Que bien lasque et pandant le chaine." 세 사본 중에서 A가 가장 뜻이 명확하므로 그렇게 옮긴다.

"전투마": 지금까지 주인공이 타고 있던 말은 사냥말(chaceor)인 데 비해, 지금 이 말은 전투마(destrier)이다. 여성들이 타는 말은 의장마(palefroi)이다.

36 "왕은 여전히 울적한 채 말합니다": A와 B 사본에는 "fet li rois, qui an sa grat ire / estoit ancor"로 되어 있으며, T 사본에는 이 문장이 없다.

"면갑": "oeillere." 말 그대로는 투구의 눈 부분을 가리키는데, 현대어로는 "visière"로 옮겨진다. "visière"란 투구의 상단을 개폐식으로 만들어 눈이 보이고 숨을 쉴 수 있게 만든 것으로, 우리말로는 면갑(面甲) 정도에 해당할 것이다.

38 "루아르 강보다도 더 깊어": A와 B 사본에는 "루아르 강보다 더 물살이 세차 보이기 때문(assez plus corrant que Loire)"으로 되어 있다.

"암벽에서 솟아나는": A와 B 사본에는 "성으로부터 솟아나는(fors del chastel issoient)."

40 "대인들을 찾아가서": A 사본에는 "que vers les prodomes alasse / et que a aus me conseillasse", B 사본에는 "que je alasse / Aus prodomes et (me) conseillase." 즉 "대인들에게 가서 조언을 구하라고."

41 "창받이": "feutre." 공격할 때 창대를 받쳐 들 수 있게 만든 안장 앞쪽의 작은 펠트 쿠션.

42 "단 하루도 ~ 갖고 싶지 않다고": A와 B 사본에는 "단 하루도 더 살기를, 땅도 재산도 갖기를 구하지 않으리라고(ne queroit ja mes un jor vivre / ne terre ne avoir n' eust)."

"무술 시합": 무술 시합(tornoiement; 현대어 tournoi)이란 실제 전투가 아니라 무술을 단련하고 기량을 과시하기 위해 벌이는 모의 전투이다. 대개 내부 진영과 외부 진영의 두 편으로 나누어 시합을 벌이는데, 그 와중에 일대일 대결도 벌어지지만 이것이 시합의 주된 요소는 아니다. 시합은 대개 성 밖에서, 여성들을 포함한 관중이 지켜보는 앞에서 벌어지며, 대개 양 진영이 모두 지칠 때까지 또는 날이 저물기까지 계속된다. 시합 뒤에는 향연이 열리고 최고의 기사에게는 상을 준다. 11~15세기에 걸쳐 행해졌지만, 1125~1225년경이 전성기였다.

"이 모든 일에서 그가 하도 잘 해내어": A와 B 사본에는 "이 두 가지 덕분에 그가 하도 잘 해내어(Par ces .II. si bien le feisoit)."

44 "내 귀빈으로 모시겠네": A 사본에는 "et vos avroiz, cui qu' il enuit / l'ostel sanz vilenie enuit", B 사본에는 "Et vos avroiz, cui qu' il anuit / Ostel sanz vilenie anuit", T 사본에는 "Et nos avrons, cui qu' il anuit / L'ostel Saint Juliien anuit." 앞의 두 사본은 "누추하지 않은 잠자리를 갖게 될 걸세", T 사본은 "쥘리앵 성인의 잠자리를 갖게 될 걸세."

"고른망 드 고오르": A 사본에는 "Gornemanz de Goorz", B 사본에는 "Gormenant de Goort", T 사본에는 "Gornemans de Gorhaut." T 사본은 "고른망 드 고르오"로 다른데, 현대의 연구서들도 대개 앞

의 두 사본과 같은 어형을 쓰고 있으므로 이를 따른다.

45 "소방나무" : 붉은 물을 들이는 데 사용된다.

"더 나쁜데요" : "젊은이" 이하 "더 나쁜데요"까지 4행이 A와 B 사본에는 2행으로 처리되어 있다. "젊은이, 내 머리에 맹세코 그 옷들은 형편없는 거라네(Vaslez, foi que je doi ma teste / fet li prodom, ainz valent pire)." 그러니까 "ainz valent pire"라고 말하는 것이 A와 B 사본에서는 "대인"이고, T 사본에서는 "소년"이다.

47 "가르쳐 주셨다고 말하지 말게" : A 사본에는 "Or nel dites ja mes, biau frere / fet li prodom, que vostre mere / vos ait apris et anseignié", B 사본에는 "Or ne dites ja nes, biauz frere / Que ce vos aprist vostre mere / Ne qu'ele vos ait ansaignié", T 사본에는 "Or ne dites jamais, biax frere / Fait li preudom, que vostre mere / Vos ait apris rien, se je non." 뒤에서 "그렇다면 뭐라고 하느냐 ? 나한테서 배웠다고 하라"는 말이 다시 나오는 것으로 보아 이 대목은 A와 B 사본처럼 새기는 편이 나을 것이다.

"배신" : "vavasseur"란 vassal의 vassal, 즉 봉신의 봉신으로 이를 배신(陪臣, arrière-vassal)이라 하나 반드시 그런 위계적 의미보다는 '시골 기사' 정도로 자신을 낮추는 말로 쓰일 때가 많다. 좀 더 자연스럽게 옮기자면 "박차를 달아 준 한 처사(處士)로부터"라고 해도 될 것이다.

48 "다시금 사람을 부르기" : A 사본에는 "다시금 문을 두드리기 시작합니다(si recomança a hurter)."

"그러자 손에" : A와 B 사본에는 "목이 큰 도끼를 건(qui granz haiches a lor cos tindrent)."

49 "포도주" : A와 B 사본에는 "포도주(vin)"가 아니라 "빵(pain)."

"귀리" : A와 B 사본에는 "지푸라기(fuerre)."

"기사" : 여기서도 "preudome"이라는 말이 쓰였는데, 이어지는 문맥을 참조하여 "나이든 기사"로 옮긴다.

"검은 천": "porpre noire"의 "porpre"는 진한 빛깔의 호화로운 천.

50 "모양 좋은 눈썹": A와 B 사본에는 갈색 눈썹.

"귀한 분": "preudome."

51 "전체적인 모습은 묘사할 수 있지만": A와 B 사본에는 "전체적인 모습도 묘사할 수 없고(Ne sai tote l'uevre asomer)", T 사본에는 "전체적인 모습은 묘사할 수 있지만(Si sai tote l'oevre assomer)."

"옳은 말씀을 하셨어요": 직역하면 "정말이지 예모 있는 분답게 말씀하셨어요."

52 "리셰 성인": 10세기 말에 살았던 생-레미 드 랭스의 수도사.

"다섯": A와 B 사본에는 "여섯."

"단 포도주": "vin cuit." 포도주를 농축해 만든 아페리티프용 포도주.

"그 기사는": 페르스발을 가리킨다.

53 "친절하게": 직역하면 "예모 있는 행동을 하여."

"흐트러진 차림이지만": 직역하면 "거의 벌거벗었지만."

54 "앙갱그롱": A 사본에는 "앙갱그롱(Anguinguerron)", B 사본에는 "아갱그롱(Aguingueron)", T 사본에는 "앙지주롱(Engygeron)" 또는 "앙기주롱(Enguigeron)."

"귀인": "preudome."

"한 사람이 제대로 먹을 만큼도": A와 B 사본에는 "벌 한 마리가 배불릴 만큼도."

56 "다른 것들": A와 B 사본에는 "소금(sel)", T 사본에는 "다른 것(el)."

57 "그를 향해 다가가 말합니다": A와 B 사본에는 "앙갱그롱은 그를 보자, 서둘러 무장을 갖추고, 힘세고 살찐 말을 타고 전속력으로 달려나가 말합니다."

58 "말을 몰아 달려듭니다": A 사본에는 "도전도 없이 고삐도 없이(sanz desfiance et sanz areisne)", 즉 '도전의 말도 하지 않고 말의 고삐를 잡아 속력을 줄이지도 않고.' A 사본에는 이하 2198~2211행까지 B나 T 사본에는 없는 다음과 같은 내용이 실려 있다. "각기 날카로운

창날에 굵고 다루기 쉬운 물푸레나무 창을 가졌습니다. 말들은 아주 빨리 질주하고 기사들은 힘이 세며, 서로 죽도록 미워하므로 어찌나 세게 치는지 서로 격돌하여 방패와 창이 부서져 나가고, 각기 상대방을 땅바닥에 떨어뜨립니다. 그러나 곧장 다시 말을 타고 군소리 없이 두 마리 멧돼지처럼 사납게 서로 달려들어 방패 한복판과 고운 쇠사슬 갑옷을 말이 버틸 수 있는 한 세차게 내리칩니다."

"산산조각이 나 버립니다" : A와 T 사본에는 "그들의 창의 조각과 파편이 **둘로** 날아가게 만듭니다(font les pieces et les esclaz / de lor lances voler *an(en) deus*)"인데, 이보다는 B 사본의 "그들의 창 **둘다** 조각과 파편으로 날아가게 만듭니다(font les pieces et les esclaz / de lor lances voler *andeus*)로 읽는 편이 나을 것이다.

61 "클라마되" : A 사본에는 "클라마덱스(Clamadex)", B 사본에는 "클라마디외(Clamadieu)", T 사본에는 "클라마되(Clamadeus)." dieu, deus, dex는 모두 같은 말이다.

62 "용맹한 사람" : "si preudome et si vaillant." 이 경우에 "preudome"은 '현명하고 덕망 있는 사람'이라기보다 '용감한 사람'에 더 가까울 터인데 "vaillant"이라는 말이 중복되므로 비슷한 말로 바꾸었다.

63 "더 견딜 수 없게 되면" : A와 B 사본에는 "용맹을 보이고 싶은 나머지 분에 넘치는 일을 할 테고, 그러나 잡혀 죽고 말겠지요(voldra fere chevalerie / *plus que* il sofrir ne porra / si ert pris ou il i morra)", T 사본에는 "volra faire chevalerie / *et quant* il sofrir ne porra / si ert pris ou il i morra."

"종자" : "sergeant." 대개의 경우 "하인"으로 옮겼는데, 이 경우 전투에 참가하는 "sergeant"이란 충분한 재력이 없는 귀족 내지 평민 출신으로, 일반 병사들을 지휘하며 전투에 참가하는 자를 가리킨다. 말이 없으므로 기사가 아닌 보병에 해당한다. 기사의 부관으로 장차 기사가 될 '종사(écuyer; squire)'와는 다른 직급이다.

"자기 창으로 숱하게 배를 가릅니다" : A와 B 사본에는 "그날 그의 창날은 수많은 내장에서 느껴졌습니다. 즉 수많은 내장이 그의 창 맛을 보았습니다(Le jor i fu ses fers santiz / de sa lance an[en] mainte boele)", T 사본에는 "Le jor i fu amenavis / De sa lance maint esboele)."

"사백": A 사본에는 "오백."

"성안에서 나온 이들은": 이하 전황 묘사에서는 주어가 "li autre", "cil" 등으로 막연하므로 맥락에 따라 "성안에서 나온 이들", "밖에서 온 이들", "공격군", "방어군" 등으로 명시했다. 여기서 T 사본에서는 사백 명의 기사와 천 명의 종자에 대해 말하다가 "다른 사람들(li autre)"이라고 하니 '성안에서 나왔던 이들'을 가리키는 것이라 볼 수 있다. B 사본의 "li navré" 역시 대군을 보고 기가 꺾인 이들이니 '성안에서 나온 이들'에 해당할 것이다. A 사본만이 이 대목을 다르게 전하여, 사백 명의 기사와 천 명의 종자들을 관계사 "qui"로 받은 뒤 이어 '자기편이 부상당하고 죽은 것을 보고 곧장 문 쪽으로 갔다'는 내용의 주어를 "li autre"로 하고 있어 전황이 다소 다르게 전개된다.

67   "노르드 말": "cheval norrois"를 멜라는 "cheval de race nordique", 풀레는 "cheval norrois", 뒤푸르네(Dufournet)는 "cheval norvégien" 등으로 옮겼다. "norrois"는 중세에 스칸디나비아 지방을 가리키던 말인데, "노르드 말"이란 실제로 스칸디나비아 산 말이라기보다는 멜라가 새긴 대로 노르드 품종의 말이라 보는 편이 나을 것이다.

69   "디나스다롱": A와 T 사본에는 "디스나다롱(Disnadaron)." '디나스(dinas)'란 웨일스 어로 '성, 요새'를 뜻하며, '다롱(Daron)'이란 웨일스 신화에 나오는 브랑(Bran)의 이형이라 보아 웨일스 북동부의 '디나스브랜(Dinas Bran)'을 가리킨다는 설(Loomis)과, Dinas d' Aron 즉 아더 왕이 궁정을 열던 Caerleon의 수호 성인인 Aaron의 성이라는 뜻이라는 설(Nitze, Williams)이 있다. Caerleon이란 'City of the Legion' 즉 로마 군대가 주둔하던 도시를 뜻하는데, 제프리

오브 몬머스는 아더 왕이 이곳에서 궁정을 열었다고 이야기한다. 훗날 아더 왕의 왕도로 알려진 Camelot은 제프리가 묘사한 Caerleon에 바탕을 두고 있지만 정확한 위치가 알려지지 않은 허구의 도시이므로, 앞서 나왔던 Carduel(Carlisle)과 군이 모순이라 할 수는 없다. 토머스 맬러리는 Camelot이란 곧 Winchester를 가리키는 것으로 보았다. 한편, 아더 왕은 중세 왕들이 으레 그렇듯이 영지의 여러 도시를 순회하며 궁정을 열었으므로, Carduel과 Caerleon 내지 Dinasdaron이 서로 다른 도시라 보아도 무방할 것이다.

"여인숙들을 거쳐": T 사본에는 "par les osteus." A와 B 사본에는 "par les esclos", 즉 "말발굽 자국을 따라."

70 "진홍으로 잘 물들여진 화려한 천으로": A와 B 사본에는 "각색으로 물들여진 비단 천."

"두르고 있습니다": A 사본에는 "버클과 모든 고리가 금으로 된 세공 허리띠를 둘렀고", B 사본에는 "버클과 모든 고리가 금으로 되고 많은 장식이 된, 징 박힌 가죽 띠를 둘렀고."

71 "무엇인가 새로운 일이": A 사본에는 "tant qu'a ma cort novele viegne", B 사본에는 "Tant que novele a ma cort viegne", T 사본에는 "Jusque novele a ma cort viegne." "무엇인가 새로운 일"로 번역한 "novele"은 'aventure', 즉 모험을 말한다. 온 궁정이 모인 자리에서 무엇인가 '다른 세상'에 속하는 경이로운 모험이 일어나기 전에는 식사하지 않는다는 것이 아더 왕 궁정의 관습이다.

"패자의 무장을 한 모습으로": "Armez si come il dut venir." 역어가 다소 길어졌다. 앞에서 이야기한 대로 패자는 패배 당시의 차림 그대로 포로가 되어야 한다.

72 "기플레": A 사본에는 "지르플레(Girflet)", B 사본에는 "기플레(Guiflet)", T 사본에는 "지플레(Gifflés)"인데, 뒤에서 다시 나올 때에는 Guiflez(A, B 사본), Gifflés(T 사본)인 것으로 보아 "기플레"로 옮긴다.

73 "죽어 버리지만 말입니다": "En home viguereus et roide / Mais el malvais muert et refroide." B 사본에는 이 2행이 없다.

74 "사람은커녕 그림자도": 직역하면 "크리스천 남자건 여자건 어떤 지상의 존재도(rien terriene, ne crestien ne crestienne)."

"하느님 아버지께": A 사본에는 "영광의 왕, 자기 아버지께(au roi de gloire, le suen pere)."

"강에 이르렀습니다": A와 B 사본에는 "강에 이르렀습니다(il vint sor une riviere)", T 사본에는 "강을 보았습니다(il esgarda une riviere)."

75 "두 사람이 그 안에 앉아 있었습니다": A 사본에는 두 행 (2993~2994)이 더 이어진다. "두 사람 중 한 사람은 노를 젓고, 다른 한 사람은 낚시를 하고 있었습니다(Li un des .II. homes najoit / li altre a l'esmeçon peschoit)."

76 "사방을 둘러보았지만": A 사본에는 "앞쪽을 바라보았지만", B 사본에는 "멀리까지 바라보았지만."

"앞쪽": A와 B 사본에는 "앞쪽에서(devant lui)", T 사본에는 "가까이에서(pres de lui)."

"네모진": A와 T 사본에는 "네모진(quarree)", B 사본에는 "포석이 깔린(pavee)."

77 "기품 있는 이": 여기서도 "preudome"이라는 말이 쓰이고 있는데, 풀레는 그대로 "prud' homme"라 옮겼지만, 멜라는 "une noble personne", 브라이언트는 "nobleman"이라는 표현을 썼다. 외모를 묘사한 것이므로 "기품 있는 이" 정도로 옮긴다. 하지만 이어 계속 "preudome"라는 말로 그를 지칭할 때는 앞에서처럼 "대인"이라는 표현을 쓰기로 한다.

"저는 아무렇지도 않습니다": "Se Diex joie et santé me doint" (v.3100; 3050; 3112)를 A 사본을 대본으로 한 풀레의 현대어 역본에서는 "지금대로 좋습니다(C'est très bien ainsi)"로 옮겼고, B 사본을 대본으로 한 멜라의 현대어 역본에서는 "제가 하느님께 기쁨과 건강을 구하는 만큼이나 확실히(aussi vrai que je demande à Dieu joie et santé)"로 옮겼다.

78 "섬세한" : B 사본에는 "가벼운."

79 "자기 무기를 맡았던 이를 보자" : A 사본에는 그냥 "그의 뒤에는 밝게 타는 불가에 한 청년이 보였다(Derriers lui vit un bachelier / antor le feu qui cler ardoit)"(v. 3168~3169)로 되어 있으며 단수형이다.

"아무것도 묻지 않았습니다" : "그날 밤 그곳에 온 젊은이는"부터 여기까지가 관계사와 접속사로 줄달아 이어지는 문장인데, 편의상 나누었다.

"그라알" : A, B, T 사본에 "Un graal entre ses deus mains / Une damoisele tenoit." "그라알"이라는 것이 최초로 언급되는 대목이다. 부정관사로 쓰인 것으로 보아 보통 명사이며, 이어지는 시행에서 보듯이 큰 생선이 담길 만한 넓적하고 큰 그릇이리라 추정된다.

80 "쟁반" : "tailloir." 원형 또는 사각형의 도마 또는 쟁반.

"침대 앞을 지나서" : A 사본에는 "그의 앞을 지나서."

"음식을 가져가는지" : 딱히 '음식'이라는 말은 없지만 "Del graal cui l'en en servoit"에서 "servir"란 '음식을 대접하다, 공궤(供饋)하다'라는 뜻이다.

"하지만" : 이 말은 원문에는 없지만 sicrient(je crains), 즉 "(저는) 걱정이 되는군요"라고 화자가 끼어드는 대목을 표시하기 위해 넣은 것이다.

81 "맑은 포도주도 모자라지 않습니다" : A 사본에는 "맑은 포도주도 막 포도주도 모자라지 않고 / 금잔에 자주 부어 마십니다(Vins cler ne raspez ne lor faut / a cope d'or sovant a boire)", B 사본에는 아예 이 2행이 없고, T 사본에는 직역하면 "금잔에 담긴, 마시기 좋은, 맑은 포도주도 마시기에 부족하지 않고(Vins cler a boire ne lor faut / En colpes d'or, soés a boire)."

"그들 앞에 놓아 주었습니다" : 중세 프랑스 어에서는 동작의 순서가 바뀌어 서술될 때가 많다. 이 문장도 직역하면 "후추 친 사슴 다리는 한 하인이 잘라 주었는데, 그는 다리를 은 쟁반과 함께 자기 쪽으로 당기고 그 조각을 큼직한 빵 위에 얹어 그들 앞에 놓아 주었습니다" 가 된다.

"훤히 드러난": 뒤에서 페르스발이 만난 은자가 "(그라알에) 곤들매기나 칠성장어나 연어가 들었다고는 생각하지 말라"고 말하는 것을 보면, "훤히 드러난(trestot descovert)"이란 뚜껑이 열려서 내용물이 들여다보인다는 뜻은 아닐 터이고 아마도 '보를 씌워 감추거나 하지 않았다', '누구에게나 명백히 보였다' 정도의 의미일 것이다.

"알고는 싶었습니다": 이 어구가 T 사본에서는 앞 문장에, B 사본에서는 뒷 문장에 연결되게끔 구두점이 사용되었다.

82 "연약": "laituaires." 꿀이나 시럽을 넣어 반죽한 강장제. 뒤이어 열거되는 "gigembras alexandrin, or pleuris et arcoticum, resontif et stomaticum" 등은 T 사본 편집자인 로우치(William Roach)의 지적대로 워낙 다양한 명칭이라 필사자에 따라 조금씩 다른 형태로 기록되었다. A 사본에는 "gigembras alexandrin" 이후 "pleuris et arcoticum, resontif et stomaticum"가 없고, B 사본에는 "pleris et stomaticon, resantis et amaricon"으로 되어 있다. 풀레의 번역대로 "향료를 넣은 젤리 같은 것" 정도로 이해하면 될 것이다.

84 "우연히": "par aventure." 아더 왕 문학에서 '모험(aventure)'이라는 말은 단순한 우연 이상의 섭리 내지 운명적인 것을 함의한다.

85 "마흔 마장": A 사본에는 "스물다섯 마장", B 사본에는 "쉰 마장."
"사려 깊고": B 사본에는 "부유하고 점잖다(molt est riches et cortois)."

87 "맙소사": T 사본에서는 3554행 전반부의 "Si m'aït Diex"를 3553행에 이어지는 것으로 보고 인용 부호를 넣었는데, A와 B 사본에서처럼 같은 행 후반부의 "sachiez donques"와 이어지는 것으로 보는 편이 나을 것이다.

"페르스발 르 갈루아": "Perceval li Galois." 웨일스 사람 페르스발.

88 "그 이름이 바뀌었구려": 사촌누이는 상대가 누구인지 몰랐을 때는 경어를 쓰다가(vousvoyer) 페르스발인 것을 알고 그를 꾸짖을 때는 "Tes nons est changé, biax amis" 하고 대뜸 말을 놓는다(tutoyer). 하지만 우리 식의 반말 투로 아주 바꾸어서는 뒤에서 다시 존대어로 돌아갈 때 어색해지므로 약간 허물없는 말투 정도로만 바꾸었다.

89 "말합니다": 여기서부터 다시 경어로 바뀐다. 하지만 아주 모르는 사람을 대하는 식의 깍듯한 경어를 피하고 약간 말을 높이는 정도로만 바꾸었다.

90 "우연히 그곳에 가게 되면": 직역하면 "만일 모험이 당신을 그곳으로 이끌면."

"트레뷔세": A 사본에는 "Trabuchet", B 사본에는 "Trabuchié", T 사본에는 "Triboet." 현대어 역본에서는 대체로 '트레뷔세 (Trébuchet)'라는 어형으로 통용된다.

"터벅터벅": 평보로.

94 "무슨 해가 되었겠느냐": A 사본에는 "S'ele an manti, ce que li nut?", B 사본에는 "S'ele me manti, que li nut?", T 사본에는 "Et s'el me manti, que li nut?" 직역하면 "만일 그녀가 내게 거짓말을 했다면 무엇이 그(녀)에게 해가 되었느냐?" 이 문장을 풀레는 "만일 그녀가 내게 거짓말을 했고 (실은) 동조했다면 그가 제 하고픈 대로 하는 것을 누가 막았겠느냐?"로, 멜라는 "만일 그녀가 내게 거짓말을 했다면 그녀는 거기서 이익을 취했다", 즉 "그녀는 그렇게 하는 것이 이로웠다" 정도로. 영역자인 브라이언트는 "만일 그녀가 거짓말을 했다면 그가 더 이상 행하는 것을 무엇이 막았겠느냐?"로 새겼다.

"파이": A와 B 사본에는 "파이 세 개."

95 "파이 한 개와 또 반 개를": B 사본에는 "파이 세 개 중 한 개 반을".

"꽃이며 보석들을 쳐냈습니다": "flors et pierres en abat."의 꽃과 보석은 아마도 투구의 장식인 듯하다.

"보지 못했을 것입니다": A와 B 사본에는 "페르스발이 전에 받은 검을 시험도 해 볼 겸"으로 시작하는 이 자세한 결투 장면 없이 다음 문장인 "싸움은 악착같고 질겼습니다. 그것을 묘사해 봐야 헛수고일 것입니다"라고만 요약되어 있다.

"내가 맹세할 수 있소": 페르스발은 승자로서 상대에게 말을 놓고 상대는 그에게 경어를 쓰는 것을 볼 수 있다.

97 "카를리옹": 앞에서 아더 왕의 궁정이 있는 곳으로는 카르두엘과 디나스다롱이 언급된 바 있다. 카를리옹(Carlion)이란 카에를리옹(Caerlion)이라고도 쓰며, 제프리 오브 몬머스는 아더 왕이 이곳에서 궁정을 열었다고 이야기한다.

98 "신발도 벗지 말라고": A와 B 사본에는 "발을 꼼짝도 하지 말라고 (Ne ja mes piez ne remuase)."

101 "핏방울이 떨어진 곳은": 원문에는 주어가 명시되지 않았다.

102 "사그레모르": A와 B 사본에는 "Sagremor", T 사본에는 "Saigremor."
"왕께": A 사본에는 "궁정으로."

103 "페르스발에게 달려듭니다": 직역하면 "한쪽으로 거리를 두고는 그에게 조심해라 외칩니다. 만일 조심하지 않으면 치겠다고 말입니다 (Si porprent terre a une part / Et crie celui qu'il se gart / Qu'il le ferra s'il ne se garde)."

"용사": 역시 "preudome"을 옮긴 것이다. 기사들을 가리켜 "preudome"라 하는 것이 덕망보다도 무용을 높이 평가하는 말일 때도 있다. 가령, 뒤에서 고뱅이 티보의 성에 이를 때에도 배신 가랭이 티보에게 이렇게 말하는 것을 볼 수 있다. "아더 왕의 기사 둘이 이리로 오는 것을 보았습니다. 그런 용사 둘은 큰 몫을 할 수 있지요."(118쪽)

104 "기사 양반": "vassal, vassal"이라고 무례하게 연거푸 부르고 있다.
"상대도 느리게 오고 있지 않습니다": T 사본에서는 "Perchevax, qui s'ot manechier / Et point des esperons d'acier / Vers celui qui pas ne vient lent"(v. 4299~4301)이라고 하여 "느리게 오고 있

지 않은" 것이 사람, 즉 쾨가 되지만, A와 B 사본에서는 "Et point des esperons d'acier / le cheval qui pas ne va lent"이니 "느리게 가고 있지 않은 말", 즉 이미 빠른 말에게 박차를 가한다는 말이다.

105   "두 명": A와 B 사본에는 "세 명."

      "고삐를 끌고": A와 B 사본에는 "손 잡고."

106   "조카님": A와 B 사본에는 "날 위해 가 주시게(Or m'i alez)." 고뱅은 아더 왕의 의붓 누이인 모르고즈가 오르크니 왕 로트에게서 낳은 오형제의 맏이이다. 그는 무용 못지않게 언변이 뛰어나고 여성들에게 인기가 있는 인물로 그려지곤 한다.

108   "투구와 주모와 ~ 넘깁니다": "Se comencent a deslachier/ helmes et coiffes et ventailles/ Si tiraient contreval les mailles."(T 사본) "heaume"는 투구, "coiffe"는 투구 안에 쓰는 모자, "ventaille"는 투구 하단의 통기 장치인데 얼굴 아랫부분, 특히 턱 부분을 가리는 보호구 구실도 한다. "coiffe"를 투구 모자, 즉 주모(冑帽)로, "ventaille"는—앞에 나왔던 "visière"를 면갑(面甲)이라 옮긴 것과 구별하여—악갑(顎甲)이라는 말로 옮겨 보았다. 이것들은 작은 쇠고리를 엮은 사슬(maille)로 만들어지며(악갑은 철판으로도 만들어지지만), 주모는 사슬 갑옷과 이어져 있을 때가 많다.

109   "제 생각이 틀리지 않다면": A 사본에는 "se je ne ment"이 "sain-nement"으로 적혀 있다.

      "찾아 나서신": "전하께서 그토록 말씀하셨고, 찾아 나서신(C'est cil dont vos tant parliiez / C'est cil que queranz aliiez)." A 사본에는 "전하께서 그토록 말씀하셨고 (그가 없는 것을) 그토록 애석해하셨던(C'est cil dont vos tant parleiez / et don si iriez esteiez)."

111   "기사들 앞으로": B 사본에는 "왕의 면전까지."

112   "어떤 장자": 역시 "preudome"을 옮긴 말이다. A와 B 사본에는 "어떤 부자."

      "오백육십육": A와 B 사본에는 오백칠십 명.

113   "에스클레르 산" : B 사본에는 "Mont Esclaire." A와 T 사본에는 또는 "몽테스클레르(Montesclaire)"로 적혀 있다.

"도의 아들 기플레" : T 사본에는 "Gifflés li fiex Do", B 사본에는 "Guiflez li filz Do", A 사본에는 "Guiflez li filz Nut."

"고통의 산" : T 사본에는 "Mont Dolerous", B 사본에는 "Mont Dolereus", A 사본에는 "Mont Perilleus." A 사본에만 "위험한 산"으로 되어 있다.

"카에댕" : T 사본에는 "Keendins", B 사본에는 "Kaadins", A 사본에는 "Kahedains."

115   "그가 알기에" : A와 B 사본에는 "내가 알기에."

116   "고삐를 잡고" : 직역하면 "오른손으로 스페인 산 말을 끌고"인데, 로치에 따르면 "오른손으로 말을 끌고"란 '고삐를 잡고'라는 의미다. 멜라는 이 대목에서는 그대로 직역하여 "오른손으로"라고 옮겼지만, 뒤에서(T 사본의 5670행, B 사본의 5598행)에서는 역시 "고삐로 끌고"라고 옮겼다.

"트라에 다네" : A 사본에는 "Traés d'Anet", B 사본에는 "Traedenez", T 사본에는 "Droes d'Avés."

"탱타겔" : A 사본에는 "Tintaguel", B와 T 사본에는 "Tintagueil." 이 표기로 보아서는 '탱타겔'이라 읽을 수밖에 없다. 콘월 지방에 실재하는 '틴타젤(Tintagel)', 즉 아더 왕의 출생지로 알려진 바닷가의 험준한 요새를 가리키는 것으로는 보이지 않는다.

"무술 시합" : 42쪽 주 참조.

"벗으로" : T 사본에는 "Con son ami." A와 B 사본에서는 "봉신으로(Come son home)." 뒤에서 멜리앙이 티보의 주군이라는 것을 보면 멜리앙의 선대인 역시 티보의 주군이었을 것이다.

"기사가 되기 전에는" : 직역하면 "종사로 있는 한은." '종사(écuyer; squire)'란 본래 후기 라틴 어의 'scutarius', 즉 '방패 드는 자'에서 온 말이다. 대개 13~14세에 종사가 되며, 기사의 방패를 드는 부관

역할을 한다. 그러다가 무훈을 인정받거나 하여 기사 서품을 받게 된다. '종자(sergeant)'와는 다른 말이다.

117 "내 선택이 제대로 된 것인지": 직역하면 "내 사랑을 당신에게 두었다면 내 사랑이 제대로 놓인 것인지."

"그들에게 큰 도움이 되실 텐데요": A 사본에는 "그 안에 뛰어들지 않는다면 태만한 일이 되겠지요"라는 구절만이 앞 문장과 이어지므로 '사랑이 시키는 일을 감행하지 않는다면 태만한 일이 될 것'이라는 의미로도 읽을 수 있다. B와 T 사본에는 좀 더 분명히 "당신이 도우려고만 한다면 그들은 (당신의 도움을) 크게 필요로 할 것이다"라는 문장이 있으므로 앞의 "그 안에"라는 것이 무술 시합의 내부 진영을 가리키는 것으로 보인다.

"문지기가 따로 필요 없었습니다": B 사본에는 이 문장이 없다.

118 "떡갈나무": B 사본에는 소사나무(charme).

119 "넉넉할 만큼 가졌는데": 4804~4805행에 따르면 고뱅은 "일곱 명의 종자와 일곱 필의 준마와 방패 둘"을 가지고 떠났다.

"놀라운 일이라고 생각되었습니다": B 사본에서는 이 문장까지가 여인들이 말하는 내용으로 되어 있다. 즉 A와 T 사본에서는 "Por che grans merveille *lor* samble"라고 3인칭으로 서술되지만, B 사본에서는 "Por ce grant merveille *me* sanble"라고 1인칭으로 서술되어 있는 것이다.

121 "소사나무": A와 T 사본 모두 앞에서는 "떡갈나무"이었다가 여기서는 "소사나무"로 되어 있다. B 사본에서만 계속해서 "소사나무"로 되어 있다.

124 "반가운 말씀이로군요": 직역하면 "오늘 저는 그보다 훨씬 나쁜 말도 들었습니다."

126 "에르망": A와 B 사본에는 "베르트랑."

129 "소매나 베일을 달도록": 기사들은 무술 시합에 나갈 때 여성에게서 정표로 받은 소매나 베일 등을 갑옷이나 창에 달고 나가는 관습이 있

었다.

131 "두 아르팡 반" : 1아르팡은 58.47미터가량 된다.

"성주의 작은 딸에게" : 직역하면 "자기가 (그녀를) 위해서 시합에 나온 그녀에게."

135 "사동 이보네에게" : A와 T 사본에는 "Yvonet dist que il s'arest"로 되어 있어 다소 헷갈리지만, B 사본의 "A un vallet dit qu'il s'arest"를 보면 고뱅이 '이보네＝사동'에게 말한 것임을 알 수 있다. 이보네는 앞서 페르스발이 처음 아더 왕의 궁정에 도착했을 때 그를 안내해준 사동이다. 그의 이름은 그리 자주 언급되지 않지만, "그(il)"로 지칭되는 인물이 고뱅인지 그의 사동인지 구별하기 위해 거듭 "이보네" 또는 "사동"이라고 밝혔다.

"의장마는 데려가라고 이릅니다" : 다시 말해 이보네가 끌고 가던 말에 배띠를 매어 끌고 오고, 고뱅이 타고 있던 의장마는 데려가라는 것. 그러나 A 사본에는 "창을 가져오고 고삐를 끌고 오던 말에 배띠를 매라"는 지시만 있고, 고뱅이 타고 있던 의장마에 대한 언급은 없다. B 사본에는 "Celui qu'il maine en destre, et praigne"까지만 있고 "Son palefroi et si le maint"이라는 행이 빠져 있어 "praigne"가 다음 말에 이어지지 않는다.

136 "궁수들과 활과 화살을 든 하인들이 있었습니다" : T 사본에는 "날카로운 수렵창을 든"과 "궁수와 하인들"이라는 두 행이 없으므로 "활과 화살을 든 사냥꾼들"이 된다. 그러나 A 사본에서처럼 수렵창을 든 사냥꾼, 궁수들, 활과 화살을 든 하인들의 순서가 더 타당할 것이다. B 사본에는 "하인들"이 빠지고 "얼마나 많은지 알 수 없는 궁수들"로 되어 있다.

"손을" : B 사본에는 "말고삐를."

138 "나를 위함이니" : 직역하면 "나를 미워하지 않으니."

140 "슬픔과 혼란에 빠져" : A와 B 사본에는 "새파랗게 질려."

"시내에서 사람들이" : 직역하면 "이 도시의 코뮌이."

"만 명" : B 사본에는 "칠만 명."

"달려갑니다" : "귀한 분" : A 사본에는 여기서부터 갱강브레질이 나타나기 전까지의 내용이 없다.

"열 배" : B 사본에는 "두 배."

141 "생선이라고는 먹지 않는" : 종교적인 금식을 위해 육식을 금하고 생선을 먹는 것이니 생선이라고는 먹지 않는다는 것은 금식을 하지 않는 자들이라는 뜻이다.

142 "롬바르디아에서도 없었을 것입니다" : 롬바르디아 사람들은 겁쟁이라는 속설에 빗대어 한 말이다.

"비겁한 자" : B 사본에는 "어린 아이."

143 "문지기" : 고뱅을 가리킨다.

"상민들은 일단 뒤로 물러서기는 했지만" : B 사본에는 "상민들도 극성이라."

"용감한 사람" : 여기서도 "preudom"이라는 말이 쓰이는데, 풀레는 그대로 "prud'homme", 멜라는 "vaillant homme" 브라이언트는 "worthy man"이라 옮겼다.

"부를 수도 없었습니다" : 시민들과 성주 아씨의 이 대결 장면을 A 사본에는 이렇게 요약되어 있다. "그녀는 무기를 가지러 달려갔고, 그것으로 고뱅 경에게 무장을 해 주었습니다. 그는 헛되이 방어하지 않았고, 그들을 모두 물리쳤습니다. 그보다 더 나은 문지기를 부를 수는 없을 것입니다."

144 "젊은 주인" : 원문에는 그냥 "sire"이지만 뒤에서 에스카발롱의 왕으로 밝혀지므로 중간에 등장하는 갱강브레질과 구별하기 위해 "젊은 주인"으로 옮겼다.

"이 난장판으로 데려오기로" : B 사본에는 "이 난장판을 보여 주기로."

145 "놀랄" : B 사본에는 "성낼."

147 "로그르 왕국" : 로그르(Logres) 왕국이란 아더 왕의 왕국을 가리키는 또 다른 이름인데, 그 어원이 '오그르들의 나라(la terre as ogres)' 라는 것은 유음을 이용한 해석이다. 실제 로그르의 어원인 '로에기르(lloegyr)' 는 브리튼 섬 내지 잉글랜드를 가리키는 웨일스어로, '사라진 나라(lost country)' 라는 뜻이리라 추정된다. 『브리튼 왕들의 역사』의 저자 제프리 오브 몬머스에 따르면 전설적인 왕 로크리누스에서 유래한 말이라고도 하는데, 정확한 의미나 어원은 확인되지 않는다.

"그랭갈레": 고뱅의 명마(名馬).

"사동들은": A와 B 사본에는 "눈물을 흘리며."

148 "이야기가 전한 바에 따르면": "이야기가 우리에게 말한 바(ce nos dist l'estoire)"에서 "estoire"를 풀레와 브라이언트는 "책"으로 옮겼다.

"거친 털옷": "거친 털옷을 입고(en langes)"에서 "langes"는 로우치에 따르면 참회를 위해 입는 거친 말총 속옷을 가리킨다. 하지만 풀레와 멜라는 모두 "털옷을 입고(en robes de laine)" 정도로 옮겼고, 여자들은 두건을 썼다고 하니 겉옷 없이 말총 속옷이 드러나는 차림이었다고 보기는 어려울 듯하여 "거친 털옷을 입고" 정도로 절충했다.

150 "하느님의": B 사본에는 "하늘의."

"은자": 거룩한 은자(saint hermite), 성인(sains home), 선인(buens hom), 대인(preudom) 등 여러 가지 표현이 사용되나 "은자"라는 명칭으로 통일하기로 한다.

153 "다른 것이 필요하지 않거든": B 사본의 구두점에 따르면 "그라알은 아주 거룩한 것"이라는 행이 뒷문장에 연결되므로 이렇게 옮겨진다. "그분은 그라알에 담아 가는 성체 하나로 생명을 보전하고 힘을 얻으신다네. 그라알은 아주 거룩한 것이고 그분은 신령하셔서 그분께는 그라알에 담겨 오는 성체 말고는 다른 것이 필요하지 않거든."

154 "선한 남녀를": T 사본에는 "preudome et preudefeme", B 사본에는 "bon home et bone fame", A 사본에는 "prodome et boene fame."

155 "제3시" : 중세 서양에서는 로마 시대 이래의 관습에 따라 일출부터 일몰까지를 열두 시간으로 구분했다. 일출과 일몰 시각이 지역에 따라 달라지기는 하나, 제3시는 오전 9시경에 해당한다.

156 "고뱅 경이 다가가 보니" : A 사본에는 이하 기사의 상태에 대한 묘사가 없이 곧바로 "고뱅 경은 가까이 가 보았지만 그가 죽었는지 살았는지 알 수가 없습니다"로 이어진다.

"양쪽" : B 사본에는 "양쪽"이라는 말이 없고 그냥 "옆구리에서"로 되어 있다.

157 "갈부아" : "Galvoie." l음이 모음화되면 'Gauvoie'로 된다. 즉 고뱅(Gauvain)과 같은 어간을 갖는 이름이다.

"겨루어 본 적이 없습니다" : B 사본에는 이 문장("저는 씩씩하고 대담하고……" 이하)이 없다.

"파비아" : 이탈리아 북부 롬바르디아 지방의 주요 도시. 고대 로마 제국 때부터 중요한 군사 거점이었으며, 고트 족, 롬바르드 족의 지배를 거치면서 내내 그 입지를 지켜 카롤링거 왕조의 수도가 되었다. 화려한 건축물로 유명한데, 이미 12세기부터도 그러했던 모양이다.

159 "온 둘레가 방비되어 있었습니다" : 말하자면 성 둘레를 흐르는 강이 천연의 참호 구실을 해 준다는 것인데, A 사본에서는 이를 다소 달리 해석한 듯, "그 아래는 넓은 강이 있어 성벽 전체를 한 바퀴 돌아 세차게 흘러서 바다로 들어갑니다. 그렇듯 성과 마을은 둘레가 모두 **성벽으로**(de murs) 방비되어 있었습니다"로 되어 있다.

"가장 견고한" : B 사본에는 "가장 아름다운."

"얼굴과 입" : A와 B 사본에는 "얼굴과 가슴을."

160 "기사" : 역시 "preudome."

162 "반은 희고 반은 검은" : "반은 희고 반은 검다"는 것은 경이로운 저 세상에 속하는 징표 중 하나다.

"어떤 궁정에서든" : A 사본에는 "당신이 나를 어떤 곳으로 데려가든", B 사본에는 "당신이 나를 세상 어디로 데려가든."

164 "여몄습니다" : 직역하면 "묶고 여몄습니다." 묶는 것은 베일의 매듭 정도일 테고, 여미는 것은 망토일 것이다.

165 "두려웠답니다" : B 사본에는 이 다음부터 "…… 성체를 받을 수 있을 텐데요"까지가 없이 곧바로 "성체를 받고 고해를 한 다음이라면"으로 이어진다.

167 "절대 용서받지 못할 거요" : 앞에서 아더 왕 궁정의 바보가 쾨에 대해 "(페르스발이) 쾨의 오른팔 어깨와 팔꿈치 사이를 부러뜨릴 것이고, 쾨는 반년 동안 팔을 붙들어 매고 다녀야 할 것"이라고 했던 예언이 그대로 성취되었던 것을 상기한다면 이 추한 종사(극도의 추함 역시 경이로운 저 세상의 징표다)의 예언 또한 성취되리라 기대할 수 있지만, 이야기는 거기까지 전개되지 않은 채 미완성으로 남게 된다.

170 "열 살" : B 사본에는 "열다섯 살."

171 "내가 바라던 대로인데요" : B 사본에는 한 행이 더 있다. "당신은 말을 참 잘도 타는군요!"
"아무 말이 없습니다" : B 사본에 따르면 "그들은 서로 그렇게 말을 주고받았습니다."

172 "만일 달아나지 못하면" : A와 B사본에는 "만일 달아나지 못하면", T 사본에는 "만일 빨리 헤엄치지 못하면."

173 "전투마까지 탔으니" : A와 B 사본에는 "당신이 넘어지는 것을 보면."

174 "짐바리 말이란 기사에게" : B 사본에는 "수레꾼의 짐바리 말이란."

175 "하지만 그건 별로 반갑지 않군요" : A와 B 사본에는 "하지만 그는 아직 그렇게 기가 꺾인(심하게 다친) 것 같지는 않은데요." 풀레는 고 뱅이 이 말을 한 것으로 옮겼지만, 그보다는 사공이 한 말로 보는 편이 나을 것이다.

179 "이 성을" : A 사본에는 "이 궁성을", B 사본에는 "이 나라를."

180 "아가씨들" : A와 B 사본에는 "부인들."

181 "의족은 은을 입혔고" : A 사본에는 "온통 금빛이고", B 사본에는 "흑금 상감에 온통 금칠을 했고."

"아주 후한 은급을 받고 있답니다": A와 T 사본에는 "저 외다리쟁이는 아주 부자니까요. 그는 아주 후한 은급을 받고 있답니다", B 사본에는 "저 외다리쟁이는 용감하고 부유하지요. 그를 문간에 앉혀 둔 이는 그에게 인색하지 않았고, 아주 후한 은급을 주었답니다."

"흑단이었는데": 호메로스 이후 베르길리우스를 통해 전해져 오는 '꿈의 문'에 대한 묘사를 생각나게 하는 대목이다. 즉 호메로스에 의하면 꿈에는 두 개의 문이 있는데, 상아의 문에서 나오는 꿈은 허황한 것이고 뿔의 문에서 나오는 꿈은 사실을 알려 주는 것이라 한다. 크레티앵이 묘사하는 두 개의 문은 상아와 뿔이 아니라 상아와 흑단이라는 점에서 다르지만, '경이(마법)의 성' 역시 현실 너머의 공간이라는 점에서는 비슷하다.

182   "적광석": "escarboucle." 석류석의 일종으로 해로운 기운, 특히 불면증을 막아 주는 효능이 있다고 한다.

"궁전 한복판에 있었습니다": A와 B 사본에는 "궁전에는 온통 휘장이 드리워져 있었습니다."

"벽은": A와 B 사본에는 "유리는."

184   "마법의 침대": 말 그대로는 "경이의 침대"이지만, 좀 더 이해하기 쉽게 "마법의 침대"로 옮겼다.

"좋은 말로도 나쁜 말로도": 직역하면 "사랑으로도 싸움으로도."

"신기한 일이": "les merveilles."

185   "칠백 개가 넘었습니다": B 사본에는 "오백 개", A 사본에는 "얼마나 많은지 셀 수 없이."

186   "너무 늦게 왔나 봅니다": A와 B 사본에는 "당신이 저희를 위해 너무 늦게 오신 것만 같습니다"로 되어 사동의 말에 계속 이어진다.

189   "일곱 번": B 사본에는 "백일곱 해."

193   "나라는": 직역하면 "그보다 더 아름다운 귀부인을 찾을 수 있는 법도와 언어는."

"영감이시지요": 직역하면 "모든 선은 그분에게서 내려오고, 그분에게서 오며(나며), 그분으로부터 움직이지요."

194 "먹을 수도 있습니다" : B 사본에는 "식사를 하십시다"라는 1인칭 복수 권유문으로 되어 있으나, 실제로 고뱅은 여왕이 아니라 뱃사공과 함께 식사하게 되는 것으로 보아 A나 T 사본에서처럼 2인칭 권유문이 더 타당할 것이다.

"즐겁게" : A와 B 사본에는 "즐겁게(liement)" 대신 "백 명 이상이 (plus de cent)."

195 "기품 있는" : A와 B 사본에는 "상냥한."

"말을 건네" : A와 B 사본에는 "그녀를 품에 안으며."

196 "뱃사공" : 직역하면 "(고뱅 경의) 집주인", 즉 뱃사공을 가리킨다.

"편히 주무셨습니까" : 직역하면 "잘 일어나셨습니다."

"사분할 방패" : 가로, 세로 십자 선을 그어 네 부분으로 분할하여 문장을 그린 방패.

198 "노를 저어 물가를 떠납니다" : 직역하면 "물가로부터 노를 저어 갑니다." A와 B 사본에는 "바삐 노를 저었습니다."

"그가 내게 오도록" : A와 B 사본에는 "내가 그를 보도록."

"몸이" : B 사본에는 "옆구리가."

200 "알지 못해요" : A 사본에는 "내 기사님은 저 여울목을 건너곤 했어요", B 사본에는 "내 기사님은 내가 원할 때면 저 여울목을 기꺼이 건너곤 했지요. 그래서 저기 초원의 나무에 핀 꽃을 꺾어다 주곤 했답니다."

"아무도 내려갈 수 없을 겁니다" : A 사본에는 "아가씨, 건널 만한 물목이 어디 있는지 모르겠는데요. 강둑이 너무 높고 물목은 너무 깊어서 내려갈 수 없을 것 같습니다." B 사본에는 "그는 어떻게 건너갔나요? 걸어서 건널 만한 물목이 보이지 않는데요? 물이 너무 깊은 데다가, 강둑이 너무 높아서 내려갈 수가 없을 것 같은데요."

"마법이라도 쓰지 않고는" : 직역하면 "그 자신이 경이롭지 않고는." 다시 말해 그 자신이 경이로운 세계, 즉 마법의 세계에 속하지 않고는. B 사본에는 "아주 용감하지 않고는."

201 "두 마리": A와 B 사본에는 "세 마리."

203 "오르크넬레스": B 사본에는 "오르카넬레스."

204 "로그르": A 사본에는 "로그르", B 사본에는 "노르그르", T 사본에는 "노그르." 가장 많이 쓰이는 형태인 '로그르'를 택했다.

　　"경이로운 기사": "chevaliers merveilleus." 단순히 무술 실력이 경이로울 만큼 뛰어나다는 의미 이상으로, 경이로운 딴 세상(l'Autre Monde merveilleux), 즉 마법의 세계에 속하는 기사라는 의미도 있다.

　　"좁은 길목": "Passage a l'Estroite Voie." A와 B 사본에는 "좁은 길이 있는 바위(Roche a l'Estroite Voie)."

206 "명예를 얻을 기사는": B 사본에는 "앞으로 백 년간은."

208 "캉갱": A와 B 사본에서는 "샹갱."

　　"녹색": A와 B 사본에서는 "녹색(vert)"이 아니라 "자주색(vermoil)."

　　"천을 짜서": A와 B 사본에서는 "짜서(tist)"가 아니라 "물들여서(taint)."

209 "마땅하오": B 사본에서 기로믈랑의 이 대사는 여기서 끝난다.

210 "오르카니": A와 B 사본에는 "오르카니", T 사본에는 "오르크니". 좀 더 잘 알려진 형태인 전자를 따른다.

214 "자기 곁에 앉은 딸에게": A와 B 사본에는 "자기 딸 곁에 와서 앉으며."

　　"아이네아스의 마음에 들었듯이": 베르길리우스의 『아이네이스』는 12세기의 이른바 고대 소설(roman antique)를 통해 중세의 청중에게 널리 알려진 이야기였다.

215 "몸을 돌려": A와 B 사본에는 "자리에서 일어나."

216 "그분을": A 사본에는 "나를."

　　"내 여주인이시고 벗이시니": 기사가 주군의 아내를 경애하는 여주인(dame)이자 벗, 즉 애인(amie)으로 섬기는, 이른바 궁정풍 사랑(amour courtois)의 관계를 엿볼 수 있다. 고뱅은 아더 왕의 왕비 기네비어와 실제 연인 관계가 아니므로 봉건적 주군과 봉신의 관계에

포함되는 바, 주군의 아내에 대한 충성을 말하는 것이라 보면 되겠다.

"대답합니다" : B 사본에는 다음 8행이 없고 곧바로 "안장도 고삐도 모두 준비되었습니다"로 이어진다.

"그거 잘됐군" : 직역하면 "나도 마다하지 않겠네" 정도가 될 것이다. 고뱅의 말을 사동이 타겠다는 데 대한 대답이라 보면 되겠다.

217 "입을 맞추고" : "Et si lor dona la colee." (v. 9186) 이른바 작위 수여(accolade) 예식이다. 기사 서임을 할 때는 검을 평평하게 눕혀 후보자의 어깨나 머리에 엄숙히 갖다 대며 기사가 되었음을 선포하는 방식도 있지만, 검을 미리 채워주고 입을 맞추거나 아니면 뺨이나 목을 가볍게 치는 방식도 있다. 앞서 고른망 드 고오르가 페르스발을 기사로 서임하는 장면(v. 1632~1637)을 참고하여 "입을 맞추고"로 옮겼다.

"절기" : 성신 강림절. 이렇게 큰 축일에 열리는 아더 왕의 궁정에는 대개 마법의 세계 내지 영적인 세계로부터 중요한 소식이 전달된다. 가령 불가타 연작(Vulgate Cycle)의 『성배 탐색』에서는 성신 강림절에 열린 궁정에 갈라하드가 당도하고 성배(le Saint Graal)가 나타난다.

"너한테" : A와 B 사본에는 "우리한테". 이렇게 읽으면 중간에 화자가 바뀔 필요가 없이 인용문이 하나로 이어질 것이다.

"사랑" : A와 B 사본에는 "보시(布施)."

218 "궁정백" : 궁정에서 왕의 법률과 행정 직무를 보좌하던 고위관을 말한다. 개중에는 왕국의 여러 곳으로 보내져 왕의 대리인 역할을 하는 이들도 있었으며, 이들은 일반 백작들보다 더 광범한 권한을 가지고 있었다.

그라알 ─ 미지의 기호, 의미의 원천

최애리

1. 성배 이야기의 단초

아더 왕 이야기는 어린 시절의 읽을거리에서부터 시작하여 영화, 대중소설 등에서 흔히 만나게 되는 이야기이다. 최근에는 베스트셀러가 된 『다빈치 코드』를 통해 '성배'라는 것이 널리 알려지면서 이 옛 이야기도 대중과 한발 더 가까워지게 되었다. 그것은 언제 어디서 어떻게 생겨난 이야기인가?

이야기의 배경이 잉글랜드인 만큼 잉글랜드의 옛 전설이 정착, 발전한 것이리라고 막연히 짐작할 수 있지만, 사실 그 본격적인 발전은 12세기 중엽부터 13세기 중엽에 이르기까지 약 한 세기 동안 주로 프랑스 작가들에 의해서 이루어졌다. 그리고 그런 프랑스 작품들이 전 유럽으로 퍼져 나가 이후 수세기 동안 유행했던 것이다. 아더 왕 이야기의 주요한 원전 중 하나로 꼽히는 15세기 잉글랜드 작가 토머스 맬러리(Thomas Malory)의 『아더 왕의 죽음』도 실은 13세기 프랑스에서 집대성된 아더 왕 이야기의 '불가 타' (대중본) 연작을 바탕으로 한 작품이다.

중세에 아더 왕 이야기는 서유럽은 물론이고 멀리 보헤미아, 키프로스까지 퍼져 나갔으며, 당시 만들어진 그리스 어, 히브리 어 번역본도 전해진다. 이처럼 대대적인 성공 덕분에 아더 왕 이야기는 그리스, 로마 신화에 맞먹는 중세 유럽 고유의 신화로 일컬어지기도 한다. 그것은 한 허구적인 왕국의 역사인 동시에 인류 구원의 역사로까지 해석될 수 있는 폭과 깊이를 갖추었으니, 그런 해석을 가능케 하는 상징이 성배이고, 성배로 발전할 단초가 처음 등장하는 작품이 바로 여기 소개하는 크레티앵 드 트루아의『그라알 이야기』(1185년경)이다. '그라알' 은 아더 왕 이야기 전체의 핵심에 위치하는 기폭제에 해당한다 할 수 있다.

2. 아더 왕과 그의 왕국

아더 왕 이야기와 관련하여 우선적으로 제기되는 질문은 그가 실존 인물인가 하는 것이다. 많은 신화나 전설이 그렇듯이 아더 왕 이야기 역시 역사상의 인물을 둘러싸고 형성된 것이 아닌가? 역사상의 아더로 추정되는 인물은 6~9세기 브리튼의 역사서들[1]

---

1) 질다스(Gildas)의『브리튼의 파괴 및 정복에 관하여(*De Excidio et Conquestu Britanniae*)』 (6세기 중엽), 비드(Bede)의『잉글랜드 인들의 교회사(*Historia ecclesiastica gentis Anglorum*)』(8세기), 넨니우스(Nennius)의『브리튼 인들의 역사(*Historia Brittonum*)』(9세기),『웨일스 연대기(*Annales Cambriae*)』(9~10세기) 등.

에서 나타나는데, 이런 문헌들은 5~6세기 앵글로–색슨 족의 브리튼 섬 정착을 배경으로 하여 이 게르만 부족들에 맞서 싸운 브리튼 인들의 전장(戰將)에 대해 언급했다. 하지만 딱히 거명되지 않거나 아예 다른 이름으로 불리기도 하는 이 장수에 대한 단편적인 언급만으로 그가 바로 역사상의 아더였다고 단정하기는 어렵다. 아더 왕은 그런 역사적 실존을 넘어 신화적인 후광을 지닌 인물이다. 브리튼 인들이 앵글로–색슨 족에게 밀려나 살게 된 땅인 웨일스, 콘월 등지에는 옛 켈트 족의 신화가 민담이나 전설로 남아 있는데, 주로 구비 전승된 이런 이야기[2]에도 아더가 등장하는 것이다. 아더와 그 주변 인물들, 그들이 겪는 초자연적 모험의 상당수는 이런 전승에서 발견된다.

이처럼 역사와 신화의 교차점에 위치하는 아더 왕이라는 인물이 오늘날 알려진 바와 같은 모습으로 처음 등장하는 것은 12세기 웨일스 출신 작가인 제프리 오브 몬머스(Geoffrey of Monmouth)의 『브리튼 왕들의 역사(*Historia Regum Brittaniae*)』(1136경)에서다. 이 작품은 역사서의 형식을 취하고는 있으나 다분히 허구적인 저작으로, 트로이가 멸망하자 망명한 아이네아스의 아들 브루투스가 머나먼 서쪽 섬의 명조(名祖)가 되었다는 설정에서 시작하여 이후 브리튼 왕들의 행적을 다루었다. 이 책에서 비로소 아더는 브리튼 왕들의 반열에 들게 되며, 그의 출생에서 죽음에 이르기까

---

[2] 1838년에서 1849년 사이에 샬롯 게스트(Lady Charlotte Guest)가 저명한 웨일스 학자들과 협력하여 『마비노기온(*The Mabinogion from the Llyfr Coch o Hergest, and Other Welsh Manuscript*)』이라는 제목으로 펴낸 웨일스 이야기가 대표적인 예이다.

지 역사적 면모와 신화적 면모를 아우르는 일대기가 수립되는 것이다. 이제 그는 정복자로서 문명 세계의 제왕이 되며, 그의 궁정은 뭇 기사들이 모여드는 기사도의 중심지로 일컬어진다.

제프리는 이런 이야기를 브리튼 어로 된 책에서 라틴 어로 옮겼다고 하나, 이 같은 출전 제시는 당시의 문학적 관행일 뿐이며, 전체의 3분의 1 분량을 차지하는 아더 왕에 관한 이야기의 상당 부분은 창작으로 여겨진다. 제프리의 이 작품은 큰 인기를 얻어 여러 가지 형태로 옮겨졌는데, 그중에서도 손꼽히는 것은 바다 건너 노르망디 출신 작가인 우아스(웨이스)가 프랑스 어 운문으로 옮긴 『브뤼트(*Brut*)』(1155)이다. 이 작품에서 아더 왕 이야기는 원탁의 창설을 비롯한 추가적인 세부를 확충하게 된다.

그러니까 아더 왕 이야기의 기본 구도는 제프리와 우아스의 작품에서 노정된다고 할 수 있다. 하지만 이 작품들에서 아더 왕의 치세는 주로 전쟁의 연속으로 그려지며, 오늘날 알려진 아더 왕 이야기에서와 같은 기사들의 모험담은 찾아 볼 수 없다. 다만 아더 왕국이 아일랜드 정복 후에 '12년간의 평화'를 누렸다고 이야기하는데, 이 예외적인 평화기 동안 궁정 예법이 수립되고 아더의 명성이 땅 끝까지 퍼져 나갔다든지(제프리), 혹은 온갖 경이로운 일이 일어났다든지(우아스) 하는 간략한 언급은 있지만, 구체적인 내용은 기록하지 않았다. 아더 왕의 궁정을 중심으로 하여 일어나는 경이로운 모험은 말하자면 이 12년간의 평화를 배경으로 하는 셈인데, 그런 모험의 이야기는 브리튼이 아니라 프랑스에서 창달되었다. 다시 말해 아더 왕이라는 인물과 그 왕국의 흥망이라는 틀은 브리튼에서 유래하지만, 그 틀 안에 들어갈 이야기는 프랑스에서 짜여진 것이다.

3. 기사들의 이야기

당시 프랑스는 이른바 '12세기의 르네상스'를 맞이하여 문화적·역사적 자각이 싹트던 시기였다. 이전 세기부터 쓰이기 시작한 무훈시에 이어 소설(roman)이라는 문학 장르가 새로이 등장했는데, 그 시발이 되는 것은 트로이 이야기, 테바이 이야기, 알렉산더 이야기 등 이른바 고대 소설(roman antique)들이다. 이런 이야기를 라틴 어 원전으로부터 자국어, 즉 로망 어로 옮겼다는 데서 그 장르 자체가 '로망'이라 불리게 된 것이다.[3] 이는 중세 사회를 세계 역사의 연속성 가운데 놓으려는 시도였지만, 아직 역사와 허구의 경계가 분명하지 않았던 터라 그런 옛 이야기는 어느 정도 중세인들 자신의 모습이 투영되는 상상의 장이 되기도 했다.

고대 소설은 1150~1170년대의 전성기를 지나면 소재의 제약과 역사 개념의 점진적 변화로 인해 퇴조하게 되는데, 그러면서 새로운 유행으로 대두한 것이 위에 소개했던 브리튼 이야기(matière de Bretagne; matter of Britain)이다. 그리하여 프랑스 이야기,

---

3) 프랑스 어로는 중세 소설이나 현대 소설이나 모두 '로망'이지만, 영어로는 비현실적인 요소가 많은 중세 소설을 근대 소설(novel)과 구별하여 '로맨스(romance)'라 칭한다. 프랑스의 초기 로망들은 아직 운문으로 쓰였으며, 무훈시(chanson de geste)와는 발화 상황과 작시법에서의 차이로 구별된다.

로마 이야기, 브리튼 이야기가 당시 문학의 3대 소재를 이루게 된다. 다시 말해 프랑스 문학은 샤를마뉴와 휘하 영웅들의 업적을 노래한 무훈시에서 출발하여, 그리스 로마의 신화를 번안한 고대 소설의 단계를 거친 후, 브리튼 이야기를 도입하면서 본격적인 허구 문학으로 나아가게 되는 것이다.

물론 이때의 브리튼 이야기란 제프리나 우아스의 역사서만이 아니라 음유 시인들에 의해서도 전해진 폭넓은 전승으로, 이 무렵 널리 회자되었던 트리스탕(트리스탄)과 이죄(이졸데)의 이야기에서 보듯 아더 왕과 직접적인 관련이 없는 이야기도 포함하는 것이었다. 이러한 전승은 다분히 환상적인 요소를 담고 있었던 만큼 앞의 다른 두 가지 소재에 비해 좀 더 자유로운 상상과 변용을 가능하게 하는 소재였다고 할 수 있다.

왜 하필 브리튼 섬을 무대로 하는 이야기가 프랑스 작가들에게 영감의 원천이 되었느냐 하는 것은 문학사의 수수께끼 중 하나로, 흔히 그런 창작 활동이 잉글랜드 왕 헨리 2세의 왕비가 된 프랑스의 대영주 알리에노르 다키텐이나 그녀의 딸 마리 드 샹파뉴의 궁정을 중심으로 이루어졌다는 역사적 배경으로 설명되곤 하지만, 다른 한편으로는 소재 자체의 환상적 성격에 비추어서도 이해될 수 있다. 이미 제프리에서부터 아더 왕의 궁정은 궁정 문화의 본산으로 일컬어지거니와, 이제 프랑스 시인들은 아더 왕의 궁정과 그것을 둘러싼 경이로운 모험의 세계에 당시 기사 사회를 투영하면서 자유로운 상상 가운데 그 이상과 현실의 얽힌 타래를 풀어갈 수 있게 된 것이다.

크레티앵 드 트루아(Chrétien de Troyes)는 브리튼 이야기를 소설로 쓴 첫 세대의 대표적 작가이다. 그의 생애는 작품 내의 몇몇 단서들에서 짐작할 수 있을 뿐인데, 그는 아마도 샹파뉴 지방의 트루아 출신으로, 1135~1140년경에 태어나 1160~1172년 사이에 마리 드 샹파뉴의 궁정에서 활동했으며 1191년경에 죽었을 것으로 추정된다. 주요 작품으로는 『에렉과 에니드(*Erec et Enide*)』, 『클리제스(*Cligès*)』, 『수레의 기사 랑슬로(*Lancelot ou Le Chevalier de la charrette*)』, 『사자의 기사 이뱅(*Yvain ou Le Chevalier au lion*)』, 그리고 그의 죽음으로 인해 미완성으로 남겨진 『그라알 이야기(*Conte du Graal*)』가 전해진다. 이런 작품들에서 그는 제프리나 우아스가 다루었던 내용, 즉 아더 왕의 출생과 즉위, 수많은 전쟁, 죽음과 왕국의 몰락 등에 대해서는 거의 이야기하지 않으며, 아더 왕의 궁정을 출발점이자 귀착점으로 하되 오히려 기사들이 궁정 밖의 환상적인 세계에서 겪는 경이로운 모험을 이야기한다.

이런 기사 이야기는 한 가지 근본 주제를 공유하는데, 그것은 결혼이다. 비단 크레티앵의 소설뿐 아니라 당시의 소설이 그 다양성 가운데 추구한 공통된 도정은 주인공이 성년이 되는 시점에 신부를 맞이하여 아버지를 계승하고(왕이 되고) 그럼으로써 자신의 정체성을 확립하는 것, 다시 말해 '혼례 소설'이 그것이었다. 크레티앵의 소설은 그런 도정에 이분적 구성을 부여하여, 전반부에서 주인공의 표면적 성취를 이야기한 후 거기서 생겨난 문제, 즉 사랑의 갈등을 해결해 가는 과정을 후반부에서 다루었다. 이런 심화 작업을 통해 그는 트리스탕과 이죄의 비극적 사랑을 지양하고 중세 봉건 사회 특유의 '궁정풍 사랑(amour courtois)'이라는 이상을 제시하며, 그러면서 중세 사회의 이상과 현실, 이성과 본능, 사회적 규범과 개인의 권리 등 대립항들 간에 빚어지는 갈등의 해결책을 모색하는 것이다.

그런데 그의 마지막이자 미완성 작품인 『그라알 이야기』는 좀 다르다. 외딴 숲 속에서 자신의 근본(이름)을 모르고 자란 주인공이 아더 왕의 궁정에 가서 기사가 되고 일련의 모험을 거쳐 아름다운 신부를 얻게 된다는 전반부는 이전 작품들에서와 같지만, 후반부는 전혀 다른 전개를 보인다. 결혼에 앞서 고향에 두고 온 어머니를 찾아가던 주인공은 낯선 성에서 그라알의 행렬을 만나게 되는 것이다. 창끝에서 피가 방울져 흘러내리는 창, 휘황하게 불 켜진 촛대들, 불빛보다 더 찬란한 빛을 발하는 그라알, 은쟁반 등을 받쳐 든 소년, 소녀 들이 줄지어 그의 식탁 앞을 왕래하는데, 그는 '창에서 왜 피가 흐르는지', '그라알을 누구에게 가져가는 것인지' 궁금해하면서도 끝내 묻지 못한 채 이튿날 아침 텅 빈 성에서 깨어나게 된다. 뒤늦게 알려진 바에 의하면, 만일 그가 '그라알로 무엇을 하는지', 또 '그것을 어디로 가져가는지'를 물었더라면 불수(不隨)의 성주, 즉 어부왕(漁夫王)과 그의 왕국을 구할 수 있었을 터인데 말이다. 이야기의 후반부는 이런 수수께끼들의 해명과는 무관한 방향으로 전개되어가다가 미완성으로 끝나고 만다.

이 이야기는 엄청난 반향을 불러일으켰다. '그라알'이란 대체 무엇인가? 그라알에 앞서 가는 창에서는 왜 피가 흐르며, 그라알에 대한 질문이 왕과 왕국을 구한다는 것은 무슨 뜻인가? 어부왕이란 어떤 인물인가? 그뿐만 아니라 어부왕이 주인공에게 주는 검(劍)에 관한 예언, 로그르 왕국(아더 왕국의 다른 이름)의 멸망에 관한 예언도 제대로 해명되지 않기는 마찬가지다. 주인공은 그 모든 수수께끼를 어떻게 풀게 되는가? 『그라알 이야기』가 남긴 의문들은 후속 작가들에게 다양한 해석의 가능성을 제공하여, 이후 약 반세기 동안 수많은 그라알 소설들이 쓰여졌다. 그러면서 아더 왕 이야기 전체가 그라알을 중심으로 재편성되어, 성사에 버금가는 역사로 발전하게 되는 것이다.

4. 그라알

크레티앵 자신이 이 이상한 이야기의 제목을 『그라알 이야기』라고 했다는 사실에서도 알 수 있듯이, 이 모든 수수께끼의 한복판에 자리한 것이 그라알이다. 그라알(Graal; 영어로는 Grail)이란 대체 무엇인가? 우리말로는 흔히 성배(聖杯)라고 옮기지만, 실상 성배란 성(聖)그라알(Saint Graal; Holy Grail), 즉 일련의 문학 작품들을 통해 그리스도교적으로 성화된 그라알에 해당하는 말이므로 썩 적절한 역어라 할 수 없다.[4]

---

4) *Conte du Graal*을 '성배 이야기'가 아니라 '그라알 이야기'로 옮긴 것도 그 때문이다. 그라알을 '성배'로 규정하고 나면, 그라알의 행렬은 더 이상 그 어떤 '질문'의 너머에 있는 신비로운 장면이 아니게 될 것이다.

크레티앙 이전의 그라알은 고유 명사가 아니라 보통 명사였다. 그리 널리 쓰이는 말은 아니었지만, 그것은 1010년경의 라틴 어 문서에서 'gradalis'라는 형태로 나타나며, 프로방스 어 'grazal/grasal', 카탈루냐 어 'greal/grialia' 등에 대응하는 것으로, 일종의 그릇을 가리켰다. 또한 프랑스 북부 방언에서도 그것은 역시 손님 접대용의 그릇, 두 사람이 함께 음식을 나눌 만한 크기의 그릇을 가리키는 말로 사용된 예가 있다. 한마디로 그라알이란 식사 때 쓰이는, 상당히 큰 그릇을 가리키는 말이었던 것으로 보인다.

이 점은 크레티앙에게서도 확인된다. 그라알 행렬에서 처음으로 그라알이 언급될 때 그것은 부정관사를 수반하는 보통 명사이며, 훗날 주인공이 숲 속에서 만나게 되는 은자(隱者)가 "그 안에 곤들매기나 칠성장어, 연어가 들어 있었으리라고 생각하지 말라"고 하는 말에서 알 수 있듯이, 상당히 큰 그릇을 가리킨다. 그러나 그것은 "순금으로 만들어졌고" "땅과 바다에서 나는 가장 귀하고 값진 보석들이 여러 가지 모양으로 박혀 있다"는 묘사에서 보듯이, 더 이상 여느 그릇이 아니다. 그것은 휘황한 불빛보다 더 찬란한 광휘를 발하며, 은자의 설명에 따르면 그 안에는 성체가 담겨 있고, 그것에 관해 제대로 물었더라면 불수의 왕이 치유되었으리라고 한다. 다시 말해 크레티앙의 그라알은 보통 명사로부터 차츰 신비에 싸인 특정한 사물을 가리키는 말로 바뀌어 간 것이라 할 수 있다.

그렇다면 크레티앙이 그라알이라는 말로 가리키는 그 신비한 그릇은 어디서 온 것인가? 그가 그것을 전적으로 혼자서 생각해 낸 것이 아니라면 필시 그가 참조한 원형이 있을 터이니, 그라알의 정체를 알 수 있다면 그라알 이야기들에 얽힌 수수께끼를 해명하는 데 도움이 될 것이다. 그러므로 그라알 문학에 관한 연구의 상당 부분은 그라알의 기원을 밝히는 데에 바쳐져 왔는데, 그러한 논의는 복합적인 양상을 띤다. 왜냐하면 문제 되는 것은 그라알뿐 아니라 그라알 이야기를 구성하는 다른 여러 모티프의 기원이기도 하며, 크레티앵의 『그라알 이야기』뿐 아니라, 이후의 그라알소설들도 참조해야 하기 때문이다. 이 모든 논의는 대체로 켈트 신화적 기원론, 그리스도교적 기원론, 비의적 기원론의 세 갈래로 구분된다.

우선 아더 왕 이야기가 켈트 신화의 잔재로부터 비롯된 것인 만큼, 그 일부인 그라알 이야기 또한 그러하리라고 생각할 수 있다. 실제로 웨일스나 아일랜드의 전설에서는 그라알과 창, 불수의 어부왕, 황무지, 해야 할 질문 등 거의 모든 모티프에 대응하는 요소들이 발견되는 것이다. 가령 그라알은 켈트 전승의 많은 이야기에서 단지, 뿔, 바구니, 잔, 접시 등 여러 형태로 등장하는 풍요의 그릇에 해당한다. 크레티앵도 어부왕의 식탁에 새로운 음식이 차려질 때마다 그라알의 행렬이 지나갔다고 이야기하며, 이후 많은 그라알 소설에서 그라알은 식탁에서 식탁으로 떠돌아다니며 진수성찬을 차려내는 것으로 이야기된다. 또한 피 흐르는 창은 경이로운 저 세상(Autre Monde)의 부적이자 왕권의 상징으로, 화염에 싸여 있거나 검붉은 피로 물들어 있는 복수와 파괴의 무기이다. 크레티앵에게서 피 흐르는 창은 로그르 왕국에 파괴를 가져올 무기로 이야기되는데, 이 또한 같은 성격의 창이라 할 수 있다. 그런가 하면 어부왕은 웨일스 신화의 복된 브랑(Bran le Béni) 혹은 아일랜드 신화의 누아두(Nuadu)에 해당하는데, 바다 혹은 물의 숭배와 관련된 이들 신은 힘과 생명과 다산의 상징으로 그의 불수는 그 반대 양상인 불모를 나타낸다. 해야 할 질문의 모티프 역시 저 세상 방문에 관한 아일랜드 이야기에서 그 원형을 발견할 수 있으니, '그라알을 누구에게 가져가는가'라는 질문은 땅의 주권을 상징하는 여신이 되풀이하는 '이 잔을 누구에게 줄 것인가'라는 질문과 형태적으로 유사한 것으로, 왕국의 주권과 결부된다고 볼 수 있다.

이처럼 켈트 신화적 기원론은 개별 모티프들의 기원에 관해서는 매우 흥미로운 자료를 제시하지만, 모티프들 간의 유기적 관계를 보여 주지 못한다는 한계를 갖는다. 다시 말해 개별 모티프들의 기원만으로는 어부왕의 성에서 그라알과 피 흐르는 창이 행렬을 이루고 그에 대해 질문을 해야 한다는 이야기의 진상을 알 수가 없는 것이다. 그런 한계를 극복하기 위해 켈트적 상상력의 원형이라 할 어떤 근본적인 신화를 재구성하려 한 이도 있고, 그라알 이야기가 저 세상 보물(부적)의 탐색에 관한 이야기와 복수의 이야기를 한데 엮은 것이라고 주장하면서 인도-유럽 어족의 다양한 신화에서 그 원형을 찾으려 한 이도 있다. 또 모티프들 사이에서 구조적 관계를 찾아내어 그라알 행렬의 구성 요소와 그 켈트 신화적 원형들을 인도-유럽 어족 공통의 삼원적 기능에 비추어 설명하려는 시도도 있었다.

그런가 하면 그라알 행렬은 그리스도교 전례를 시사하는 것으로 보이기도 한다. 무엇보다도 그라알에 성체가 들어 있었다고 하는 대목에서 보듯, 그라알은 성작(聖爵, Calice) 또는 성합(聖盒, Ciboire)과 비슷한 것이라고 생각할 수 있다. 또한 행렬의 다른 요소들도 그리스도교 전통에 의거하여 설명할 수 있으니, 피 흐르는 창은 그리스도를 찌른 로마 백부장 롱기누스(Longinus)의 창, 즉 성창(聖槍)에, 쟁반은 성반(聖盤, Patène)에 해당한다. 이렇게 본다면 그라알의 행렬이란 성찬 예식과도 같은 것이라 생각할 수 있다. 그러나 크레티앵의 그라알 행렬은 그리스도교 예식과 일치하지 않는 요소들도 지니고 있다. 성찬 예식에 왜 창이 등장하는가? 성작 또는 성합을 나르는 것이 어째서 여자인가? 그라알 행렬은 어부왕의 식탁 앞을 거듭 왕래하는데, 그렇다면 성찬 예식이 연이어 반복된다는 말인가? 이러한 의문에 대한 답변으로 비잔틴 대입례, 병자를 위한 성찬 예식 등과의 유사점이 지적되기도 했으나 큰 설득력은 얻지 못했다. 그 밖에도 그라알의 그리스도교적 기원을 주장하는 전거로는 성화(聖畵)의 전통, 교부들의 전통, 유대교 전통, 당시 예루살렘에 있던 라틴 왕국의 정황 등이 거론된 바 있다. 그러나 이런 이론의 공통된 한계는 그라알과 그라알 행렬에 관한 논의에 국한되며 이야기를 이루는 다른 요소에 대해서는 설명하지 못한다는 것이다. 예컨대 그라알에 관한 질문이 어부왕을 회복시키리라든지, 피 흐르는 창이 로그르 왕국의 파멸을 가져오리라든지 하는 예언은 그리스도교적인 맥락에서 이해되기 어렵다.

그러므로 그라알의 그리스도교적 기원을 주장하는 학자들은 그라알, 창 등은 그리스도교적인 모티프이지만, 켈트 전승의 이야기를 빌려 허구화되었으리라고 한다. 하지만 그렇다면 사실은 그 역일 수도 있지 않겠는가? 그라알 문학은 그리스도교 예식에 켈트 전승의 이야기를 덧입힌 것이라기보다, 켈트 전승의 이야기가 그리스도교 문화 안에서 변용된 것이라고 보는 편이 문학사의 큰 흐름에 비추어 보더라도 좀 더 설득력이 있을 것이다.

나아가 켈트 전승을 인도-유럽적 전승에 비추어 이해하려는 시도에서도 나타나듯이, 그라알의 기원을 찾으려는 노력은 연구 범위의 점진적인 확대를 가져왔으니, 그라알 이야기에서 특정 종교와 신화를 넘어서는 보편적 사고와 상상력의 원형을 발견하고자 하는 작업이 그것이다. 인류가 간직해 온 모든 전통에서 그 어떤 '원초적 전통'의 흔적을 찾고자 하는 이 같은 시각은 이른바 영속주의라 불리는 것으로, 영속주의자들은 그런 원초적 전통이 인류 역사를 통해 비의(秘義)적으로 이어져 왔다고 주장한다. 이들은 그라알 이야기도 실상 그런 비의의 전수에 관한 이야기라고 보며, 따라서 이들의 과제는 그 비의의 내용을 밝히는 것이 된다. 그리하여 그라알의 비의적 기원에 관해서도 아리안족의 자연 숭배와 제식(祭式),[5] 간(間)빙하기 북방 민족의 태양 신화, 이슬람교의 시아파 교리, 이단 카타리파의 전통, 헤르메스 비전 문서들의 전통과 페르시아 연금술 등 실로 다양한 가설과 주장이 제출되어 왔다.

그러나 인류 보편의 사고와 상상력의 저변에 그 어떤 원형 내지 비의적 전승이 존재한다는 것은 인정한다 하더라도, 그 구체적인 기원에 관한 논의는 수긍하기 어려운 것일 때가 많다. 그러한 원형은 일종의 무의식적 집단 기억으로 전수되며 진정한 비의는 정통 종교와 상충하지 않는다고 본다면, 그라알의 기원으로 특정한 비교(秘敎)의 전통을 운위하는 것은 그라알의 본령을 오도하는 일이 될 것이다. 그러므로 그라알의 비의적 기원에 관한 논의는 막연한 보편적 전승을 상정하는 것 외에는 다분히 주관적 상상에 속하는 것일 수밖에 없다.

5. 『그라알 이야기』

그라알의 기원에 관한 이런 논의는 『그라알 이야기』를 해석하는 데 다양한 가능성을 제공해 왔다. 크레티앵의 다른 작품들이 그렇듯 이 작품도 주인공이 도달해야 할 어떤 이상을 모색한 것이라 할 때, 그 추구하는 가치나 인간상이 어떤 것인지는 그라알 모험의 의의에 달려 있기 때문이다. 가령 그라알이 그리스도교의 성유물이라거나 또는 적어도 성유물화된 것이라고 보는 이들은 그

---

5) 이것이 엘리엇(T. S. Eliot)의 『황무지(*The Waste Land*)』에 영감을 제공한 것으로 널리 알려져 국내에도 번역 소개된 웨스턴(J. Weston)의 저서 『제식으로부터 로망으로(*From Ritual to Romance*)』(Cambridge, 1920)에서 제시된 가설이다. 이 책에 따르면, 농경 민족 아리안 족의 자연 숭배와 제식(祭式)에서 유래한 어떤 비의적 전승이 바빌론의 탐무즈 숭배, 그리스의 아도니스 숭배 등을 거쳐 그리스도교 영지주의로 발전, 로마 제국의 영토 확장과 더불어 브리튼 섬에까지 이르렀을 것으로 추정되며, 그라알 소설의 최초 원형은 실제로 행해졌던 비의적 제식의 기록이리라고 한다. 이 책은 풍부한 시적 영감을 제공하기는 하나, 학문적으로는 비판의 대상이 되었다.

라알 행렬이란 그리스도교의 근본 교의를 보여 주는 것이며『그라알 이야기』는 주인공 페르스발(퍼시벌)이 그라알에 관한 질문을 통해 복음의 진리를 깨달음으로써 진정한 그리스도교적 기사도를 성취하는 이야기라고 해석한다. 반면 그라알이 특정한 비의의 상징이라고 보는 이들은『그라알 이야기』가 그 비의로 입문하는 도정을, 또는 거꾸로 이교적 비의로부터 정통 그리스도교로 개종하는 것을 그린 것이라고 해석한다.

그러나 그라알 모험이 작품의 중심을 이룬다고는 해도 전부는 아니며, 크레티앵의 이 마지막 작품을 온전히 이해하기 위해서는 그 전체적 구성을 살펴볼 필요가 있다. 이 미완성 작품은 단순히 결말 부분이 쓰이지 않았을 뿐만 아니라, 쓰인 부분의 구성에서도 불가해한 양상을 보이기 때문이다. 서문(1~68행)에 이어 작품의 전반부(69~4746행)는 페르스발의 이야기, 후반부(4747~9234행)는 또 다른 기사 고뱅(가웨인) 이야기인데, 전·후반부의 이야기는 서로 관련이 없다. 그라알과는 무관하게 전개되는 고뱅의 모험들 중간에, 단 한 번 페르스발이 은자를 만나는 대목(6217~6518행)이 나오고는, 다시금 고뱅의 이야기가 이어지는 것이다.

작품의 구성에 있어 이런 불균형이나 지속성의 단절은 이전 작품들의 짜임새 있는 구성을 상기한다면 납득하기 어렵다. 또한 길이에 있어서도 이전 작품들은 7000행 안팎으로 모두 비슷한 반면, 『그라알 이야기』는 9000행이 넘으면서 미완성이라니 이상하지 않은가? 그래서 한때『그라알 이야기』의 구성, 특히 '고뱅 편'

과 페르스발이 은자와 만나는 대목의 위작 여부가 논의되기도 했으나, 오늘날은 그 모두가 동일한 작품을 이룬다고 보는 견해가 지배적이다. '고뱅 편' 또한 크레티앵 특유의 세련된 문체를 보여줄 뿐 아니라, 이분적 구성 형식도 그의 모든 작품들에 공통된 것이기 때문이다.

『그라알 이야기』의 이분적 구성은 크레티앵의 다른 작품들에 비추어 이해될 수 있다. 앞서도 지적했듯이 그의 모든 작품들은 거의 비슷한 구성으로, 주인공은 일련의 모험에서 승리하여 바라던 이상에 도달하는 것처럼 보이지만, 그러한 승리는 잠정적일 뿐 새로운 갈등 요소가 드러나며, 주인공은 다시금 모험 속에 뛰어들어 그 문제를 해결함으로써 진정한 승리를 이룩하게 된다. 이런 맥락에서 본다면 '페르스발 편'은 이전 소설들의 전반부와 마찬가지로 주인공의 일차적 성취의 과정에 해당하는 것으로, 페르스발이 아더 왕 궁정의 최고 기사인 고뱅에 견줄 만한 탁월한 기사로 인정된다는 것은 기사가 되겠다는 처음 목표의 실현이라 할 수 있다. 또한 일차적 성취가 이루어지는 바로 그 순간에 그 성취가 표면적이거나 불완전한 것임이 드러나면서 이야기가 새로이 출발하게 된다는 점에서도 크레티앵 특유의 이분적 구성의 특징을 찾아볼 수 있다. 다만 이전 작품들에서는 재출발의 동기가 사랑이나 결혼이 내포하는 갈등이었던 반면, 이제 그 동기가 그라알 모험의 실패에 있다는 사실은 『그라알 이야기』가 제기하는 문제가 혼례소설을 넘어서는 것이며 주인공의 궁극적인 완성은 그라알 모험과 관련하여 이루어질 것임을 시사한다.

그러나 이런 이분적 구성 형식을 따른다면 『그라알 이야기』의 후반부 역시 전반부의 미진한 점을 해결하고 완성하는 방향으로 나아가야 할 것이고, 남은 이야기는 페르스발이 실패를 만회하는 것, 즉 그라알에 관해 해야 할 질문을 함으로써 어부왕을 회복시키고 황무지에 풍요를 되돌려 준다는 식으로 진행되어야 할 것이다. 그러나 후반부에 나오는 고뱅의 모험들은 페르스발의 이야기와 무관할 뿐 아니라, 그 자체로서도 일관된 의미를 찾기 힘들 만큼 착잡한 방식으로 전개되어 간다. 그러므로 '고뱅 편'은, 그것이 크레티앵 자신에 의해 『그라알 이야기』의 후반부로 쓰인 것이라고 보는 학자들 간에서도, 미완성 작품의 초고로서 채 다듬어지지 않았기 때문에 어쩔 수 없는 한계를 지니는 것으로 간주되어 왔다. 따라서 그것은 별로 연구되지 않았고, '페르스발 편'의 해석에 따라 읽히는 데 그쳤다. 예컨대 고뱅은 페르스발이 도달해야 할 기사도적 완성을 보여 주는 모델로서 높이 평가되는가 하면, 페르스발이 열린 가능성을 지닌 데 비해 더 이상의 발전이 불가능한 또는 세속 기사도의 한계를 보여 주는 인물로 평가 절하되기도 하는 것이다.

그러나 좀 더 면밀한 독해를 통해 '페르스발 편'과 '고뱅 편' 사이의 긴밀한 대응 관계가 밝혀지면서부터 '고뱅 편'은 『그라알 이야기』를 전체로서 이해하는 데 중요한 단서로 재조명되기 시작했다. 예컨대 두 편 간의 가장 현저한 대응 관계는 그라알 성과 경이의 성 간의 대응에서 찾아볼 수 있다. 이 두 성은 모두 저 세상을 연상시키는 요소를 지니고 있고, 거기에서 주인공들은 각기 자신의 선조 내지는 선조를 상기시키는 인물들을 만나게 된다. 또한 두 성 모두 황무지 회복의 모티프와 연관되어 있으며, 기타 세부적인 모티프나 묘사에서도 우연의 일치라 보기 힘든 대응 관계가 발견되는 것이다. 그런가 하면 '고뱅 편'의 중간에서 페르스발이 숲 속을 헤매다 은자를 만나는 대목도, 한때는 위작 내지는 첨작으로 치부되기도 했지만, 실상은 페르스발이 처음 어머니의 집 근처 숲 속에서 기사들을 만나는 대목과 분명한 의도적 대비를 이루는 것임이 지적되었다.

비교적 근래에 행해진 『그라알 이야기』에 대한 독해는 거의가 전·후반부의 이 같은 대응 관계를 통해 작품 이해에 접근하는 것을 볼 수 있다. 특히 흥미로운 것은 그러한 대응 관계를 바탕으로 작품의 완성된 형태를 추측해 볼 수 있으리라는 가설이다. 가령 위에서 지적한 대응 관계 외에도, 보르페르와 에스카발롱의 에피소드나 이른바 '피에타(pietà)'(죽은 혹은 죽어 가는 기사를 두고 비탄에 빠진 아가씨들, 즉 페르스발의 사촌 누이와 그레오라스의 애인)의 에피소드에서도 의도적인 대비가 발견되는데, 이런 대응 관계에 기초하여 작품의 재구성을 시도할 수 있다는 것이다. 그렇게 본다면 고뱅의 이야기는 페르스발의 이야기를 되비추는 것이 되어, 작품 전체는 은자의 에피소드를 중심으로 '페르스발-고뱅-은자-고뱅-(페르스발)'이라는 대칭 구조를 이루면서 페르스발과 고뱅의 만남으로 끝맺게 될 것이다.

이런 견지에서 『그라알 이야기』가 사실상 완성된 것이라는 주장도 있다. 즉 『그라알 이야기』는 현재 남아 있는 상태로 완성된 것이라거나, 아니면 고작해야 완성된 사본의 마지막 장 정도가 뜯어져 나간 것이라는 주장이 그것이다. 물론 여러 가지 점에서 이야기가 미진한 채로 끝이 났다고 보기 위해서는 단순한 이야기를 넘어선 차원에서 완결되는 어떤 해석이 전제되어야 할 터이다. 가령 페르스발과 고뱅이 각기 원죄의 상태로부터 은총적 사건을 통해 신의 대속을 깨닫고 구원을 이루어 가는 인간을 그린 것이라는 해석에 의하면, 신의 은총이나 대속은 초시간적인 사건이지만 인간의 삶은 여전히 미완의 시간 속에서 영위되어야 하는 것이므로 주인공들의 모험이 완결되지 않은 채로 이야기가 끝나는 것은 당연한 일로 간주된다. 또는 『그라알 이야기』가 액면 그대로의 모험 이야기가 아니라 소설의 형식을 차용한 일종의 수사학이라고 보는 견해에 의하면, 그라알이란 도달할 수 없는 어떤 의미의 근원을 나타내는 것으로 작품의 미완성이라는 형태는 사실상 그러한 의미의 소진 불가능함을 말하는 작품의 완성된 형태라고 한다.

결국 『그라알 이야기』 전체에 대한 독해는 끝내 미진한 가설의 영역으로 남는다. 이야기의 많은 불가해한 점은 명백히 해석에 대한 요구를 발생시키는 지표가 되지만, 그 요구를 충족시키는 해석에 의해 뒷받침되지 않는 것이다. 그러므로 후속 작가들은 한편으로는 그라알의 기원이라는 방향으로, 다른 한편으로는 주인공들의 모험의 결말이라는 방향으로 '해명'을 시도하게 될 것이다. 다시 말해 그것은 그라알의 행렬이 그 사이에 놓여 있는 이중의 공백에 대한 질문, 즉 그것을 누구에게 가져가는가와 그것은 어디에서 오는가라는 질문에 대한 답변의 시도라 할 수 있다. 『그라알 이야기』는 그 자체로서 어떻게 해석될 수 있느냐를 넘어, 이처럼 소진되지 않는 의미의 원천이 되었다는 데서 의의를 찾을 수 있는 작품이다.

6. 이후의 그라알 소설들

『그라알 이야기』 이후 약 반세기 동안 많은 그라알 소설들이 쓰였다. 국내에 이미 번역 소개된 독일 시인 볼프람 폰 에셴바흐의 『파르치팔(*Parzival*)』(13세기 제1사분기) 역시 『그라알 이야기』를 독특한 방식으로 번안한 작품이다. 프랑스에서는 후속 그라알 소설들은 크게 두 방향으로 전개되었으니, 한편으로는 크레티앵에게서 중단되었던 이야기를 계속하면서 그 수수께끼들을 브리튼 이야기 고유의 맥락에서 풀어 보려 한 일련의 운문 『속편(*Continuation*)』들이 있고, 다른 한편으로는 로베르 드 보롱(Robert de Boron)이 그라알을 그리스도교의 성유물로 정의한 이래 그라알 이야기의 그리스도교적 해석을 추구한 다양한 산문 작품들이 있다.[6] 두 방향 중 주류를 이루었던 것은 후자로, 그리

---

6) 이런 작품들의 정확한 연대를 추정하기란 어려운 일이지만, 대체로 『그라알 이야기』(1185년경), 『제1 속편』의 짧은 이본, 로베르 드 보롱의 『요셉(*Joseph*)』과 『메를랭(*Merlin*)』, 『제2 속편』, 『산문 페르스발(*Perceval en prose*)』, 『페를레스보스(*Perlesvaus*)』, 『성배 탐색(*La Queste del Saint Graal*)』, 『제1 속편』의 긴 이본, 『제3 속편』, 『제4 속편』, 『성배 사화(*L' Estoire del Saint Graal*)』(1235년경)의 순서가 받아들여지고 있다. 운문 속편 중 추후 서문에 해당하는 『해명(*Elucidation*)』과 『블리오카드랑(*Bliocadran*)』은 13세기 후반에 쓰였을 것으로 추정된다.

스도교와는 무관한 모험 이야기로 이루어진『속편』들에도 그라알 및 관련 모티프의 그리스도교화가 차츰 반영되어 가는 것을 볼 수 있다.

　이러한 전개에서 가장 중요한 전기를 이루는 것은 크레티앵의 『그라알 이야기』보다 약 20년 후에 쓰인 로베르 드 보롱의『요셉 (Joseph)』, 일명『그라알 사화(史話)(Estoire dou Graal)』이다. 이 작품에서 비로소 그라알은 성배, 즉 성만찬에서 사용된 잔이자 예수 그리스도가 십자가 위에서 흘린 피를 받아 담은 잔으로 등장한다.『요셉』의 주인공은 성경에 기록된바, 그리스도의 시신을 장사지냈다는 아리마대 요셉으로, 로베르에 따르면 그가 이 잔을 가지고 먼 서방 땅으로 가서 그것을 계승할 후손을 기다린다는 것이다. 그라알이 이처럼 성유물과 동일시되면서 그라알 소설에는 몇 가지 형식적 변화가 일어나게 된다. 즉『요셉』은 운문 사본 하나 외에는 모두 산문 사본으로 전해지며, 이후로 그라알 이야기의 그리스도교적 해석을 추구한 작품들은 모두 산문으로 쓰이게 된다. 이러한 산문화는 독자층의 확대라는 시대적 변화와도 무관하지 않지만, 다른 한편으로는 당시 허구 문학의 의례적인 형식이었던 운문 대신 주로 종교 저작에 쓰이던 산문을 통해 이야기의 진실성을 보증하려는 문학적 장치라 할 수 있다. 아울러 그는『요셉』의 말미에서 연작 형식을 예고하고 있으니, 성사와 브리튼을 무대로 하는 본래의 그라알 이야기 사이의 역사적 간격을 메우기 위해 그 중간사에 해당하는 이야기가 요구되는 것이다. 그래서『요셉』은 『브리튼 왕들의 역사』에서 아더 왕의 출생에 관여했다고 하는 마법사 메를랭의 이야기인 『메를랭(Merlin)』으로 이어지게 된다. 이런 연작 형식 또한 그라알에 관한 이야기가 일개 작가의 창작을 넘어서는 성스러운 역사임을 보여 주려는 장치이다. 그리하여 이야기는 일종의 계시로 제출되며, 이후로 그라알 소설의 작가는 차츰 익명화되는 것을 볼 수 있다.

로베르는 이처럼 이야기의 기원을 성사에까지 소급시키고 성사와 브리튼 이야기 사이에 시공간적 가교를 놓은 다음 세 번째 이야기에서 브리튼을 무대로 하는 본래의 그라알 이야기를 완성하려 했던 것으로 보이지만, 그 자신에 의한 세 번째 이야기가 전해지지 않으므로[7] 그가 그라알 모험을 구체적으로 어떻게 종결지으려 했는지는 알 수가 없다. 그라알을 성배로 정의한 연후에 그라알의 모험이란 어떤 것이 될 것인가? 그라알에 관한 '질문'이 더 이상 무슨 의미가 있는가?

그라알을 성배로 정의함에 따라 그라알 모험에 종교적인 의미를 부여한 이야기는 『페를레스보스(Perlesvaus)』와 『성배 탐색(La Queste del Saint Graal)』에서 찾아볼 수 있다. 두 작품 모두 기사들의 모험은 단순한 창검의 싸움이 아니라 영적인 의미를 지니는 것이라는 해석에 의거해 있는데, 『페를레스보스』에서는 그

---

7) 다만 『요셉』과 『메를랭』의 일부 사본에 후속 작가에 의한 것으로 보이는 『페르스발』이 함께 실려 있는데, 이것이 『산문 페르스발(Perceval en prose)』 또는 사본 소장자의 이름을 따라 『디도-페르스발(Didot-Perceval)』이라 불리는 작품이다. 이것은 로베르의 전작들이 제시한 구도 속에서 『제2 속편』의 줄거리를 바탕 삼아 크레티앵의 『그라알 이야기』를 마무리 지으려 한 시도인데, 그라알을 성배로 정의한 것이 이야기의 전개에 별다른 영향을 미치지 못하는 채 영적인 해석을 시사하는 데 그친다.

런 해석이 아직 단속적이며, 성배 탐색이 작품 전체를 주도하고 모험들이 일관되게 영적 해석을 얻으며 그런 가운데 그라알의 의미가 한층 심화되는 것은 『성배 탐색』에서이다. 어느 날 아더 왕의 궁정에 순결한 기사 갈라아드(갈라하드)가 나타나고 성배 탐색이 시작되며, 수많은 기사들이 헛되이 탐색 길에 스러져 간 뒤에 선택된 몇몇 기사만이 성배 가까이 나아간다는 이 이야기에서 모든 모험은 영적인 싸움의 은유로 해석되며, 그라알은 성찬과 수난의 유물일 뿐 아니라 신의 임재를 나타내는 상징이 된다. 그것은 현세의 육신적 삶에서 영적인 삶의 과정을 보는 그리스도교 세계관의 충실한 반영이며, 특히 성배 탐색의 최종 단계에서 허락되는 '그라알의 신비'란 인간의 영적인 도정이 무한한 내세를 향해 열리는 소실점과도 같다.

흥미로운 것은 이처럼 그리스도교 이념을 추구한 『성배 탐색』이 세속 궁정 문화를 구가한 『랑슬로』와 함께 연작을 이룬다는 사실이다. 『랑슬로』는 크레티앵의 『수레의 기사 랑슬로』를 좀 더 발전시켜 랑슬로의 출생에서부터 최고의 기사가 되기까지의 과정을 이야기하고, 랑슬로와 왕비 그니에브르(기네비어)의 사랑을 궁정풍 사랑의 이상으로 제시한 작품이다. 이 『랑슬로』의 세속적인 이상과 『성배 탐색』의 종교적 이상이 대비를 이룬 다음 『아더 왕의 죽음(La Mort le Roi Artu)』(혹은 간단히 La Mort Artu)이라는 결말에 이르게 되는 것이 '랑슬로-그라알' 연작이다. 일찍이 제프리나 우아스의 작품에서는 아더 왕의 죽음이 단순한 역사적 과정으로 기술되었던 반면, 이제 그것은 한 세계의 비극적 종말로 그려진다. 즉 한편으로는 성배 탐색의 종결과 더불어 아더 왕의 궁정 밖 경이로운 세계에서 경이로움이 사라지고 더 이상 모험이 일어나지 않으며, 다른 한편으로는 궁정 사회의 이상이었던 궁정풍 사랑이 불륜으로 드러나 내적인 균열이 일어남에 따라 아더 왕국은 안팎으로 몰락하게 되는 것이다. 앞서 브리튼 이야기는 당시 기사 사회의 이상과 현실이 투영되는 상상의 장이 되었다고 지적한 바 있거니와, 아더 왕 이야기의 이런 종결은 세속 사회의 윤리적, 심미적 이상이었던 궁정풍 이데올로기가 교회 이데올로기에 수렴되어 가는 과정을 보여주는 것이라 하겠다.

요컨대 아더 왕 문학은 크레티앵의 『수레의 기사 랑슬로』와 『그라알 이야기』에서 미진했던 이야기를 각기 발전시킨 다음 『아더 왕의 죽음』에 이르는 것인데, 이후로 더 이상의 전개가 불가능해진 이야기는 막연히 전설적인 시간 속에 머물면서 비슷비슷한 인물과 사건을 반복하거나 아니면 아더 왕 이전의 시간으로 되돌아가게 된다. 그리하여 3부 연작 '랑슬로-그라알' 앞에 『요셉』을 더 발전시킨 『성배 사화(L'Estoire del Saint Graal)』와 『메를랭』을 덧붙인 것이 '불가타' 연작으로, 불가타, 즉 '대중본'이라 일컬어질 정도로 널리 받아들여진 아더 왕 이야기의 결정본이다. 1215~1235년에 걸쳐 집대성된 이 5부 연작이야말로 로베르가 작정했던 구도의 완성이라 할 수 있으니, 아더 왕 이야기는 성배를 통해 구속사(救贖史)의 기원으로까지 거슬러 올라가며, 성배 탐색이 완료된 이후 세계의 종말에까지 이르는 것이다. 이렇듯 옛 켈트 신화의 잔재가 인류 구원의 역사로 재해석되기까지, 반세기에 걸친 독해를 가능케 하는 풍요로운 의미의 원천이 된 것이 미지의 기호 그라알이었다. 후속 작가들이 그 어떤 설명을 시도한다 해도 여전히 변함없는 최초의 매혹에 이끌리듯 크레티앵이 그린 그라알의 장면으로 돌아가게 되는 것도 그 때문일 것이다.

판본 소개

『그라알 이야기』는 현재 열다섯 개의 사본(A, B, C, E, F, H, L, M, P, Q, R, S, T, U, V)으로 전한다. 이 중에서 전사본(轉寫本)이 간행된 것은 A(Baist, 1909, 1912; Hilka, 1932; Lecoy, 1984), B(Méla, 1990), P(Potvin 1865~1871), T(Roach, 1959) 등이다. 본 번역은 William Roach(éd), *Le Roman de Perceval ou le Conte du Graal*(Librairie Droz, 1959)를 대본으로 했고, Félix Lecoy(éd), *Le Conte du Graal*(*Perceval*)(Librairie Honoré Champion, 1984), Charles Méla(éd), *Le Conte du Graal*(Livre de Poche, 1990)(대역본)을 참고했다. 현대어 번역본으로는 Hilka가 전사한 A 사본을 현대 프랑스어로 옮긴 Lucien Foulet(trad.), *Perceval le Gallois ou le Conte du Graal* (Stock+Plus, 1978), Méla의 B 사본 대역본, 그리고 Roach가 전사한 T 사본을 영역한 Nigel Bryant, *Perceval. The Story of the Graal*(D.S.Brewer, 1982)를 참고했다. 그 밖에 『그라알 이야기』

의 '페르스발 편'만을 현대 프랑스어로 옮긴 Jean Dufournet,
Perceval ou Le Conte du Graal(Flammarion, 2001)도 가끔 참
고했는데, 이 역본에는 대본이 명시되어 있지 않다. 이상의 서지
를 정리하면 다음과 같다.

중세 프랑스 어본

William Roach(éd), *Le Roman de Perceval ou le Conte du
Graal* (Genève: Librairie Droz, 1959).

Félix Lecoy(éd), *Le Conte du Graal(Perceval)*(Paris:
Librairie Honoré Champion, 1984).

Charles Méla(éd), *Le Conte du Graal*(Paris: Livre de Poche,
1990).

현대어본

Lucien Foulet(trad.), *Perceval le Gallois ou le Conte du
Graal*(Paris: Stock, 1978).

Charles Méla(éd), *Le Conte du Graal*(Paris: Livre de Poche,
1990).

Nigel Bryant, *Perceval. The Story of the Grail*(Rochester:
D.S.Brewer, 1982).

Jean Dufournet, *Perceval ou Le Conte du Graal*(Paris:
Flammarion, 2001).

새롭게 을유세계문학전집을 펴내며

을유문화사는 이미 지난 1959년부터 국내 최초로 세계문학전집을 출간한 바 있습니다. 이번에 을유세계문학전집을 완전히 새롭게 마련하게 된 것은 우리가 직면한 문화적 상황에 적극적으로 대응하기 위해서입니다. 새로운 을유세계문학전집은 세계문학의 역할이 그 어느 때보다 중요해졌다는 인식에서 출발했습니다. 오늘날 세계에서 타자에 대한 이해는 우리의 안전과 행복에 직결되고 있습니다. 세계문학은 지구상의 다양한 문화들이 평등하게 소통하고, 이질적인 구성원들이 평화롭게 공존할 수 있는 문화적인 힘을 길러 줍니다.

을유세계문학전집은 세계문학을 통해 우리가 이런 힘을 길러 나가야 한다는 믿음으로 만들어졌습니다. 지난 5년간 이를 준비하기 위해 많은 노력을 기울였습니다. 세계 각국의 다양한 삶의 방식과 문화적 성취가 살아 있는 작품들, 새로운 번역이 필요한 고전들과 새롭게 소개해야 할 우리 시대의 작품들을 선정했습니다. 우리나라 최고의 역자들이 이들 작품 속 한 문장 한 문장의 숨결을 생생히 전하기 위해 심혈을 기울였습니다. 또한 역자들은 단순히 번역만 한 것이 아니라 다른 작품의 번역을 꼼꼼히 검토해 주었습니다. 을유세계문학전집은 번역된 작품 하나하나가 정본(定本)으로 인정받고 대우받을 수 있도록 최선을 다했습니다. 세계문학이 여러 경계를 넘어 우리 사회 안에서 주어진 소임을 하게 되기를 바라며 을유세계문학전집을 내놓습니다.

을유세계문학전집 편집위원단
신정환 (한국외대 스페인어과 교수)
최윤영 (서울대 독문과 교수)
박종소 (서울대 노문과 교수)
김월회 (서울대 중문과 교수)
신광현 (서울대 영문과 교수)